La colline d'en face

Catherine Paysan

La colline d'en face

ROMAN

Albin Michel

Première édition : Balland, 1987

22, rue Huyghens, 75014 Paris

www.albin-michel.fr

ISBN 2-226-13507-3

Pour Emile,
« le paysan du Danube »,
venu vivre avec moi
au pied de la colline d'en face

1

Les cent kilos de Marthe virent sur eux-mêmes comme une toupie et se mettent à chanter. Ils chantent pour appeler le printemps. Et comme c'est vrai qu'il arrive : une première coulée d'ambre pâle, s'insinuant là-haut, sur la colline d'en face, entre les pommiers, leur alignement ligneux de parapluies noirs posés de guingois, le manche à même l'herbe rêche, nous l'appelons à notre tour par son nom. Avec respect. Avec amour.

Monsieur Printemps, monsieur Printemps.

Revenez-nous et pour longtemps.

Il est huit heures trente du matin. Dans un ciel de lin blanc, à fine texture lisse, le soleil s'ébroue, prend de l'élan, saupoudre d'ocre rose, à la diable, des chapelets de gros et petits nuages dodus et clairs. Avant que de lui céder tout à fait la place, pose la lune. sur leur bousculade d'anges joufflus, un dernier baiser frisquet, ils iront bientôt donner du mufle les uns contre les autres en virant de bord et leur trépidante marée céleste,. par vagues curvilignes et crépues. finira par échouer peu à peu devant nous. Et ce sera tout à coup, jeunes terriens que nous sommes, enracinés à leur coin de sol, comme si nous venions, pour la première fois, de voir la mer.

Derrière notre groupe d'enfants en sarraus, en brodequins à clous, en sabots de peuplier blanc à empeigne de cuir passée au cirage noir et qui frappent ardemment le sol du pied à la façon des chevaux pour mieux tenir le rythme, pour mieux célébrer le printemps, les portes de la classe sont grandes ouvertes.

Au signal de Marthe, garçons et filles, rangés par deux, nous y entrerons en chantant à tue-tête toujours. Debout devant nos pupitres, nous continuerons un moment encore. De plus en plus fort. Hardiment. En piétinant sur place. Il faut garder la cadence. Son halètement de tam-tam. De balafon. Nos semelles de bouleau, de hêtre, de charme sont là pour ça ! C'est elles qui transmettent le message. Tellurique, souterrain. Qui, par ondes circulaires et sonores, après nous avoir traversés nous-mêmes, verticalement, des orteils au cerveau, finit, de palier en palier, par réussir à se hisser à hauteur de la colline d'en face. Jusqu'au printemps.

Question d'enthousiasme, de tonus. Ce sacré printemps, il faut qu'il nous entende. Il faut qu'il vienne.

Qu'il nous délivre des maux qui nous affligent à cause de l'hiver. Des rhumes qui nous embrument la cervelle, nous enfièvrent. Des crevasses aux mains qui nous brûlent. Des longues marches éreintantes et machinales dans la boue et sous les pluies, sur les routes de terre. Des courants d'air sous les portes. De leur geysers glacés, nous éclaboussant d'un froid visqueux des talons aux épaules, nous ceignant sournoisement aux reins pendant que, les soirs venus, assis dans la salle commune des logis de ferme, devant d'énormes brasiers allumés comme des incendies rituels dans des cheminées-cavernes à chenets de fonte noirs en forme de bustes de femmes aux cheveux longs croulants de suie, et divisés par une raie médiane (sont-ce des fées, sont-ce des sorcières ?), nous tisonnons avec rage et que s'élève, dans un bruit excitant et furieux d'astres en fusion, au-dessus des cendres, de leur brouillard, le duvet volatile et rouge de centaines d'étoiles filantes.

Et c'est pourquoi, nez bouchés, phalanges boudinées et violettes, cisaillées aux articulations par le couperet du froid, nous entonnons avec Marthe, soulevés par sa voix de magicienne, le couplet consacré à la louange du printemps :

Voici monsieur Printemps qui bouge,
Qu'il est gai, qu'il a l'air ouvert
Que son chapeau de velours rouge
Va bien avec son habit vert.

Ah ! qu'il nous plaît, à nous les filles surtout, ce beau sire aux joues fardées de soleil. Avec son tricorne velouté, galonné d'argent, ses mains gantées de pourpre pleines de pervenches et d'oiseaux ! Comme nous aimerions l'avoir pour galant, pour époux ! Qu'il fît, comme si nous étions Flore ou Vénus, gentiment, galamment cas de nous ! De nos façons de gamines rustiques en bas de laine et jupon de finette. De perpétuelles enrhumées, reniflant à longueur de jour, en froissant et défroissant de grands mouchoirs douteux à carreaux que nous abouchonnons comme les garçons dans nos poches de tabliers déformées par le poids des billes avec lesquelles nous jouons aux récréations. Avec les vieux croûtons de nos goûters, nos réserves de ficelle et de papier de couleur et puis encore un ou deux bonbons, au miel, à la menthe, si poisseux qu'ils collent à la poche, à nos doigts qui tentent de les en extirper ; à nos palais, quand nous finissons par les mâchouiller le soir, au lit, la tête sous les couvertures, à cause des vents coulis et de la polka effrénée des mulots et des rats dans les greniers qui surplombent les grandes pièces glaciales dans lesquelles nous dormons dans un décor d'armoires Charles X en loupe d'orme ou en bois fruitier, de tables rondes sur lesquelles trônent, d'un bout de l'année à l'autre, les portraits de famille, avec, parfois, au milieu d'eux, pour en adoucir le hiératisme de commande : celui des jeunes mariés en sévères et chastes habits de noces, de leurs parents et alliés gravement endimanchés, le nôtre, en costume de communiant, de militaire pour les frères aînés, quelque vase d'opaline ou de verre filé gagné à la loterie dans les fêtes foraines, garni d'un bouquet de plumes de paon et d'épis de blé ou bien encore, de roses roses en celluloïd ou en soie, achetées à la foire. Cela dépend des moyens qu'on a !

Enfants de village et de fermes, tout imprégnés d'odeurs chaudes, délicieuses, excrémentielles : celles des bêtes, de leur toison, de leur haleine, de leur lait, de leur purin, de la corne brûlée des juments qu'on ferre, des fumées piquantes s'élevant des feux d'herbe, d'épines, nous sommes les écoliers d'autrefois.

Enfants-ruisseaux, enfants-futaies, enfants-sangliers ou oiseaux, nous avons l'œil rond faussement naïf du chat sauvage, de la chevêche. Le nez fureteur du rat d'eau, de la fouine. Celui du merle. La sûreté d'envol dans la fuite, la hardiesse dans l'attaque avec nos bâtons, nos lance-pierres, de la buse rapace, du corbeau. Enfants de pluie, de brouillard et de boue, dont le moindre soleil décrispe les membres gourds, les fait s'ébrouer de bonheur, les transforme pour un instant, pour une heure, pour un jour, en insolents petits dieux sylvestres, en dryades, en fées.

Tout à l'heure nous franchirons le seuil de la classe, les plus jeunes ouvrant la marche et qui ne savent encore ni lire ni écrire ni compter. Les innocents. Les fragiles. Les plus proches de la terre et du ciel et par conséquent du printemps. Les intercesseurs, les anges. Suivis des plus âgés qui, eux, savent. Qui, degré par degré, du cours préparatoire à celui du cours moyen, finiront par briguer l'obtention du certificat d'études primaires. Le diplôme censé, comme tous les diplômes, leur ouvrir ce qu'on baptise pompeusement les portes de la vie. Alors, ils seront arpenteurs, hongreurs, puisatiers, charpentiers ou maçons. Alors, ils pourront devenir fermiers, forgerons, bourreliers, commis d'épicerie. Employés de perception, à la sous-préfecture, au greffe. Boutiquiers en tout genre. Armuriers, préparateurs en pharmacie, comptables ou gendarmes. Demoiselles de magasin, couturières, blanchisseuses, matelassières, dactylographes, employées aux écritures, femmes de chambre, cuisinières de bonne maison. Et comme le disent leurs parents, occupés de l'aube au soleil couchant là-haut dans les fermes à labourer, semer, engranger, traire ; en bas, au village, à forger, cercler des roues, tenir épicerie, mercerie ou café, alors ils seront « savants ».

D'ailleurs pour y parvenir, ils ont Marthe. Ses cent kilos d'institutrice d'Etat républicaine et française vouée à la continuation de l'œuvre de Jules Ferry ! Marthe, ses tableaux noirs enluminés à la craie bleue, jaune, rose et verte où des hirondelles volent au milieu des abécédaires, au printemps, les bouquets de cerises ou de coquelicots, en été ; le délabrement cuivré des feuilles du chêne, en automne ; les pères Noël hilares avec leurs ânes, à l'approche du solstice d'hiver. Marthe l'Olympienne. La Junon de bocage à la voix d'or. La diva qui s'ignore. Marthe ma mère.

Car cette femme est ma mère en effet. Dans la grotte marine de son ventre, coincée entre sa vessie, ses bruits chuintants de source, ses dilatations brusques d'urine libérée et celles, reptiliennes, spasmodiques de son rectum, sous le plafond bosselé de ses viscères, à portée de leurs borborygmes, de leur langage (car il s'agit d'un langage, du plus ancien de tous, celui de la formation du monde, celui des corps aériformes ; de la toute première musique explosive et putride qui est celle des astres en fusion) j'ai mené, de mutation en mutation, la partie la plus prodigieusement évolutive de mon existence. Je suis passée, le temps de neuf lunaisons, par tous les états de l'histoire de la planète.

Il a suffi pour cela, qu'un soir de novembre, il y a bientôt huit ans, aux environs de la Toussaint, par une de ces nuits convulsées d'automne, de bastonnade, de mise à sac, de grand massacre saisonnier de feuillages et d'oiseaux (et le lendemain, on a devant soi la nudité virginale des arbres, la splendeur de leur douleur, de leur ossature divergente, pareille, sur fond de ciel morbide et pâle, à un tatouage sur une peau), Auguste mon père, par désir de Marthe, par défi aussi, sans doute, à la mort, à la fête tragique et pieuse des morts la « connaisse » comme on dit, entre dans la caverne de son corps nocturne et sonore, y lance son sperme comme une sagaie, touche au but, atteigne Marthe au vif de sa chair, à ce qui en constitue la clef de voûte, le lieu privilégié de nidification pour que, vésicule sphérique d'un quart de millimètre de diamètre, fruit initial monocellulaire de leur fusion, je surgisse déjà, arrachée, par eux deux, à leur préhistoire, à la mienne.

Et c'est pourquoi, lorsque cette femme chante, tourne sur elle-même comme une toupie pour attirer à elle le printemps, quand elle enseigne ou déclame, permet ou défend, rit ou se fâche, nous rappelle à l'ordre, à l'effort, par, prononcés de façon impérieuse, nos prénoms d'enfants, par mon prénom, plus heureuse ou malheureuse qu'une autre de lui avoir plu ou déplu, à chaque fois qu'elle s'adresse à moi, le cœur me saute dans la gorge. Car elle n'est pas seulement mon institutrice, ma régente, mon maître à penser diligent et sourcilleux aux étincelants yeux gris-verts, mon puits de science nanti d'un brevet élémentaire obtenu au début du siècle après cinq années d'études à l'école supérieure de jeunes filles de la ville sous-préfecture de Mamers dans la Sarthe et d'un certificat d'aptitude pédagogique à l'usage des écoles primaires, elle est celle qui m'a nourrie de sa substance, de son terreau et les liens qui m'unissent à elle, comme ceux qui m'unissent à mon père, puisque j'ai son visage à lui, ses yeux à lui, ses façons à lui, à la fois timides et frondeuses avec les gens, avec la vie, échappent bel et bien à leur contrôle. A mon contrôle. Et c'est cela qui est extraordinaire, qui est merveilleux, qui rend, déjà, ma jeune existence intéressante. Qui l'empêchera toujours de sombrer dans l'anonymat de la fourmilière.

Qui a dit que l'hérédité ne compterait pas ou si peu ? Qu'elle n'existerait que dans nos têtes ?

Mise au monde comme n'importe quel petit d'homme, de mammifère, au milieu des épreuves excrémentielles et douloureuses de l'expulsion, je suis pourtant bel et bien née avec l'œil bleu et bridé des Roulette. Celui de mon père, de mon grand-père, le petit commis en semis et graines des quais de Seine. Leur front abrupt, leur menton en proue. Avec cet air, aussi, de souffrance et d'orgueil qui se disputent la place en eux par moments. Qui les déchirent. Quand on les sous-estime. Quand on les blesse.

Les gens s'exclament : Annie c'est tout le portrait de son papa.

Alors je me rengorge, car je trouve Auguste Roulette, mon père, tout à fait beau. Tout à fait intéressant. Lui, sa casquette de tweed beige mouchetée de grains noirs (des grains de cumin, des grains de poivre), ses culottes de cheval en serge mastic, ses guêtres d'ancien gendarme puisqu'il a été gendarme, et son tablier d'office en forte toile bleue qu'il revêt chaque matin pour faire la cuisine, puisqu'il a été cuisinier avant d'être soldat d'infanterie. D'être envoyé au casse-pipe du côté de Perthe, de Verdun, de Douaumont, avec les quatre mille fantassins sarthois et bretons du régiment du 115ᵉ de ligne de la place de Mamers.

Un tablier qu'il quitte l'après-midi pour endosser une confortable veste sport assortie à sa casquette. A moins que ce ne soit l'inverse. Que ce soit la casquette que Marthe lui ait choisie pour aller avec la veste. Je ne sais plus. Mais c'est le résultat qui compte. Un très élégant résultat quand, fermant derrière lui la porte de la cuisine, il franchit d'un pas assuré de militaire la largeur du couloir pour ouvrir celle d'en face et que, dans un décor de petites chaises paillées, prévues pour faire asseoir les membres du conseil lors des réunions, de placards peints en gris encastrés à même les cloisons où s'accumulent les archives, de calendriers des PTT, gardés accrochés au mur les uns sous les autres, année après année, au milieu des sacs de potasse d'Alsace illustrés d'une cigogne, perchée sur une patte en haut d'une cheminée, en face, dans un cadre de bois noir, du portrait d'Albert Lebrun, président de la République Française en grande tenue, il prend place devant sa table de secrétaire de mairie pour consigner, sur un lourd registre toilé de noir, les délibérations du conseil municipal : pour achat de rentes à 3 %, par exemple, sur une somme de cinq cents francs, produit des ventes, aux usagers, des concessions perpétuelles au cimetière d'Aulaines, au profit de la caisse du bureau de bienfaisance ; la liste, domicile, âge, raison sociale, de proposition des répartiteurs en vue de la nomination des délégués pour révision de la liste électorale; pour le vote d'une somme de 200 francs aux sinistrés du Midi, de 100 francs aux débitants d'Aulaines à l'occasion de la fête du 14 juillet; pour la désignation d'un délégué à la chambre d'agriculture. Etc., etc.

C'est le temps des indigents. De l'assistance aux femmes en couche. Des soins médicaux gratuits pour les plus démunis. Des distributions hebdomadaires de pain aux frais de la commune au prorata des bouches à nourrir; des fournitures scolaires gratuites aux enfants nécessiteux à raison, pour chacun, de sept francs par mois. C'est le temps où l'argent est rare. Le budget des communes rurales, peu élevé, et, à l'inverse de nos jours, géré parcimonieusement, à un sou près, par des municipalités paysannes où chacun est habitué à ménager les deniers publics autant que ceux de son propre porte-monnaie. Où le crédit est un spectre et non pas le chant des sirènes, la perspective de l'endettement, celle de la banqueroute, à longue ou brève échéance. Où, pour ce qui est de faire sauter l'anse du panier dans les chaumières comme à l'échelon national, ça ne rigole pas.

Quand il est seul dans la pièce, qu'il y travaille, autour de lui, de son bureau de bois blanc garni de toutes sortes de registres grands ou petits reliés en carton fort, d'enveloppes mauves blasonnées au cachet de la mairie d'Aulaines, d'encriers ronds ou carrés à couvercle d'acier, de porte-plumes, de crayons, de réserves de feuilles de papier timbré pour les demandes de copie d'actes de naissance, de décès, de mariage, j'évolue avec la prudence sinueuse de la belette, celle du chat. Patte de velours par-ci, menu coup de griffe par-là, en me guidant à l'odeur de colle, d'encre, de papier buvard frais ; à la couleur, au volume de ce qui m'attire, excite mon appétit de plaisir tactile, de découpage, de gribouillage, sur la surface hypnotisante de la feuille vierge, du moins, si Auguste me laissait faire.

« Annie, ne touche pas au cadastre. »

La voix a retenti. Celle du sous-off de service. Du gendarme empoignant le maraudeur au collet. Décidément, quel sacré limier! J'avais cru pouvoir braconner sous son nez. Glisser, sans avoir l'air d'y toucher, en fredonnant « il était une bergère et ronron petit patapon », un index fureteur entre les pages du cadastre, dont le tracé des plans de la commune, par sections numérotées, avec leurs chemins qui s'entrecroisent mais n'aboutissent nulle part, absorbés qu'ils sont toujours à un moment donné, engloutis, par le vide transparent et soyeux de la page blanche, m'intrigue, me déconcerte. M'incite à poser la main dessus dans l'espoir d'y trouver un soupçon de relief, quelque aspérité à laquelle elle pourrait s'accrocher, se rassurer, à la place de cette fuite angoissante des lignes, leur appel au voyage, sans point de ralliement, sans but. Ce que ma nature d'enracinée refuse de toutes ses forces.

Oui, mais voilà, j'ai raté mon coup.

Sous sa casquette en tweed moucheté, rabattue sur les yeux, dos courbé, absorbé, en apparence, dans son minutieux travail de calligraphie, le bonhomme faisait le mort. Et maintenant qu'il me regarde en face, avec cette expression déterminée et froide que je lui connais quand il refuse de me faire quartier, rouge jusqu'à la racine des cheveux, j'opère une retraite précipitée en direction du couloir ou de la cour et l'incident est clos.

La scène se passe dans les années trente.

Scolarisée depuis peu, l'année de mes six ans, je ne sais pas encore tout à fait lire ni écrire. Je veux dire que je fais encore partie des anges, des intercesseurs. Que tout se passe encore pour moi (enfin presque) dans un va-et-vient perpétuel, mystérieux et ludique d'étourneau, de jeune pie, de merlette vivace, constamment occupée, sur quelques ares de terrain, entre cave et grenier, entre jardin et rue, salle de classe et cours de récréation, celle des garçons, celle des filles, entre père et mère, à s'inventer de nouveaux chemins entre ciel et terre qui la maintiennent en l'état idéal de rêve éveillé. De perpétuelle et sécurisante liberté.

La nuit, dans mon lit de fer à matelas de balle d'avoine, je plie mes ailes pour mieux dormir. Le matin, je les ouvre, m'élance vers le jour qui m'attend. Et qu'importe qu'il soit moins beau qu'hier. Plus gris, plus humide et froid. Que le soleil ait déserté ses yeux, ses mains, ses cheveux, puisqu'il m'attend. J'ai mes envols à moi, mes itinéraires à moi. Mes façons à moi d'en multiplier les étapes, littéralement à l'infini. Et cette fameuse passion des arbres qui déjà m'habite ! Pour leur impériale beauté de statues impavides et bruissantes. Pour leur ombre ! Cet amour qui me jette contre eux comme s'ils étaient Auguste, comme s'ils étaient Marthe. Et je caresse leur tronc, lisse ou fissuré. Je le tâte, le lèche, le flaire comme de la nourriture, comme du sang. Parfois je l'écorche à coups d'ongles. J'en brandis de larges lambeaux humides et mous. Je crie à la cantonnade : T'as vu, c'est du bifteck ! Et je mords dedans à pleines dents. Et la poussière du bois m'étouffe, ses paquets de fibres spongieuses. Démon candide, joyeux, anthropophage, à la recherche de tout ce qui peut lui insuffler par absorption, la force, le savoir, l'éternité dont il rêve, et qui s'essaie, pour y parvenir, à dévorer jusqu'à la chair des arbres qu'il vénère, je les recrache avec bruit, dégoût amoureux, sauvagerie.

Car je suis carnassière en diable. Je laisse volontiers pourrir les petits sacs de crottes de chocolat, de berlingots, de bonbons divers, qu'on a cessé de m'offrir au moment des fêtes en les voyant moisir dans les tiroirs. Cette sucraillerie me répugne, m'empoisonne vite. Je vomis dès le second nougat, la seconde dragée sirupeuse qui m'irrite les gencives. Mon menu préféré c'est la saucisse et le boudin grillés avec des pommes de terre sautées et du pont-l'évêque. Plus il sent fort, plus je le trouve irrésistible. Autre puissant régal, revitalisant, plébéien : la sardine. La belle grosse sardine à l'huile, écrasée dans son jus sur un calot de pain au petit déjeuner. J'en ai pour toute la matinée à roter d'aise. A me donner du bon temps à coups de renvois. De ruminations de haut goût et dans l'extase !

Je n'y ai d'ailleurs pas droit tous les jours. Parce que lourde à digérer pour un enfant (ma famille dixit), la sardine en boîte, qu'elle soit bretonne ou portugaise, que son couvercle rouge à petite clef d'acier soit, ou non, orné d'un vieux loup de mer fumant une pipe d'or ou d'une bigouden en coiffe de gala contemplant la mer (cette mer, que je n'ai bien sûr jamais vue et qu'on me promet un de ces jours, si je suis, à l'école, diligente et sage), ce n'est pas bon marché. Ma famille dixit toujours !

Reste le faux filet, le maquereau au four, la queue de cochon en gelée, le saucisson à l'ail. Autre friandise relevée, heureusement appréciée par mes père et mère, ce qui multiplie mes chances d'en obtenir une rondelle ou deux le matin en guise du traditionnel café au lait que je déteste et de la fade tartine beurrée avec laquelle je n'arrive pas à me fabriquer du plaisir, avant d'affronter les épreuves de la journée. Puisque tout de même les épreuves ont commencé avec ma scolarisation. La fréquentation obligatoire et régulière de l'école publique et mixte d'Aulaines, aimable petite commune rurale de 450 âmes, sise dans la Sarthe et l'arrondissement de Mamers, au pays de Joseph Caillaux. Car enfin ne pas croire que j'aie abandonné, sans heurt, sans nostalgie profonde, le sombre royaume que je m'étais fait, dès que j'avais su marcher, sous la cage de l'escalier conduisant à l'étage dans le couloir. Son boyau, coupant le rez-de-chaussée, nord, sud. Très exactement en deux. Côté cuisine d'une part, côté mairie d'autre part. Côté empire d'Auguste.

« Père, garde-moi à droite, Père, garde-moi à gauche et pour le reste laisse-moi t'aimer, laisse-moi rêver. »

Royaume poussiéreux, bas de plafond et nocturne. Riche en sensations larvaires, en sortilèges, au cœur duquel je me suis tenue des heures au milieu des boîtes à chaussures et à cirage, assise par terre sur un vieux sac à grain, un morceau de couverture usée. Dos appuyé contre l'énorme cylindre de terre cuite à couvercle de bois dans lequel nous conservions alors nos œufs dans de l'eau de chaux, à l'abri de la lumière, en prévision des mois stériles d'hiver.

Autre sortilège que ces œufs, collectés, d'avril à octobre, par Auguste qui, après avoir quitté, pour raison de santé, la gendarmerie dès 1929, outre qu'il tenait la maison le matin, travaillait à la mairie l'après-midi, s'était constitué un petit élevage de sussex et de bressanes ainsi que de lapins. Je les avais là, derrière moi, invisibles mais à ma portée dans leur plénitude ovoïdale parfaite, en état d'hibernation mystérieuse et lente le long de ma colonne vertébrale, son arbre de vie, invisible, lui aussi, mais solidement enraciné dans mon jeune corps.

Car ils étaient la vie de leur côté. On m'en nourrissait pratiquement chaque soir. Phosphore, lécithine et fer pour leur beau jaune sphérique. Carbone, oxygène, azote, hydrogène et soufre pour le velours d'un blanc parfait de leur albumine coagulée par la cuisson au beurre dans une poêle de fonte noire dans laquelle ils s'incrustaient et c'était comme si, par le pouvoir de quelque miracle domestique et familier, on m'eût servi, sur fond de nuage écumeux, la pleine lune dans mon assiette ; donné à manger, pour me fortifier, la chair divine, irremplaçable des astres.

A proximité de l'amphore aux œufs, du vase sacré, en ces lieux infernaux, élyséens, combien la vie, non point celle de l'oiseau, mais de la chenille, de l'orvet, de la salamandre, m'était douce, rassurante, encore une fois, qui me ramenait à ses sources aveugles et sonores dans le ventre de Marthe, dont je percevais, de ces lieux, comme je les avais perçus en période de sa gestation, les mouvements, les éclats de voix, à travers la cloison mitoyenne avec la salle de classe. Une façon à moi de renouer le cordon ombilical, à la demande, que de pouvoir me tenir là, en compagnie de mon Boby en peluche. Autre moi-même que cet ours, devenu cul-de-jatte puis manchot, avec le temps. Auquel je racontais des choses. Mes choses. En le tenant serré si fort contre moi qu'il devenait à la fin, mon corps, la chair de ma chair, mon enfant-tronc, prodigieux et chéri. L'irrésistible monstre replet, soyeux et pataud né de mes entrailles. Le passeur qui jetait un pont entre ma douce solitude d'enfant unique et le fracas du monde.

C'est dire, si naïve que je fusse et désireuse, du moins par moments, d'aller me mêler au tumulte des écoliers dans les cours, à leur silence studieux d'adultes en puissance pendant la classe, que je devinais, peu ou prou, que ce glissement définitif à effectuer, un jour, pour de bon, sur une longueur de cinq mètres environ de vestibule obscur, censé, par une simple porte peinte en gris donnant sur cinquante mètres carrés de salle d'étude, m'ouvrir enfin celles du savoir, de l'art de vivre en société, de devenir intéressante, de me sentir utile, était peut-être aussi en même temps un piège !

Quand, avec la poignée de galopins de mon âge, avec Alexis Champion, Gustave Jarry, Jean Martin, Solange Gasnier, Suzanne Lesault, Lucienne Boisnard, j'entre à l'école primaire d'Aulaines, l'année de mes six ans, je sens bien que quelque chose pour moi va changer. Que je vais découvrir une autre Marthe. Que ce n'est pas forcément me rapprocher d'elle toujours davantage que d'aller rejoindre les rangs de ces quarante garçons et filles s'échelonnant de six à treize ans. De ces autres enfants, dont elle prend grand soin, certes, à tous égards, mais avec lesquels il lui faut bien avoir des exigences : ordre, silence, effort intellectuel, obéissance qui sont à l'opposé de leur nature. De ma nature. Des rapports contraignants, donc. Que l'avoir pour institutrice, telle que, solennelle, omnipotente, donnant du geste et de la voix, je l'ai déjà souvent entr'aperçue de la cour en me hissant sur la pointe de mes sabots, à hauteur de fenêtre, de porte vitrée, ou en regardant du couloir par le trou de la serrure, c'est en quelque sorte la perdre, en tout cas, devenir, six heures par jour, orpheline de mère.

Que c'est m'aller livrer aux mains d'une étrangère. Chargée par la société, par l'Etat, au nom de l'intérêt général, d'exercer sur moi, sur mes pareils, un droit de coercition ; de m'arracher à mon ignorance paradisiaque de la fuite du temps, en m'initiant aux disciplines du travail assorties d'horaires précis à suivre, à leur programmation ex cathedra, à l'angoisse de n'y point parvenir. Chargée, en un mot, de m'apprendre à vieillir.

A telle enseigne que la veille de ma première rentrée, pour me venger, par avance, du sort qu'elle me réserve, que le monde me réserve, je lui annoncerai, à sa grande surprise, celle d'Auguste, d'Anne Roulette ma grand-mère paternelle qui vit avec nous, ma décision ferme et définitive de l'appeler Madame pendant les heures de classe.

Au nom de la raison, des intérêts de mon avenir, on me demande de renoncer à mon intégrité. A mon bonheur. Eh bien soit ! J'accepte de me laisser capturer, rogner les ailes. Mais, par souci de faire sentir à l'entourage que je ne suis la dupe de personne en la matière (en particulier de Marthe elle-même) je mets irrévocablement entre nous, ce Madame, ce vouvoiement, cette distance que je ne franchirai jamais. Que je ne lui laisserai jamais franchir pendant la classe. Jeu serré, exigeant, de ma part ! Qui au début l'aura déconcertée, blessée même sans doute. Consistant, pour la punir, à l'obliger d'oublier, quand elle prétend m'instruire, me discipliner pour de bon, que je suis son enfant. La contraignant à entretenir avec moi des rapports stoïques en parfaite contradiction avec ceux qui nous lient viscéralement et qui m'installent, dès cette époque, en cet état de schizophrénie voulue par moi, sans cesse maîtrisée, fignolée, qui me conduira, par souci de prendre sans cesse du recul, avec les autres, avec ce qu'ils exigent de moi, à me fabriquer sciemment, selon les besoins de l'heure, tel ou tel masque, volontiers terne, besogneux, petit bourgeois, histoire de préserver mon vrai visage, ma part inaliénable de farouche liberté. Qui m'incitera sans doute à écrire.

En ce 1er octobre 1932, je consens pour la première fois à la domestication. Je tends, avec les autres, la nuque à Marthe pour qu'elle m'impose fermement le poids du joug. Je me résous, à travers elle, et au nom de la loi, au sort commun qui fait hurler de révolte et de saisissement certains enfants qu'il faut traîner de force à l'école, du moins au début. Arracher à leur félicité de jeunes bêtes. A leur plaisir de s'ébattre, là-haut, sur la colline, dans les fermes, les bordages. Dans la nef des chemins creux, étroite et haute, débouchant sur les herbages, leurs baies de lumière. Dans la griserie des odeurs : violettes, aubépines et puis celle de la terre, de ses racines dilatées, molles après les pluies comme sexes de femmes après l'amour.

Des gamins bruns de poil, trapus et ronds comme des blaireaux ; des blondinets timides, fragiles comme des poussins, des canetons soyeux, et qui pleurent de grosses larmes qu'ils cachent dans le bas de leur tablier neuf qu'ils relèvent sur leur visage, en signe de terreur et de deuil.

Des gamines qui refusent, au début de leur scolarisation, d'aller au petit coin. Qui, de rage, de désespoir, font pipi par terre sous leur banc parce que les cabinets des filles, au fond de la cour, les effraient. Qu'ainsi que les tableaux noirs, leur énigme figée et sévère, balafrant la surface de murs blancs dont la hauteur leur donne le vertige, elles n'en ont jamais vu.

Que c'est pour elles, accoutumées qu'elles sont, depuis qu'elles ont su marcher, à choisir l'endroit propice, rassurant, qui leur sied : derrière un bel arbre, au ronron de gros chat, sous la caresse médiane des vents ; à l'abri d'un pan de haie vive, grouillante de sauterelles, de moineaux ; d'une cloison de grange en pisé, chaude au toucher, l'été, et rugueuse d'épiderme comme une vieille main paisible d'aïeul ; ou bonnement, à l'écurie, dans la rigole à purin, la familiarité complice des vaches laitières, des chevaux percherons qui les connaissent, qu'elles connaissent, sujet d'effroi et d'humiliation que de devoir s'asseoir, les fesses nues, la culotte rabattue le long des jambes, sur un de ces sièges à trou qui leur font craindre la chute brutale comme dans un puits, l'immersion hideuse dans des marécages gluants, le sort atroce du prisonnier condamné aux oubliettes.

L'architecte, Gérard Dréau, domicilié à Mamers, désigné en 1879 par l'autorité préfectorale pour établir les plans de la construction en la commune d'Aulaines d'une maison d'école publique à classe unique et à l'usage des deux sexes, a pourtant fait de son mieux pour donner, au fond des deux cours, celle des garçons, celle des filles, seulement séparées par un mur bas qu'on peut aisément contourner, à l'élévation du cellier et de ce qu'on appelle les « lieux » qui le flanquent de part et d'autre, un air de dignité encore que de sérieux bon enfant, propice à rassurer. Dimensions modestes. Gaieté des façades encadrées de briques rouges, portes à mi-corps favorables à l'aération, au passage discret, mais suffisant de la lumière. Et puis encore et puis surtout, côté filles justement, volontiers maternelles et bavardes, des cabinets à deux places et à deux niveaux, permettant à une aînée qui la domine à bonne hauteur, d'initier une plus jeune, aux jambes plus courtes, installée sur le gradin inférieur, à l'apprentissage de leur usage, derrière calé à la bonne place, sans énervement ni complexes. En devisant de choses et d'autres, en échangeant des bouts de crayon, des images, contre une pomme, un morceau de sucre, deux ou trois noix, bref, en petites demoiselles comme il faut, rompues à l'art de la conversation comme au Grand Siècle jusque sur la chaise percée.

En témoignent, sur les plans conservés à la mairie, la signature d'une part, de Charles Roux, conseiller de préfecture délégué en l'absence du préfet, qui déclare avoir vu et approuvé le projet de la construction de l'ensemble des édifices, le 24 juin 1880, et celle du commissaire enquêteur qui, lui, paraphe illisible, en multipliant à plaisir les arabesques ascendantes d'un B majuscule trahissant chez ce fonctionnaire distingué un assez bel élan de paranoïa plumitive.

De son côté, forte des responsabilités qui lui incombent en échange d'un salaire mensuel régulier et garanti et du privilège pour sa famille et elle de pouvoir habiter les trois pièces d'une maison d'école d'Etat, conçue selon les normes approuvées par les autorités administratives ci-dessus, Marthe, sur le chapitre des habitudes d'hygiène et de modernisation à prendre par ses écoliers de campagne en matière de « petits coins », comme sur celui de l'acquisition progressive du savoir, ne recule devant aucun sacrifice. En tablier de rentrée : satinette noire, boutons de nacre ou de corozo blanc, elle maintient d'une poigne réconfortante, mais solide, mais impérieuse, la fillette installée sanglotante et rétive sur le siège des lieux, en lui expliquant qu'elle n'a aucune raison d'avoir peur puisqu'elle est là, qu'elle la tient pour l'empêcher de tomber, que le trou est au demeurant trop petit pour qu'il puisse arriver quelque accident fâcheux, que d'ailleurs les autres petites filles n'en font plus un plat depuis longtemps, etc, etc.

La repoussant et s'accrochant à elle en même temps, la victime, qui a six ans, se cabre, réclame sa mère, crie à pleins poumons, hurle à la mort, tourne au violet, frôle la crise de nerfs, la catalepsie. A bout d'arguments, Marthe se met à chanter. C'est alors qu'on entend, jusqu'au fond de la classe, par ses portes laissées ouvertes, « Monsieur Printemps, Gentil coquelicot mesdames, la Mère Michel qui a perdu son chat », retentir allègrement des cabinets au milieu des cris extraordinaires d'écorchée vive que pousse Yvette, ou Suzanne ou la petite Jeanne en faisant, à la fin, pipi, malgré elle et pour la première fois, au-dessus du gouffre des lieux !

C'est le temps fatidique de la rentrée. Le baptême

du feu. Ce jour-là et ceux qui lui succéderont, il faut s'attendre à tout. Avoir l'âme chevillée au corps et l'imagination débordante. Manier la carotte et le bâton, la chiquenaude et le bonbon avec un brio de virtuose quand on est une institutrice de village chargée de la bonne marche d'une classe unique. Rincer, en profitant de la récréation, puis faire sécher au soleil sur le fil à linge du jardin, les culottes souillées des récalcitrantes ; promettre un crayon, une craie rouge si, la prochaine fois que l'envie nous vient d'aller aux cabinets, on lève gentiment le doigt pour demander la permission de s'y rendre avec une grande qui vous tiendra compagnie et vous aidera à déboutonner et reboutonner votre culotte Petit Bateau.

« Et maintenant que c'est chose faite, asseyons-nous donc sur ce joli banc de bois verni, devant ce joli pupitre verni lui aussi, à côté de nos compagnes qui n'ont pas eu peur, elles, d'aller aux lieux et regardons en direction du tableau, afin de bien apprendre à lire.

Qu'est-ce qu'on voit sur le tableau dessiné à la craie blanche ? On voit un drôle de petit bonhomme tout rond de la tête et du ventre. Il s'appelle TOTO. Bien droit sur ses pattes de fourmi, il se frappe le front d'une main en criant O. Le joli cercle rouge tracé à côté de lui c'est son O. C'est le O de TOTO. Répétons O. O de Toto, en arrondissant bien la bouche pour que ce O soit encore plus beau. Qu'est-ce qui peut donc l'étonner si fort, ce polisson de Toto ? Lui faire crier ce O ? Ce joli O, tout rond, tout rose, qui a si bonne mine au milieu du tableau ?

Allons, cherchons. Ayons des idées.

Peut-être que Toto a vu le chat se sauver avec un morceau de saucisson qu'il a volé sur la table ? Ou encore, sa maman partie dans la grange, dénicher les œufs à l'heure du souper, a-t-elle laissé le lait déborder de la casserole sur le feu allumé ? Il se peut encore que la lune se lève, toute ronde et brillante et si belle à voir qu'il en pousse un O de plaisir.

Répétons O en cadence et plusieurs fois avec Toto, au rythme de la baguette de la maîtresse qui la frappe en même temps d'un petit coup sec, précis, en son milieu. »

Ça y est. Le tour est joué. Avec les autres, avec Marthe j'en ai bientôt plein les joues, plein la bouche, de ce O de Toto que je retourne dedans comme une graine charnue et ronde, une friandise craquante sous la dent dont il faudra tout à l'heure s'essayer, d'une main plus ou moins pataude, fiévreuse, excitée, à reproduire le tracé sur l'ardoise, de sorte qu'il atteigne, à l'instar de celui du tableau, l'idéal tracé de la sphère. Celui du cercle magique. Car c'est bien de magie qu'il s'agit. Non plus celle, instinctive, sonore et fugitive, déclenchée par la parole, par le cri, mais par leur représentation abstraite et silencieuse. Par l'écriture. Par le signe.

Perdue dans l'anonymat consenti, encore que de rigueur, du peloton privilégié des sept recrues analphabètes de la rentrée scolaire 1932, j'ânonne avec enthousiasme et sérieux donc, les premières lettres de mon premier livret d'apprentissage à la lecture courante. Méthode *En riant. La lecture sans larmes*, de Monsieur René Jolly, publié par les soins des Editions Nathan, sises à Paris, au 18, rue Monsieur-le-Prince.

Noble entreprise ! Belle adresse ! Ce 18 de la rue Monsieur-le-Prince m'en imposera longtemps. Fera rêver longtemps mon enfance gentiment républicaine et roturière.

Sur la couverture du mince recueil de 40 pages de mon *En riant* (le second en compte 48 et se consacre hardiment au déchiffrage des diphtongues après celui des syllabes) tout le monde rit, en effet. Le garçonnet assis sur un tabouret, livre ouvert sur les genoux, le chien et le chat qui l'écoutent lire à haute voix. La mappemonde, l'horloge à poids s'en paient elles aussi une bonne tranche entre le O de Toto qui deviendra demain le I du chat Titi, le A du Tata de la trompette de Toto, ou celui du rat que poursuit l'infernal Titi. Sans compter un bataillon d'animaux d'Afrique à faire rêver : Eléphant, singe, chameau, lion, tigre, autruche, girafe, enchantés de se livrer aux bienfaits de l'alphabétisation systématique et progressive au cœur de leur brousse natale sous l'éminente direction d'un ours porteur de savantes lunettes et auquel il ne manque que le casque colonial.

Et surtout, ne rien épargner, en la circonstance, de tout ce qui peut favoriser la réussite d'une aussi délicate et insolite entreprise que celle d'apprendre à lire et écrire, quand on est zèbre ou bison, chat de gouttière ou chien d'arrêt, à la rigueur petite fille ou petit garçon.

Monsieur Jolly, en sa courte mais percutante préface à l'usage du maître, recommande pour l'étude analytique au tableau des éléments constituant la structure des mots, voyelles, consonnes, puis syllabes, l'usage du « carton mobile ».

Un régal pour mes condisciples et moi que ce carton mobile. Fiché avec un énorme T tracé dessus au crayon rouge, dans l'extrémité fendue en deux, par les soins d'Auguste, d'une baguette de coudrier, on le promène à droite, à gauche, du O rouge, du I bleu, du A vert, tracés les uns sous les autres par Marthe, avec pleins et déliés sur la matité imposante et noire du tableau monté sur chevalet, réservé à notre strict usage de futurs initiés ! Ce qui fait qu'alors, il devient, comme par miracle et à la demande, le To de Toto, le Ti de Titi, le Ta de Tata, de la trompette de ce sacré Toto qui n'en finit plus de trompetter à tous azimuths. Ce qui fait rigoler Titi et même, à la fin, le rat qui a réussi à lui échapper. Du moins on suppose !

Bientôt le scénario se compliquera, page après page. C'est-à-dire que dans l'enthousiasme, la foulée (question de régularité dans l'effort, d'astuces pédagogiques de M. René Jolly, inspecteur honoraire, et de Marthe, son officiante ; de copies, de recopies, à la craie, au crayon à la mine de plomb, à grand renfort, pour effacer nos pattes de mouche, d'éponges mouillées si nos familles ont les moyens d'en acheter une, ou de crachats vigoureusement répandus, puis essuyés au chiffon sec sur l'ardoise), nous saurons bientôt lire que « Titi est malade, qu'il a du bobo. Que Lili donne du lolo à l'infortuné Titi. »

Tout cela pour aboutir, quand nous aurons atteint le stade décisif des diphtongues, à quelque concept élaboré et poétique en diable tel que « L'oiseau vole avec légèreté en agitant ses ailes pointues. Lili le regarde disparaître avec regret ». Permettant, dès avant la fin de notre première année d'étude, l'apparition des exercices écrits de vocabulaire à trous, ou de recherche d'équivalences consistant à remplacer par exemple : légèreté, pointue, disparaître, par un autre mot ayant le même sens.

Valse des synonymes, des contraires, des propositions à compléter, prolonger ou raccourcir ! Valse délicieuse des mots connus ! Aventureuse des mots nouveaux ! Rencontre amoureuse avec leur rythme, leur métrique, leur silhouette, leur allure. Avec ce qu'ils disent, ce qu'ils cachent ou révèlent en fonction de leur agencement, de leur nature, leur texture, leur matériau ! Car, tels les pierres, les glaises, les minerais, ils ont un poids spécifique, un volume, une coloration. Une faculté pour certains de s'échapper d'entre les lèvres de qui les façonne, à force d'air, de respiration profonde ou économe, comme de fins et fuyants reptiles. Comme de l'eau. Mots silex ou grès ou bien meulière ou bien granit ! Qui se prêtent ou se dérobent à la taille par le ciseau, à l'éclatement sous la masse, au modelage par la main ou le tour, à la cuisson par le feu. Et honni soient, grands pourvoyeurs d'analphabètes chevronnés, les esprits forts de ce siècle suffisant qui mal en pensent, de ces Lilis, de ces Lolos, de ces Titis. De leur naïveté d'enfance. De ces patientes artisanales copies de mots, après avoir procédé à leur vivisection minutieuse, suivie de reconstitution soigneuse. De leur engrangement dans nos mémoires par leur étude ponctuelle, progressive, journalière, au crayon d'ardoise ou à papier, à la plume trempée d'une encre violette qu'il faut apprendre à doser pour éviter les taches sur le cahier, nos doigts, nos tabliers, et qui oblige la main qui s'y exerce à oublier les gerçures, les verrues, les écorchures faites en fourrageant dans la haie pour extirper la mûre, la prunelle sauvage. A s'assouplir, devenir peu à peu l'alliée privilégiée, la providence des cerveaux.

Autre chose encore...

Pour n'avoir pas été privée, au nom d'une pédagogie prétentieuse et dépersonnalisante de mes droits fondamentaux de jeune être humain : droit à l'amour parental, à la liberté de mouvement, à celle de l'espace, en milieu naturel, j'aimerai toujours Auguste, j'aimerai toujours Marthe.

Marthe l'éducatrice, l'exigeante, mais qui se refusa en fine psychologue, en mère aimante, à tomber dans le piège de la « déformation du métier ». A me condamner, contre mon gré, à fréquenter l'école maternelle de Bonnétable. A m'y faire traîner de force pour m'y livrer aux grands ou petits méfaits d'une socialisation prématurée. A m'arracher, avant terme, aux limbes paradisiaques de ma cage d'escalier. Histoire de faire bonne figure vis-à-vis de ses collègues. De son inspecteur.

Auguste qui, lui, m'apprit les bois. A m'y tailler une route à moi, fourré après fourré, futaie après futaie, en s'orientant au flair, à la vue, à l'ouïe, à la qualité des ombres et de la lumière. A celle, surtout, d'un silence végétal, touffu, arborescent, épais à le toucher, son magma élastique et vert, et dans lequel, au lieu de me tenir, à quatre ou cinq ans, recroquevillée sur un petit banc d'école enfantine qui ne me disait rien qui vaille, en proie aux glapissements, aux grimaces, aux bourrades de mes pareils, à leurs travers accentuant les miens, je pouvais me tailler une place à l'aise, me sentir flotter, libre, sans poids, comme dans une mer, avec, pour point de ralliement, en même temps que le cri des bêtes qui hantent les futaies, se font de leurs profondeurs un refuge, un temple, une nécropole, la voix irremplaçable, sécurisante d'un père.

Auguste qui m'enseigna la forêt. Ses trous d'eau. Sous leurs cressons et dans leur vase la stagnation fourmillante de leurs colonies de minuscules vers, de batraciens bavards et voraces. De grenouilles coassantes, enfiévrées par l'orage. Qui me désigna du doigt mon premier chevreuil mâle. Son fulgurant passage, sous le couvert des hêtres, de demi-dieu aérien et roux, porteur de la tiare virile et rameuse à deux andouillers, son fier profil tendu de chef de meute, dressé au-dessus des fougères couleur d'anis. Mon premier bolet. Son odorant bourgeonnement phallique, soulevant au pied d'un chêne les feuilles mortes. Mon premier escargot de Bourgogne, déniché dans les orties, après une giclée de pluie ; déployant sur ma paume ouverte et terreuse, sa viscosité reptilienne et grasse, chapeautée, à la chinoise, de précieux calcaire transparent spiralé.

Courses nomades, obstinées, avec Auguste ! Promenades initiatiques faites comme elles doivent l'être, en dehors des chemins tracés. Avec le père. Avec mon père. J'apprends à marcher dans le froid et dans la chaleur, sans ménagement, sans crainte. A me repérer pour ne pas me perdre, à une touffe d'ajoncs, de genêts, son éclatement d'or en fusion en bout d'église de feuillages. Au transept des sentiers. A la protubérance d'un champignon polypore, son excroissance d'huître rivée au tronc pourri d'un arbre mort. A l'incision d'une piste à peine tracée. Son esquisse au crayon fauve et vert entre les fûts. Sa sinuosité de couleuvre sans tête qui n'en finit plus de dérouler ses anneaux de métal gris, vergetés de noir et de soleil jusqu'au cœur de la forêt. Jusqu'au ruisseau.

Car il y a un ruisseau. Une source d'eau pure qu'on peut, pour y boire, atteindre, après avoir beaucoup marché, traversé de grands lieux reculés et sauvages. D'abord, des prairies, bombées, duveteuses, en forme d'ellipses délimitées par le colombage des haies. Ponctuées, dans l'épaisseur de leurs graminées, de leurs herbes longues et lisses que la rouelle jaune du pissenlit pavoise, celle de la chicorée, par la présence de vaches grasses, leur majesté astrale de grosses marguerites blanches.

Divinités songeuses, herbivores, une odeur de mamelle tiède, élastique et spongieuse, de lait chaud mellifère poursuit longtemps celui ou celle qui passe à côté d'elles. De leur rumination de doux monstres taciturnes et gloutons, entretenant, couchés sur elle, pesant de tout leur poids sur elle, une conversation silencieuse et renouvelable à l'infini avec la terre. Cependant que, livrés à la torture par la piqûre des taons, ils subissent, entre les yeux, sur leurs flancs que la douleur taraude et creuse, leur vampirisme insatiable. Viennent des talus, leur escalade. Leurs hautes buttes (argile et silex) qu'à grande vigueur ligneuse, les racines du coudrier, de l'ormeau, de l'aubépin, du frêne, maçonnent. Car cette forêt est en quelque sorte fortifiée. Burg naturel, prenant assise sur les fondations du roc et des marnes, elle a ses enceintes végétales, « ses lignes » comme on appelait encore il y a peu, ses limites pour les désigner, par fidélité au vieux parler latin. Par allusion aux fameuses « limes » du conquérant romain, implanté ici, comme ailleurs, en pays gaulois mainiaut sur les chemins convoités des nations bretonnes. Ceux qui conduisent jusqu'à la pointe du Raz, jusqu'à Quiberon.

Souffler d'abord avant que de nous lancer.

Car enfin, Auguste et moi, nous le sentons, nous le savons, franchir ces talus-bastions, « outrepasser les lignes » c'est prendre des risques. Nos risques. C'est, après avoir tourné le dos aux labours, aux pacages, à leurs bêtes soumises aux rythmes de fécondité, d'engraissement, de vie et de mort que les hommes leur imposent, à leur rassurant esclavage de troupeaux domestiqués, sur des espaces réservés à cet usage dans des paysages essartés, remaniés par la hache et la faux, par le soc, nous conduire en aventuriers, en rôdeurs. En débusqueurs de mystères animaux, arborescents ; de visions fugitives, encore qu'éblouissantes, encore qu'inoubliables, où la bête et la plante avec nous se confondent, nous brouillent les cartes, nous font croire que sur fond de silence, de secrète violence, de palpitante lumière suspendue entre ciel et terre par couches de sédiments bougeants et clairs dans l'épaisseur de l'ombre, nous voici redevenus sangliers, blaireaux, rats, campagnols ou renards, buses ou belettes ou bien lièvres, ainsi que nous l'étions, il y a des centaines de millions d'années, du temps que les bêtes parlaient, comme il est écrit dans les contes. Ceux de Perrault, d'Andersen. Où des oiseaux, généralement bleus, tombent amoureux et volent au secours de jeunes femmes tenues prisonnières par des marâtres jalouses de leur beauté dans des tours crénelées, corsetées de chèvrefeuille et de vigne vierge qui rougissent en automne et les font, lorsque aussi belles que désespérées, porteuses du hennin, elles apparaissent, derrière les barreaux de leur geôle, pareilles à de somptueuses caravelles, abandonnées, toutes voiles hissées, au-dessus d'une mer étale et verte qu'il faut d'abord franchir pour s'élever jusqu'à elles.

Où des chats blancs se changent en princes, vêtus de velours soyeux dans des forêts de lilas mauve, pour le bonheur de fragiles demoiselles qui s'y sont égarées et qui succombent à leurs caresses parfumées, aphrodisiaques. Ce qui fait qu'avec eux, elles vivront heureuses et qu'elles auront beaucoup d'enfants. Où les loups, les merveilleux loups, solitaires, affamés, trimardeurs, intelligents, les loups sorciers, beaux parleurs, les loups séducteurs aux yeux de braise font tendrement conversation avec les petites filles avant que de les manger. Semblant de vouloir, eux aussi, seulement dormir avec elles, bien au chaud, à deux, dans de vieux lits douillets où les corps se côtoient, finissent par se rejoindre, se comprendre. Et puis encore et puis encore...

Pour Auguste, pour moi, pour le père et pour l'enfant cette remontée complice insatiable du cours du temps. Ce retour, musette au dos, casquette et béret enfoncés jusqu'aux yeux, bâton à la main, à l'origine du monde et qui se fait au travers de grandes clairières de fougères, leur déploiement curviligne, émeraude, souplement aquatique ; leur enchevêtrement d'algues, finement ciselées, répandant autour d'elles une odeur amère et poivrée. Celle de l'iode. De la mer. Par endroits, elles nous montent jusqu'aux épaules. Entre deux falaises de hauts arbres, leur canyon, il faut en franchir l'étendue, vague après vague, comme des estuaires. Et l'on devine, d'instinct, tandis qu'on se hasarde toujours plus avant dans leurs profondeurs, qu'il faut, pour n'y point perdre pied, réinventer les gestes originels. En retrouver les rythmes amphibies, ceux du batracien, de la couleuvre, du nageur.

Le retour au sol ferme sera pour tout à l'heure. A peine le temps de s'ébrouer dans une giclée de soleil sur un sol moussu et vert, son onctuosité de rivage encore mouillé. Le sentier qui s'amorce et contourne l'étang (l'eau vraie, cette fois, sa dangereuse attirante stagnation, sa texture brillante en même temps qu'opaque dans l'épaisseur de laquelle, en un mouvement de chute immobile, de perpétuelle noyade, le cimier des arbres s'empale) à visage d'aventure. Voici. Nous approchons du but.

L'étang, sa somnolence insondable, fœtale, de gros saurien vert accroupi entre les roseaux et n'offrant à la vue, comme au soleil, que l'aplat squameux de son dos, survolé par des colonies de moustiques, leur déploiement d'irritante poussière, d'un seul coup se resserre, devient ruisseau en son amont, cordon ombilical le reliant au ventre charnu d'une colline.

Tout se passe comme avant une naissance. La mienne, celle d'Auguste. Comme dans les songes une fois de plus. Car cette colline est femme en gésine. Avec sa haute chevelure de feuillages crépus agrippés à son front gréseux, aveugle et bombé où les mousses agglutinées multiplient leurs excroissances, leurs tumeurs. A son corps siliceux ravagé par l'usure. Ouvert de haut en bas comme par estocade, et qui bée à hauteur de nombril lacéré, d'entrailles, de sédiments tandis que, nuit et jour, dans la solitude et le silence, elle met bas un mince filet d'eau froide et pure qui décide de la vie. De nos vies.

La source, Père. Voici la source. Elle est à moi. Elle est à nous. Y a-t-il au monde plus grande preuve d'amour que celle que tu m'auras renouvelée chaque fois que tu m'auras conduite par-devers elle ?

Pour y barboter pieds nus comme si j'étais dryade ou sirène. Pour y boire à pleine coupe de chair fiévreuse et moite. A pleines paumes. Et ces ablutions impatientes, tumultueuses, par grandes giclées de fraîcheur. Ces baptêmes renouvelés, effaçant à chaque fois le péché, c'est-à-dire ce qui nous sépare, nous empêche parfois de nous comprendre à cause de la différence d'âge, de ton sérieux voulu, concerté d'adulte, de ma folie joyeusement païenne d'enfant ! Tu ris, Père, comme tu sais rire quand tu es seul avec moi. Quand Marthe, que nous aimons, à laquelle, chacun à notre façon, nous cherchons à plaire, n'est pas là pour nous rappeler à l'ordre des préséances et par conséquent en même temps nous séparer. Car elle nous sépare, Père. C'est avec elle que tu dors. Pas avec moi. J'ai un lit à côté du vôtre mais je suis seule dedans et je vous envie et je suis jalouse. Elle te parle d'égal à égal, alors que je dois t'obéir, lui obéir. Vous faites corps contre moi à l'occasion. Chacun voulant démontrer à l'autre qu'il est à la hauteur de son état parental, c'est-à-dire de mon éducation.

Et puis j'enrage secrètement, étant du même sexe que Marthe, de ne pas avoir les mêmes droits qu'elle sur toi. Encore que j'aimerais assez, par moments, être un garçon. Enfin un homme de ton allure, de ton âge, pour les avoir sur elle. Vous régenter l'un l'autre, quel rêve ardent, inavoué ! Régner, créature androgyne, sur vous deux ensemble, mon fils et ma fille. Sur votre complémentarité mâle et femelle, miroir rassurant et flatteur de ma dichotomie souveraine de jeune reine impubère encore que féconde et qui se cherche un sexe, un visage, et qui tâtonne sous votre regard à la recherche de son identité future.

Et puis tout à coup, cela passe, ce désir de vous avoir à ma botte, de me faire plus grande, plus puissante que vous. De vous gouverner. Je redeviens Annie. Une enfant sans détour, heureuse de l'amour qu'elle éprouve pour vous deux. Dont elle se fait un nid douillet et chaud. Une bonne petite fille !

Au demeurant, pour l'instant (en mon honneur, celui de la source, notre source) tu ris, Père, et c'est cela l'essentiel et c'est cela qui compte. Tu ris de ce beau rire généreux et clair qui t'échappe comme malgré toi, te fait porter le menton en avant, oriente ton visage vers le haut, vers la lumière, le métamorphose en soleil, en fleur. Rire frais, sans calcul et qui m'éblouit. Car il m'éblouit par sa franchise, son éclat. Sa richesse aussi. A cause de la prothèse en or qu'on aperçoit alors à l'angle supérieur gauche de ta bouche ouverte sous la moustache épaisse et courte taillée à la mode du temps. Rire irrésistible et sonore. Rire légendaire, païen, captivant. Celui de la fable, celui des dieux. Echappant à toute peur. Toute lassitude. Entre nous, ce rire ! Cet échange ! Cette merveilleuse absence de hiatus. Cette complicité à nulle autre pareille qui, alors que tu peines à marcher, à cause d'assez mauvaises jambes, que les miennes sont encore fragiles et courtes, que tout à l'heure nous étions un peu fatigués, haletants, la gorge nouée par la soif, par notre excitation de pionniers, nous ramène d'un pied ailé vers Aulaines, vers la maison d'école où je suis née, sa lourde solennité de bâtiment communal, garant d'ordre, de justice sociale, de progrès sous les auspices de Marthe, l'institutrice aux beaux yeux pers. Qu'elle lèvera de ses cahiers, sur nous, sur notre arrivée de maraudeurs, de broussards, avec une sorte d'indulgence sévère, de circonspection narquoise, une attention soutenue n'appartenant qu'à elle. Une façon d'entrer dans notre jeu, de nous faire sentir à Auguste et à moi qu'elle nous aime, est de connivence avec nous, mais en maintenant cependant, entre elle et nous, une très secrète encore que perceptible distance. Quant à soi subtil, intimidant pour le père, pour l'enfant, dont je n'aurai la clé que des années plus tard. Donnant un prix extraordinaire à ses gestes de tendresse, à ses réflexions familières d'épouse et de mère comme cette question rituelle, par exemple, qu'elle ne manque jamais de me poser avec toute la gentillesse du monde, au retour de nos escapades forestières : « Alors, petite Annie, tu as fait une bonne promenade dans la forêt avec Papa ? »

Et moi de répondre oui, chaude du bonheur de nous savoir confondus, lui et moi, dans sa précieuse affection de lourde et belle princesse lointaine, vêtue, à cause de sa corpulence, d'étoffes sombres qu'elle agrémente d'un col clair, d'un petit bijou de marcassite ou d'argent. Proche de moi, de nous pourtant à la toucher et qui me laisse m'installer à califourchon sur ses genoux puissants. Me serrer contre le bastion de son corps, de sa poitrine opulente sous laquelle je réussis à cacher à moitié ma tête frisée, pour être dans sa chaleur et dans le noir et qui rit elle aussi, à son tour quand je l'appelle « Ma grosse petite Maman », d'un rire modulé, ineffable.

Chaque fois aussi avec elle ce miracle. Ce bonheur ardent de la tenir à ma merci. De l'encercler de mes bras possessifs comme une tour, un tronc lisse de platane, de châtaignier et de faire jaillir d'elle, par sortilège, magie amoureuse, ce rire d'oiseau lyrique, primesautier, à la mesure de son âme délicate, de sa nature spirituelle et fine, la métamorphosant en rossignol nocturne et léger, en somptueuse forêt hybride (feuilles et chair) où les oiseaux rient avec moi et parlent, s'inquiètent de ma personne, de ma santé, me font compliment de mon petit panier de girolles, de mon flacon d'eau de source, ramené avec le bouquet d'herbes de menthe, avec la poignée de cresson qui, demain, fera merveille autour du rôti. De toutes ces denrées rares et précieuses, laborieusement, passionnément découvertes, là-haut dans les bois de Clossay sous le plein cintre des arbres, de leurs allées sonores du cri des faisans, de leurs clameurs d'orgue et qui témoignent que, mûre pour le culte des forêts, pratiqué, pas à pas, colonne après colonne, avec Auguste, dans leurs basiliques, je le suis aussi, pour entrer, avec Marthe, cette fois, dans la cathédrale des signes. Celle des mots. Pour apprendre à lire.

2.

Donc, le sort en est jeté. J'apprends à lire grâce à la méthode de Monsieur René Jolly et sous la direction de Marthe.

En décembre, j'en suis, avec mes distingués condisciples, à l'étude des diphtongues. L'étude des diphtongues nous permet par exemple de déchiffrer ce texte qui nous ravit : « Lili va à Paris. Dans le train il y a plein de monde. Un enfant pleure. Il veut ouvrir la portière. Sa maman le gronde. Dans un panier, un lapin grignote une croûte de pain. Une dame brode. Tout à coup le train s'arrête brutalement. La dame pousse un cri. Le lapin sort du panier. Lili rit. » Inutile de préciser qu'avec Lili et la permission de Marthe qui, dans ces cas-là, se fait un devoir de donner le signe de l'hilarité permise, on s'en paie une bonne tranche. D'autant qu'il faut bien avouer que des lapins qui voyagent, et, en cas d'arrêt brutal de la locomotive arrachent en sautant de leurs paniers des cris extraordinaires aux dames bien élevées et diligentes qui brodent lors de leurs déplacements ferroviaires au lieu de bayer aux corneilles et au paysage à travers la vitre, il y a de quoi, même quand on est d'un naturel sérieux, se fendre la pipe !

Et puis, une fois de plus, avec cette histoire de

broderie, on peut rêver. Rêver à ce qu'on brode quand on a le souci de s'occuper utilement les mains dans un compartiment de troisième classe qui vous reconduit par étapes, avec ou sans lapin pour troubler votre sérénité, vers les joies de la famille.

Sans doute, en l'occurrence, des initiales sur quelque mouchoir blanc en fine batiste et qu'on n'utilise que dans les grandes circonstances : les jours de baptême, de communion, de mariage, et qu'on sort délicatement de la poche intérieure de sa veste, si on est un homme ou un garçon ; de son sac à main, si on est une femme ou une fillette, pour essuyer la sueur qui vous perle au visage ou aux mains, au moment du dessert et du verre de vin blanc doux qui l'accompagne, après un déjeuner copieux ; après la valse, la mazurka, la danse du balai lors des fêtes de noces, et qui, le bal fini, soigneusement lavé, repassé, ira rejoindre dans l'armoire, dans un coffret de bois verni à fermoir d'acier, les gants de cérémonie, le nœud de velours ou de faille, la petite couronne de bleuets en soie, la paire de chaussettes blanches d'enfant, la montre en sautoir qu'on y serre précieusement.

Rudement chouette, cette affaire de mouchoir quand on y pense !

Et puis il y a l'écriture. Autre effort excitant à fournir, pour aboutir, après deux mois et demi à peu près d'apprentissage assidu encore que balbutiant, à cette première lettre, écrite au crayon à papier sur un morceau de page de cahier d'écolier, rédigée à l'intention de mes parents, lors de quelques jours de vacances d'hiver passés au Mans, entre Noël et le Jour de l'An, chez le frère de Marthe, mon oncle Théodule Taureau, installé boulevard Carnot, avec sa femme Henriette et leur fille Madeleine, ma cousine germaine et mon aînée de neuf ans. L'orthographe, en est, bien entendu, phonétique, le tracé des lettres, incertain. Je n'arrive pas encore, malgré l'aide du papier réglé, à écrire droit et faute d'avoir le sens de la construction des phrases, de leur articulation par propositions, mouvements successifs de la pensée, (ma pensée), d'être en état de la maîtriser, j'ignore tout de la ponctuation. M'échappe, du même coup, le sens de la hiérarchie des mots. De leur ordonnance autour de l'ossature du verbe. Cependant, j'ai déjà mes tics de plumitive en herbe, mes marottes. J'affectionne l'accent circonflexe, son fascinant bonnet pointu que j'utilise volontiers à la place de l'accent grave. Je trouve qu'il chapeaute élégamment le e, le a. Les coiffe de distinction.

Initiée à son tracé, depuis peu : Cahier N° 5. *Méthode pratique d'écriture*, de Monsieur André Renault, cette fois, qui le publie aux éditions Veuve Auguste Godchaux au 133, boulevard de Charonne, ce « de Charonne » m'en imposant au moins autant que ce Monsieur le Prince de mon livret *En riant*, garantissant la lecture sans larmes, comme on garantit le bon fonctionnement d'une pompe aspirante et foulante ou d'une cravate à système, je fais grand cas, aussi, de la majuscule et compte visiblement sur elle, pour donner, du moins j'espère, des dimensions quasi grandioses au contenu affectueux de mon petit message et je n'hésite pas non plus, dans un souci d'originalité discutable, à moins qu'il ne s'agisse de trahir à ma façon une préoccupation qu'il convient, je le sens, d'instinct, de tenir plus ou moins secrète, et qui est celle du mystère de la différence entre les sexes, à varier l'orthographe du mot « cher » selon que je m'adresse à Auguste puis à Marthe. Ce qui donne « mon jair Papa, ma chair Maman » et lorsque dans mon élan de jeune scribe audacieux, je les embrasse « toulêdeu », ce « toulêdeu », lui aussi, circonflexé, et écrit en un seul mot, est assez révélateur, que je sache, de l'idée que je nourris de la nature indissociable de leur couple par rapport à moi leur enfant qui signe, solennellement, dans la foulée, en un seul mot toujours : « Annieroulette », tant est grande ma conviction de faire un tout avec moi-même. Avec mon moi individuel, mon prénom, qui est ma personne privée et mon nom patronymique soulignant mon appartenance à la société des Roulette. A leur clan !

J'ajoute, en dessous, le nom de mon village natal : Aulaincs. Comme le reste, je l'orthographie de travers mais, déjà, cet Annie Roulette Aulaines que je débite d'une traite quand on me demande qui je suis, ce « nom-prénom-racine » que j'éprouve le besoin de spécifier devant autrui, que je me remémore cent fois en l'écrivant d'un seul jet sur mon ardoise, sur des petits bouts de papier, à l'aide d'un bâton sur le sol friable des cours, des allées du jardin, dans les chemins, à même la boue, cette manie, qui ne fera que s'accentuer avec l'âge adulte, avec les années, en dit assez long sur une volonté inquiète et passionnée de toucher sans cesse du doigt à ma propre identité et cela, à chaque fois que je me sens seule, incomprise et par conséquent dépossédée de ma personne. Ainsi, machinalement, comme malgré moi, cet hiver dernier encore, en Suisse, inscrits avec ma canne dans l'épaisseur velue et brillante de la neige d'un talus sur les hauteurs du plateau du Jura d'Envers, celui qui domine le Doubs, au-dessus de la Chaux-de-Fonds, à quelques pas de la Pension de la Chaux d'Abel et qui a servi de cadre à l'un de mes romans : *Dame suisse sur un canapé de reps vert*, ce prénom, ce nom, avec celui d'un village dans la Sarthe, Aulaines, rayé de la carte justement en 1965, à mon chagrin, pour être englobé dans la ville voisine de Bonnétable, en pleine période de frénésie centralisatrice au petit pied, ce signe d'identité trinitaire que j'ai regardé fondre sous le soleil, avec le sentiment d'assister, une fois de plus, malgré mes efforts pour y surseoir, au spectacle de ma propre défaite d'être humain, à son entrée inexorable au royaume commun de l'oubli. Toujours en moi, alors que j'aurai tant aimé voyager à travers les êtres venus d'ailleurs, que mes amitiés, mes amours, auront presque toujours été dépaysantes, étrangères, que mon mari est hongrois, cette vieille peur viscérale, déchirante, sans cesse latente, d'être dépouillée de ma nature originelle, de mon terroir, de ma culture, de mon lignage par des forces hostiles, échappant à mon contrôle. Me traitant pour les besoins de la machine monstrueuse qu'elles ont mise en marche, comme un rouage, un vulgaire et grossier robot destiné à la mise en place de l'opération « future planète morte ». L'obligation de subir, avant terme échu, avant que de mourir pour de bon, cette espèce de désintégration dite céleste, d'anonymat physique et métaphysique, de désincarnation avant l'heure, ne laissant pas même, derrière elle, un très fugitif et vague parfum d'âme auquel l'être religieux que je suis, c'est-à-dire païen, n'arrive pas à se résigner et, dont la vie menée par les citadins besogneux et obscurs, dont j'ai finalement toujours été, perdue avec eux dans les fourmilières hargneuses et débilitantes des civilisations surindustrielles, jour après jour, renoncement à soi, aux autres, après renoncement, est en quelque sorte la préfiguration.

J'aurai pourtant tout fait, tout entrepris, tout osé, avec la foi du charbonnier, en façon de vivre, de sentir, en amour, pour, malgré les handicaps, échapper au fil des ans à ma dépersonnalisation programmée d'adulte, voué par les tenants des pouvoirs politiques ou marchands, au culte puéril du gadget pour petit parvenu de raccroc ; à la toile d'araignée des faux besoins, aux mécanismes plus ou moins vite rouillés de l'amour hygiène. Ce culte, exalté, pratiqué, dans le jargon prétentieux des maîtres escrocs de l'heure, déguisés par leurs tailleurs, leurs bottiers, leurs coiffeurs, en grands prêtres ou prêtresses voués au bonheur des peuples.

Pour essayer de sauver quelque part en moi « Annie Roulette d'Aulaines » sa spécificité d'être humain. Celle qui permet, peu ou prou, d'aller vers les autres sans les dévorer. Sans qu'ils vous dévorent.

Sauver l'enfant heureux d'aimer. D'être aimé. D'exister. Que la plus grande simplicité de mœurs villageoises : absence de confort dans la maison, d'eau courante, de chauffage dans les chambres, sauf en cas de maladie, les vêtements pour l'ordinaire longtemps portés, élargis, rallongés, tout cela largement compensé par la chaleur et l'originalité des rapports humains, maintient en état constant d'éveil, d'intérêt, devant le miracle, quotidiennement renouvelé, d'appartenir au monde ! D'être en vie. De pouvoir s'appuyer sur les ressources d'une imagination rompue à transfigurer le quotidien. A se faire une fête d'un jupon neuf, d'une écharpe, d'une veillée au coin de la cheminée avec le régal de quelques châtaignes trempées dans du cidre. Avec, sur deux genoux ronds, habillés de grosse laine, l'envoûtante présence du chat, son ronronnant voluptueux velours.

Autour de moi, les saisons. Dans un luxueux décor naturel de pays de bocage, leur mise en scène successive et savante, optant, au rythme des besoins de la planète, pour la luxuriance ou le dépouillement. Pour les teintes d'automne enfiévrées, sur fond de musique wagnérienne ou, à l'inverse, pour la suavité des couleurs pastel que le délire orchestral des oiseaux en veine de nidification, sa virulence allègre de flûte mozartienne, exalte jusqu'à tirer des larmes. Régal des yeux, de l'odorat, du goût ! A cause de la première cerise, de la première fraise, de la première reine-claude. Bonheur. Bonheur toujours, c'est-à-dire absence de peur, d'envie, d'insatisfaction de mon humble état. Et surtout, merveilleuse absence d'ennui !

Oui, c'est vrai, j'aurai tout fait pour sauver en moi la part de l'inaliénable, de l'unique. Qui est la clef de voûte des êtres. Le fondement de leur caractère, de leur vision du monde, de leur dignité. Qui met ceux-là qui s'acharnent à la détruire, fût-ce chez le plus obscur des hommes, en état de péché mortel. Tout fait pour que ne meure qu'avec moi la petite Annie Roulette d'Aulaines. Quitte à brouiller les cartes sur mon compte. Quand j'aurai découvert, par exemple, que mon nom patronymique qui est, à travers mon père, ma cheville ouvrière, mon pilier de soutènement peut porter le profane à rire. Que lorsqu'en roulant les R avec l'accent du terroir je l'énonce à douze ans, au lycée du Mans où l'on m'a mise en pension, il provoque l'hilarité hautaine de certaines de mes compagnes « villotières ». Qu'être fille d'institutrice de pauvre village et d'ancien gendarme, nécessairement affligé, au dire des imbéciles, d'inhumanité et de bêtise crasse (gloire à toi Auguste, pourtant, qui m'apprit la tolérance et le mépris du qu'en dira-t-on) a quelque chose de mesquin qui empêche qu'on vous prenne tout à fait au sérieux. Vous et vos prétentions à écrire par exemple. Car enfin vous avez des origines incompatibles avec ce qu'on appelle le talent. Elles sont trop ternes... !

Quitte donc, à m'inventer un autre nom, un pseudonyme d'écrivain, justement. Quitte à me mettre à écrire, c'est-à-dire à brouiller consciemment, lucidement les cartes. A fabriquer minutieusement du faux vrai, qui ait quelque chance de sonner plus juste que ma vérité. D'être mieux considéré ; admis.

Livre après livre, masque après masque, sur mon visage intègre d'enfant, l'accumulation concertée des sédiments. Leur maçonnerie derrière laquelle je vis emmurée, en état perpétuel de semi-étouffement. Du matin au soir, dans les métros, les autobus, les trains, les magasins, dans l'enseignement, sur moi, le poids du heaume, de sa visière presque constamment rabattue. L'enseignement dans lequel j'aurai travaillé si dur, par conscience professionnelle, sans en avoir la vocation. Ni celle-là, ni une autre d'ailleurs, à part la cuisine peut-être, comme Auguste, par besoin de convivialité, de créativité et cette passion, de me battre avec les mots dont j'ai toujours été au demeurant amoureuse. Avec leur magie. Leur ambiguïté. Révéler. Occulter. Tout dire et ne rien dire. Cultiver le mystère en ayant l'air de déchirer le voile.

En moi, ce besoin d'activité cachée, de travail austère, solitaire, me permettant de me soustraire, du moins en esprit, à la banalité de ma condition de petit professeur de lettres de banlieue sorti du rang. Cette volonté de mystification de mon entourage. Ecrire à la barbe des contingences. Celle des gens. Ruser avec leur conformisme bourgeois ou anti-bourgeois. Leur liberté de pacotille qui s'arrête à la lisière de leur porte-monnaie. De leurs intérêts. De leurs commodités privées. Raser les murs et m'en foutre. Mettre, pour écrire toujours, me démarquer, tout ce que je puis avoir d'entêtement et de ruse. Celle du chercheur, du mineur de fond, celle du fou. Du prisonnier concentré sur l'idée fixe d'évasion. L'enjeu étant de réussir à maintenir entre ceux-là et vous dont on redoute les critères dépersonnalisants, faussement intelligents, snobinards, une distance, une marge de manœuvre.

Parfois le coup réussit. Le merveilleux coup qui vous rapproche de quelqu'un qui, lui, n'a pas de préjugés vis-à-vis de vous. Quelqu'un que vous ne connaissez pas, qui ne vous connaît pas et qui prend la peine de vous écrire, après vous avoir lu, pour vous faire compliment d'avoir si bien évoqué votre « vécu » dans lequel, il s'est, comme il dit, « reconnu ». Alors qu'il s'agit toujours plus ou moins d'un montage. D'un jeu de cache-cache fiévreux, haletant. Avec les risques qu'il entraîne d'être à la fin totalement découvert, démasqué, dépouillé de sa cuirasse et de ses armes. Avec les chances qu'il comporte de ne l'être jamais tout à fait. De résister, jusqu'au dernier souffle, à l'analyse. A ses rites de laboratoire humiliants. Leurs pesantes conclusions.

Bien sûr, je n'en suis pas encore là à six ans, où j'ignore encore ce que c'est que de vivre sur la défensive. Mais quelque chose déjà en moi, avec l'apprentissage de la lecture, de l'écriture, se noue, se complique, s'éloigne de l'oralité pure, du mouvement incantatoire de la parole et du cri, du beau discours primitif qui ne laisse de trace que dans la mémoire de celui qui l'a entendu, le recrée à sa manière, en fait sa nourriture, son viatique à sa façon, le transmet à quelqu'un d'autre qui le modifiera au gré de ses propres fantasmes, et ainsi de suite.

Me vient, déjà, sans doute, alors, avec la scolarisation, ses premiers travaux d'approche pour me faire accéder à l'état compliqué, tourmenté d'adulte, ce souci de perdurer par l'écriture. De laisser des traces. D'apporter la preuve que je peux exister au-delà de mon présent. Premiers mouvements d'angoisse et d'orgueil ! Déjà m'empoigne cet inutile et pressant besoin de me survivre qui est signe que ma belle étourderie d'enfance vient récemment d'être ébranlée. Qu'alourdie de mémoire, de devoirs à accomplir selon un calendrier fixé d'avance, je commence confusément à redouter le pire : à craindre de mourir.

Quoi qu'il en soit, il semble que mes premières et désarmantes pattes de mouche aient ému Auguste. Que ma main incertaine, s'essayant à tracer mon nom patronymique qui est le sien, ait touché en lui la fibre paternelle. Que cet Annie Roulette tracé au crayon avec maladresse, mais non sans fermeté, l'ait, alors, hypnotisé. Comme s'il découvrait, lui aussi, à travers moi, un double de lui-même déguisé en messager de l'avenir. Ayant reçu pour mission de le rassurer sur son propre compte d'homme de quarante ans bien plus fatigué et fragile qu'il ne veut le laisser paraître : une enfance d'orphelin de père en milieu pauvre, une adolescence laborieuse et sévère d'apprenti cuisinier-pâtissier au début du siècle, la guerre des tranchées suivie, comme gendarme, de deux années de campagne au Liban. Sur ses chances de se prolonger à travers moi. A telle enseigne qu'il aura éprouvé le besoin, dans le feu de l'émotion, de la reconnaissance, de signer son nom à son tour, au-dessous du mien.

La signature d'Auguste, mon père, reçu au certificat d'études, premier du canton en 1907, dont son instituteur Malidor, de Vallon-sur-Gée, appréciant les dons oratoires, déclarait que s'il eût été financièrement en état de poursuivre des études, il eût fait un bon avocat, de même que l'abbé David, son curé, assurait de son côté que s'il avait eu la vocation il eût fait, pour les mêmes raisons, un excellent curé, a toujours eu quelque chose de royal. Quelque chose d'auguste justement. Une signature qui part en flèche, s'appuie sur la magnificence chantournée du R majuscule, d'un style hardi, presque baroque, pour, sans crier gare, aller donner de la tête vers l'infini. Révélant, chez ce simple secrétaire de mairie de village, au demeurant discret dans son comportement, ses manières, conscient de la modestie de ses attributions, mais dressé par les circonstances, leur dureté, à faire front, à défier le destin, à venir à bout des pièges qu'il lui a tendus, dès l'âge de sept ans à la mort d'un père phtisique enlevé aux siens, et les laissant dans le besoin, une manière d'élan vital, d'optimisme têtu, de confiance en soi. De panache.

Audace souveraine d'Auguste. Vigueur de la pensée. Robuste. Claire. Dont, les années passant, je prendrai la mesure. Avec laquelle j'apprendrai à me colleter. Car l'homme s'étant fait par lui-même et en ayant, selon sa propre expression, pas mal bavé, avait acquis cette force, cette liberté de caractère, cette indépendance de jugement qui ne s'en laissait pas aisément conter. Fût-ce par moi, sa fille, qu'il aimait. Qu'il avait pourtant fini par admirer, tout en se récriant là-dessus, et déclarant volontiers qu'un prix d'excellence en classe de philosophie ne justifiait pas pour autant que je me crusse autorisée à lui donner, à l'occasion, des leçons d'art de vivre.

Voici en tout cas ce que le « Jair Papa », au crayon à papier lui aussi (sans doute pour me mettre à l'aise, ne pas me snober par ses talents de virtuose à la plume sergent-major), en s'appliquant à bien former ses lettres pour me faciliter le déchiffrage, et, la mode n'étant pas au gâchis, fût-ce celui d'une demi-feuille de papier d'écolier dans les honnêtes familles tenant le souci de l'épargne pour une vertu, prit la peine, au verso de mon épistole qui me fut réexpédiée au Mans, de m'écrire en guise de réponse.

Premier paragraphe ou premier couplet comme le lecteur voudra : Petit, Petit, Annie Roulette est une rude fille. Elle a le gosier en pente ! Sic !

Second paragraphe ou couplet, au goût du lecteur

toujours : Annie Roulette est une rude fille, est bien gentille. Je l'embrasse tendrement. Roulette.

Roulette encore une fois et non point Papa. Déjà, ce code entre nous, ce mot de passe. Cette préoccupation respective de nous reconnaître mutuellement d'un même lignage. A faire perdurer. A défendre. Celui des Roulette. Les Roulette — Bourgault par Anne ma grand-mère, les Roulette — Taureau par Marthe et les siens. Petites gens. Petite extrace. Raison de plus d'en soutenir le maintien des fragiles armes roturières !

J'ajoute qu'au reçu de cette brève et percutante missive qui tenait un peu du refrain innocemment gaillard du soldat en campagne, louant les mérites de sa cantinière préférée, encore qu'un peu portée sur la dive bouteille, je bus, quant à moi, littéralement du petit-lait. Il arrivait en effet qu'Auguste dans ses bons jours, ses petits quarts d'heure d'euphorie, entre la confection d'un mironton et la rédaction d'un acte de mariage, après m'avoir installée à califourchon sur ses épaules et en faisant au pas cadencé le tour de la table de la cuisine, entonnât des chansons de troupier d'infanterie dans le genre :

C'est à côté d'un marchand d' nouveautés
Tout près d'un mastroquet
Qui fait le coin d'un quai.
C'est une espèce de marchand' de salaisons
Qui fait l' coin de la maison
De ma maître-e-sse.

Ou bien encore :

« Venez voir la « Môme fend-l'air », qui fait pipi dans l' trou d'une aiguille sans mouiller les bords ! »

Ce qui me faisait glapir d'enthousiasme et battre des mains à hauteur de solives et rouler à Marthe des yeux blancs, prendre des airs, avant que d'éclater de rire.

La terre en tout cas ne me portait plus d'apprendre par la diligence des P.T.T. que j'étais le « Petit Petit d'Auguste », « sa rude fille nantie d'un gosier en pente », son « Annie Roulette à lui ». Une créature du même tonneau que la « Môme fend-l'air », ses prodiges, et ceux de cette maîtresse que je célébrais en braillant avec mon « Jair Papa » sans avoir aucune idée de l'immoralité de la situation.

Heureuse de me savoir aimée, je pavoisai, la lettre dans ma poche jusqu'à la fin de mon séjour au Mans, la ramenai à Aulaines, où on la conserva soigneusement (ainsi l'ai-je encore) avec les papiers de famille, la correspondance d'Auguste et de Marthe à l'époque de leurs fiançailles, les titres de propriété, les inventaires après décès, les actes de mariage s'étant succédé, de père en fils, depuis 1792, du côté de mon arrière-grand-père paternel, le ferblantier de Vallon-sur-Gée.

Quoi qu'il en soit, j'ânonne, je griffonne, bref je suis lancée.

Je reçois mon premier album de textes illustrés en cadeau de Noël. Intitulé *Les animaux sauvages* et publié chez Larousse. Il est, tant par ses historiettes que ses compositions en couleur ou en noir et blanc, l'œuvre de Mme Marie-Madeleine Franc-Nohain, spécialiste du genre.

A cinquante ans de distance, je sais toujours autant gré à cette Marie-Madeleine Franc-Nohain qui avait du talent, maniait les ocres, les bruns fondus, les verts tendres, avec le doigté d'une professionnelle de la psychologie enfantine, possédait à fond la technique des ombres fines au pointillé, celle du trait délicat, du mouvement enthousiaste ou naïf, de m'avoir fait si longtemps et si doucement rêver devant ses éléphanteaux gris souris, défilant, impavides, sur fond de ciel d'été bleu de Prusse ; devant ses bébés tigres jouant sans façons avec la queue ocellée de leur mère, ses pingouins nostalgiques et graves, figés sombrement, comme de vieux messieurs en frac, dans l'attente de la neige qui ne vient pas. Devant son vieux loup assagi, domestiqué par la mère-grand et qui se hâte, comme un brave toutou, à la rencontre du Petit Chaperon rouge, pour la guider jusqu'à elle ; ses petits nègres dodus et nus, jolis à croquer, escaladant un palmier, par crainte que l'hippopotame, entré dans la rivière n'en fasse monter le niveau au point de les y noyer.

Devant son jeune cerf couleur de chamois, de marron d'Inde, occupé, dans une clairière couleur d'anis, à brouter un arbrisseau sous l'œil de deux enfants cachés derrière un fût d'arbre. Et le petit garçon de s'exclamer : « Ce n'est pas des cornes qu'il a sur le front, c'est du bois. » Et la petite fille de se gausser de lui : « Tu n'y comprends rien. Tu ne vois pas que c'est l'arbre qu'il est en train de manger qui lui sort par la tête. » Devant son lion surtout. Mon premier lion. « Superbe et généreux » comme plus jamais, depuis, je n'aurai vu un lion. Une bête olympienne, couleur de miel, d'or liquide, réfugiée dans son dédain des choses de ce monde. Celui des hommes. Somptueux soleil encagé derrière les barreaux de sa prison de ciment. Réduit à se consumer pour rien, à s'autodétruire. Un être désespéré, qu'un joli gamin, vêtu de blanc, salue, et qui, n'obtenant aucune réponse, s'éloigne décontenancé et sur la pointe des pieds, en déclarant qu'il ne sait pas saluer car il n'a jamais porté de chapeau.

Pour cet art, finalement consommé, qui était celui de cette dame, de cette Marie-Madeleine Franc-Nohain, de m'avoir, dans ce temps-là, initiée sans avoir l'air d'y toucher, sans les vulgarités gueulardes de dessin et de plume qui font désormais fureur, à ce va-et-vient perpétuel entre le tragique et le dérisoire, le ridicule et le cruel, l'insolite et le familier, le domestiqué et le sauvage qui, page après page, en équilibre fragile entre le rire et les larmes, la confiance et la terreur, me maintenait en état passionné d'éveil. A l'écoute de mes premiers grands élans de pensée libre. Avec eux, ceux du cœur. Ceux de la pitié.

Car au passage, j'avais pitié des singes de Marie-Madeleine, déguisés en militaires, en demoiselles endimanchées, la nuque encombrée d'une collerette plissée. De ces ours muselés qu'un saltimbanque faisait danser au son d'une harpe verte sous les yeux d'une mère de famille et de ses enfants. Et si, moi aussi, je ne pouvais tout à fait me défendre d'en être hypnotisée, si j'aurais bien aimé pouvoir les faire sautiller à ma guise, les tenir à ma merci au bout d'une chaîne, en même temps je les plaignais. Je trouvais honteux qu'on les réduisît à tenir le rôle de caricatures de l'espèce humaine. Je sentais tout ce qu'il y avait là d'humiliant, d'injuste, à leur égard, à leur imposer pareilles grimaces, à les condamner à faire les frais du voyeurisme des gens ; de leur lâcheté.

Passent quelques mois encore, je lis couramment enfin et commence à faire mes choux gras des livres de la comtesse de Ségur née Rostopchine dont un libraire généreux, M. Leroy, affable petit homme rond à blouse grise et béret basque, tenant boutique au Mans, place de la République, me fait assez régulièrement cadeau lorsque Marthe lui passe commande de livres scolaires ou de papeterie.

J'apprends dans *Les petites filles modèles* des choses étonnantes. Comment on peut guérir d'une morsure, provoquée par un chien enragé, en immergeant la plaie deux fois le jour, un quart d'heure durant, dans de l'eau fraîche salée, en absorbant à chaque fois deux fortes pincées de ce même sel et une gousse d'ail. Durée du traitement, huit jours. De quoi damer le pion à ces messieurs en blouse blanche et collier de barbe de l'Institut Pasteur. Et puis, qu'on se le dise, la vie chez Mme de Fleurville, veuve inconsolable d'un officier de cavalerie dont elle évoque avec sentiment « la fin cruelle dans un combat contre les Arabes », au plus fort de la conquête française d'Algérie, on le suppose, est si bienséante et romanesque à la fois qu'il y a de quoi tenir en haleine une gamine de sept ans, affamée de contes roses plutôt que de récits garçonniers et violents. Ce ne sont à Fleurville qu'aventures extraordinaires à dénouements édifiants et heureux ! Cueillettes de fraises sauvages dans les bois voisins. Illuminations et bals de plein air en froufroutantes robes de taffetas. Promenades à ânes. Jardinage floral. Délicieux goûters. Mais, dans le même temps, accès redoutables de fièvres enfantines dues à la petite vérole, nécessitant des cataplasmes saupoudrés de camphre sous les pieds de la malade, absorption de gomme fraîche avec obligation de garder le lit plus d'une semaine. Terrible accident de calèche où les malheureux chevaux périssent, éventrés, sous le poids des roues, cependant que les deux passagères, Mme de Rosbourg et sa fille Marguerite, sauvées de justesse, sont soignées au château de Fleurville. Comme Mme de Rosbourg, aussi aimable que bien née, pleure la disparition en mer, lors d'un naufrage, de M. de Rosbourg, Mme de Fleurville la retient sous son toit et ces dames, réunies par les mélancolies du veuvage et les bonnes manières, par la dévotion aussi, décident de vivre ensemble et de partager et les douceurs de l'amitié et le souci de l'éducation de leurs enfants.

Il arrive encore que par étourderie, désobéissance aussi, après s'être échappée du cabinet d'études où l'on s'ennuie sur ses exercices d'écriture et de calcul, on s'égare dans les sombres forêts des pays d'Ouche, hantées par les sangliers et les loups. Qu'après avoir beaucoup marché, déchiré ses vêtements aux épines, perdu sa capeline en paille d'Italie, à l'heure redoutable et noire où les bêtes sauvages frôlent de leur terrible haleine vos bottines vernies qui vous font mal d'avoir tant marché, vos bas de fil blanc, l'ourlet délicat de vos jupes de nankin de jolies petites demoiselles aventureuses, pour l'heure craintivement réfugiées à califourchon sur les basses branches d'un chêne séculaire qui leur donne l'occasion de remercier le bon Dieu de l'avoir placé là pour les soustraire au sort le plus déplorable, on ne doive son salut qu'au passage d'une robuste carriole conduite par un honnête boucher nommé Hurel qui, son cheval et lui, en ayant vu d'autres, vous ramènent gentiment au petit trot, mortes de fatigue et de peur jusqu'au château pour vous y rendre à l'affection de Mme votre mère, cependant que, vous jetant à ses pieds, vous implorez son pardon, après que votre bonne qui vous est entièrement dévouée, et qui s'appelle Elisa, venue vous accueillir sur le perron « effarée et pâle » n'ait pas manqué de dire à votre sauveur « Attendez mon brave homme que Madame vous remercie », etc., etc. Je trouve tout cela parfait. Emouvant. Exemplaire. Je fais des *Malheurs de Sophie*, de *François le Bossu*, du *Bon petit diable*, mes livres de chevet. Dieu merci, je ne suis pas encore en état de me gâcher le plaisir par une analyse socio-culturelle aussi laborieuse que systématique de l'œuvre réactionnaire de Mme de Ségur, fille du général russe Rostopchine qui fit incendier Moscou en 1812 pour barrer la route à l'impérialisme napoléonien. Par un tatillon examen critique, débouchant sur un sévère procès à lui intenter pour cause de mentalité hobereaute, étayée d'obscurantisme bondieusard, d'hypocrite bienséance, de condescendante charité envers les humbles, sur arrière-fond d'éternel prêchi-prêcha !

Je ris, m'émeus, m'indigne sincèrement, voilà tout, et cela suffit à me rendre heureuse.

De même avec Bécassine, que j'aime beaucoup malgré ses incroyables naïvetés, à cause de son cœur excellent et dont les idées, inscrites par elle sur un cahier de crainte de les oublier, pour se rendre selon sa propre formule « agréable, indispensable à Mme la marquise de Grand-Air », sa maîtresse, me font mourir de rire. Comme me font mourir de rire, quand je n'en suis pas outrée, les airs snobs, le maintien suffisant de cette vieille folle de baronne de Kiné, alliée par mariage aux « Grand-Air », ses effets de face-à-main, de tenue de chasseresse éprouvée pour la moindre marche à pied, sa bouche en cul-de-poule sous sa toque de martre, ses croassements qu'elle imagine distingués dans les conversations mondaines, ses manœuvres pour réussir à marier sa fille, la caser au mieux de leur fringale commune de fortune et de vanité.

Au hasard d'une émission de télévision, il y a quelques années, dans une grande ville de province, me trouvant en compagnie d'une poignée de dames de tout poil, rassemblées pour y prononcer, du moins en principe, des paroles définitives, sur la condition de la femme d'hier et d'aujourd'hui, je ne fus pas la seule à voir avec stupeur une charmante, encore qu'un tantinet colérique Bretonne, s'emparer rageusement du micro, pour déclarer, ce qui était d'ailleurs hors sujet, que les albums de Bécassine, si populaires encore après un demi-siècle de carrière, avaient été une véritable insulte infligée, une fois de plus, à la nation bretonne, que les Français n'avaient eu de cesse d'humilier depuis le mariage de sa duchesse avec Charles VIII. Un odieux coup monté, visant à ridiculiser le peuple armoricain tout entier aux yeux du Français moyen de la Troisième République et des suivantes. A le persuader, comme pour les nègres d'Afrique, ces autres victimes de nos préjugés, qu'il y avait dans chaque Breton stupide, ensauvagé, un débile mental qui s'ignore, un « béni-oui-oui » résigné, tout juste bon à assumer, après dressage, le service de maison. A y jouer le rôle du boy hilare et demeuré, content de faire la cuisine, de laver le linge et vider les pots de chambre de Madame et de Missié, quelque part du côté de Dakar ou de Douala avec la bénédiction du père missionnaire ou du pasteur de service, travaillant de concert avec les autorités gouvernementales et laïques à sa domestication « anima et corpus » pour la plus grande gloire de Dieu et des Blancs.

Bref, la pauvre et sotte Bécassine exploitée par la tribu des Grand-Air, la « Y'a bon Banania » de Roscoff, de Ploumanach, y en avait marre !

Impossible, il m'en souvient, de rappeler cette brûlante redresseuse de torts un peu à l'ordre, c'est-à-dire à un sens relatif de l'humour. De hasarder avec elle une discussion nuancée. De lui faire observer, qu'album après album, ni le talent caustique de Pinchon, l'illustrateur, ni celui de Caumery auteur des textes, talent aigu de caricaturiste chez l'un, de moraliste discret mais percutant chez l'autre, n'avaient finalement épargné personne, et surtout pas, à travers Bécassine, la bonne société du boulevard Saint-Germain, censée incarner les délicatesses supérieures de la civilisation entre Paris, Deauville et Douarnenez au milieu d'un essaim de cuisinières, de valets de pied, de femmes de chambre, tous, bretons ou non, brillant par leur ridicule et leur suffisance de valetaille imbue de l'importance de leurs fonctions. De leur supériorité de domestiques de grande maison, initiés, dans le sillage de leurs maîtres, aux secrets d'un savoir-vivre ultra raffiné.

D'ajouter, même, que plus d'un instituteur, d'un employé d'administration, de militaire de carrière, natif de Ploescot ou de Quimper s'en était allé à son tour en Afrique, y jouant comme n'importe quel fonctionnaire, n'importe quel marchand, natif d'Angoulême, d'Arras ou de Carpentras, un rôle classique et bien français de grand ou petit colon, plus ou moins soucieux, selon son degré de scrupule, d'idéal, d'intelligence du cœur ou de cynisme, ce fameux rôle civilisateur tant remis en question depuis et pour cause !

Mais c'eût été là transformer notre podium bigarré de commerçantes, d'agricultrices, d'enseignantes, d'essayistes, de femmes patrons-pêcheurs ou au foyer, quasi en arènes sanglantes ! Nous exposer, mes pareilles et moi, effarées d'apprendre que le plaisir que nous avions pris autrefois à nous régaler, dans notre âge tendre, sans préventions particulières contre le peuple breton, des aventures de Bécassine, avait été totalement malsain, à de telles foudres qu'il nous fallut, d'office, rengainer notre méchant couplet raciste. Notre discours fascisant. Nous réfugier, comme nous pouvions, derrière le paravent de vagues sourires et l'aptitude de notre meneur de jeu à nous ramener à des propos aussi généraux qu'anodins sur les problèmes du commerce, de l'agriculture, de la pêche au thon, de l'éducation des enfants, de l'émancipation par le travail salarié ou non du beau sexe, dont nous faisions, paraît-il, partie, à des degrés divers. Justifiant notre rassemblement en face d'une caméra, multipliant les gros plans sur nos mises en plis fraîches et les corsages coquets que nous arborions pour faire bonne figure et laisser au public le souvenir d'une brochette de dames aussi responsables et libérées qu'avenantes !

A propos de lecture encore, je me demande ce qu'il en est advenu à cette heure, enfin ce qui la remplace, de cette librairie-papeterie catholique tenue au 9 de la rue Bab el-Oued par un certain Raoul Miaux, il y a cent ans, à Alger. Si ce ne serait pas justement, celle-là, que le gouvernement algérien, pour en finir à tort ou à raison, une fois pour toutes, avec une présence chrétienne implantée sur son territoire dans la foulée de la colonisation, vient de fermer en 1985 ? C'est dans cette boutique, il y a près d'un siècle, qu'à l'intention de Clémence Busson, ma cousine et marraine qui vivait alors dans la maison voisine de l'école (Clémence, un personnage balzacien sur lequel je reviendrai) fut achetée par sa tante Elise Paumier, née au village de Coudrecieux dans la Sarthe, à la ferme de Belle-Ecuelle et devenue, par vocation, alors que rien ne l'y préparait, religieuse de Saint-Vincent-de-Paul, sous le nom de sœur Anna, en Algérie, à Ténès, cette *Imitation de la très Sainte-Vierge*, reliée en maroquin, que la dévote Clémence, consciente cependant des lenteurs fastidieuses, pour un enfant, de la grand-messe, soucieuse d'éviter que je ne baye par trop aux corneilles, en me juchant sur ma chaise basse, un pied levé comme un héron, une cigogne, en ôtant et remettant, sans arrêt, mon béret rouge pour m'occuper les mains et me faire remarquer, me prêtait, dans l'espoir que j'y grappille, en le feuilletant, quelques traits d'édification à ma portée ?

Entreprise ardue et déconcertante pour mes sept ans, plus friands des Contes d'Andersen et de Perrault, des chats bottés volants, des citrouilles qui deviennent carrosses, des hommes-monstres qui se font aimer, à grand renfort de dévouement et de larmes, par des jeunes filles qui, elles, à force de les regarder avec les yeux du cœur, réussissent à les transformer en princes beaux comme le jour, bref, de merveilleuses fables à dormir debout, où mon innocent besoin d'érotisme fastueux, de métamorphoses exaltantes trouvait son compte, que la lecture désordonnée et sporadique de ce joli petit livre pieux à couverture en cuir gaufré, souple sous ma main comme une peau. Qu'au hasard de mon ennui, d'un mot, d'une phrase qui m'accrochait, d'une autre qui m'était parfaitement incompréhensible, j'ouvrais et refermais à peu près au même rythme, avec le même besoin de mouvement, de distraction, que j'ôtais et remettais mon béret, dont j'étais persuadée de l'élégance tout à fait remarquable et audacieuse sur ma tête ronde et solide de mignonne clownesse aux cheveux épais et frisés, aux yeux étroits et chinois, affligés d'une myopie non encore décelée, qui me faisait presque constamment battre des paupières pour essayer d'y voir moins trouble autour de moi.

Histoire, aussi, de créer une diversion à cette sorte de timidité que j'éprouvais, pendant les offices, au cours de leur déroulement somptuaire, coloré, indéchiffrable. Avec leur appareil de sons nasillards et lents, de mouvements d'humilité : nuque penchée, agenouillements, coulpe frappée. Celui des odeurs enivrantes et fines : vapeurs d'encens, cire vierge que la flamme consume. Et la voix caverneuse du bedeau, dérivant de bas en haut, de haut en bas, péniblement, et par à-coups, de concert avec les ronflements de l'orgue, ses éclats prophétiques dont les vibrations me glaçaient et me tiraient des larmes ! Venaient s'y ajouter les onomatopées, inintelligibles pour moi, parce qu'en latin, de l'officiant, ponctuées parfois de coups de claquoir pour se lever, se prosterner, se signer. Un rituel fastidieux mais envoûtant, mais fantastique. M'incitant, comme un oiseau sur son arbre, à l'affût du moindre bruit insolite, de la moindre modification du passage de la lumière à travers le crible polychrome d'un vitrail fleurdelisé, à me tenir aux aguets, perchée sur ma chaise basse que Clémence appelait un prie-Dieu. Sur lequel je devais m'agenouiller quand une cloche, tintant avec un bruit de source, celle de mes rêves, celle de la forêt, signalait le passage de je ne savais quel beau seigneur ailé que Marraine appelait Jésus et dont elle m'annonçait que je ferais la connaissance dans plus d'un an quand je serais en âge d'aller au catéchisme.

En attendant, et pour passer le temps, je barbotais dans l'*Imitation de la très Sainte Vierge* éditée à Dijon par Pellion et Marchet Frères, libraires-éditeurs, avec l'approbation de Georges Dard, vicaire capitulaire, en ayant accordé l'Imprimatur le 15 avril 1888.

Quelqu'un là-bas, à l'orphelinat-ouvroir de Ténès, où de jeunes Algériennes orphelines, christianisées, apprenaient à chiffrer et broder le beau linge de maison à l'intention des dames françaises de la ville, une autre religieuse de l'ordre, sans doute, une compagne de sœur Anna, habile à manier la plume et l'encre de Chine, avec une délicatesse de clerc médiéval, avait, sur sa prière, après qu'elle eut acheté l'*Imitation*, calligraphié en écriture gothique sur sa page de garde, la dédicace que je ne manquais jamais de relire à chaque fois que je l'ouvrais : Sœur Anna, à sa nièce bien-aimée Clémence Busson.

Si joli à voir, à revoir pour moi, à savourer que ce tracé minutieux, chantourné et sans bavure de belles lettres ornementées où les majuscules, ces fameuses majuscules qui m'ont toujours charmée, déployant leurs pleins et leurs déliés, agrémentés d'arabesques ténues, qui en exaltaient la somptuosité, donnaient au modeste nom de Clémence une solennité qui me flattait, me la faisait tenir pour une grande dame

D'autant que toujours assez coquettement mise et chapeautée pour se rendre à l'église ou se promener avec nous, sentant bon le savon à la violette et l'eau de Cologne du dimanche, je la trouvais, malgré le délabrement de sa fragile personne, dû à une succession de maladies graves : la typhoïde, le cancer du sein, l'ayant obligée à prendre, pour raison de santé, sa retraite anticipée d'institutrice, passablement élégante. Digne, par conséquent, de posséder ce gracieux petit volume sibyllin dont les considérations sur l'état de pureté congénitale et de virginité perpétuelle jusque dans l'enfantement d'une jeune fille juive de Galilée, prénommée Myriam par les gens de sa famille et choisie par Dieu pour la mise au monde d'un enfant destiné à sauver l'humanité, à l'arracher à la bassesse de sa condition, m'échappaient totalement.

Cependant m'attiraient les mots. Etranges. Etrangers ! Jamais concrets ou presque. Ne désignant que rarement des objets, des animaux, des plantes, sinon les agneaux et les lis, qui me fussent familiers. Les mots charrieurs de concepts mystiques, de symboles désincarnés et qui m'éloignaient de cette sensualité rassurante et chaude des formes charnelles de l'univers. De leurs couleurs, leur volume palpable, leurs odeurs. De grands mots dépaysants. Exotiques. Inutiles. Des mots-bibelots, qui ne tenaient lieu, quand on les énonçait, que d'ornement. Comme des surtouts, comme des vases. Dont je savais ne pouvoir me servir ni à l'école dans les conversations avec les autres enfants, ni même avec la plupart des adultes, enracinés comme moi (sinon peut-être Clémence qui écrivait des vers, avait failli mourir dans ce qu'on appelle la fleur de l'âge, cultivait le souvenir d'un grand amour contrarié), dans l'humus de la vie immédiate, son vigoureux et tonique prosaïsme, mais à l'intérieur de la musique desquels je voyageais comme sur une mer, pour le plaisir d'aller au-devant de son Inconnu, d'y jeter mes premiers filets, d'y planter mes premiers jalons sonores en les chuchotant comme autant de formules cabalistiques, de « Sésame, ouvre-toi » qui s'offraient au hasard des trois cent quarante-cinq pages de cet ouvrage de méditation, ordonné chapitre par chapitre, de façon à se succéder comme les vagues d'une mer ! Un incessant roulis de mots-mystères, de mots-vagues. Leur flux et reflux. Dont je ne pouvais voir le fond mais sur la crête desquels, dans un éblouissement impossible à analyser, à maîtriser, mon esprit flottait, soulevé comme une algue, comme une mouette, par les prodiges du mouvement.

Aussi, tout en imprimant, à l'aide de mon poignet gauche auquel il était suspendu, un mouvement régulier et grave de balancier, d'horloge à tronçonner l'infini du temps, à mon chapelet à grains serrés et noirs dont le crucifix d'acier venait heurter ma fine gourmette en or, agrémentée d'une médaille représentant, sur fond d'émail bleu, un buste d'ange, le menton appuyé sur une main, m'exerçais-je à psalmodier à l'étouffée, dans un souci d'incantation verbale qui ne me quitterait jamais plus (une façon d'exorciser par la parole et par le chant, les malheurs du monde, ceux des autres, les miens), une succession de termes magiques dont l'hermétisme réussissait à me donner l'impression d'échapper aux limites de ma condition habituelle. De m'initier à la pratique d'un culte insolite et supérieur, dont je finirais bien un jour par trouver la clef à force de les répéter. De les retenir aussi longtemps qu'il le faudrait au fond de ma gorge, son creuset humide et sonore, pour leur façonner une forme, une contenance appropriée à mes besoins. Les transformer en outils, faisant à la longue, à tel point, corps avec moi, qu'ainsi que le marteau ou la gouge, l'épieu ou le ciseau qui prolongent la main, la possèdent et la dirigent autant qu'elle les possède et les dirige, ils deviendraient, à force d'en avoir fignolé les contours, la qualité du matériau à son usage, les instruments parfaits de mon illumination.

Ces mots, à rabâcher, absorber, ruminer, digérer, en faisant confiance à leur alchimie, leur pouvoir de transsubstantiation, étaient par exemple : Grâce sanctifiante. Immaculée conception. Intercession constante. Explosion des saints désirs !

Ah ! comme j'aimais cette expression-là. Son audace ! Cette promesse de désintégration libératrice, dans un feu d'artifice pareil à celui des images pieuses faisant office de signets dans les missels où, les béatifiés s'élevant au-dessus de vapeurs sulfureuses ou roses, s'en allaient, sur les épaules des anges, rejoindre le soleil, dans un irrépressible élan de ferveur inca. D'abandon heureux à sa mortelle brûlure apocalyptique. Et, le vertueux petit ouvrage se terminant par un catalogue d'exercices de méditations appropriées aux différentes étapes du déroulement des offices, j'en aimais, plus encore, les titres qui étaient les noms de ces étapes, conduisant les fidèles qui m'entouraient, au zénith du sacrifice de la messe chrétienne. Tout comme naguère, les foules antiques gravissaient, par paliers, les marches du temple à la suite du prêtre-bourreau et de la victime du jour, destinée à servir de pâture à leur faim et leur soif sanguinaire de vie pour elles-mêmes.

Ces étapes, ces paliers s'appelaient : Oraison. Epître. Evangile. Offertoire. Préface. Sans oublier Canon. Elévation et suite du Canon. Ce fameux « Canon » dont mon enfance attendit longtemps, dans sa naïveté implacable et sauvage, qu'il fût à la hauteur des promesses de son nom. Qu'il tonnât justement et deux fois. Avant et après le sacrifice.

Qu'il fît pour de bon son office de canon. Tînt, à tout le moins, ses promesses de rumeurs guerrières, d'énorme branle-bas de combat, de solennelle violence, justifiant l'agenouillement précipité et général des assistants et le mien, l'humilité de nos échines courbées, de nos yeux clos. De nos postures de suppliants. De condamnés. Offerts à la morsure du couteau, avant que de recevoir, lèvres ouvertes, la nourriture de l'hostie qui sauve, le pain azyme de survie sous la forme d'un disque rond, mince jusqu'à la transparence, dont l'éclat blanc et pâle, la matité exsangue de lune hivernale entre les mains du prêtre qui l'élevait devant lui afin que tout le monde le vît, s'en emplît les regards comme d'un trésor, une friandise céleste, me mettait l'eau à la bouche.

Cependant, Clémence m'avait expliqué qu'il me faudrait attendre le jour de ma première communion, c'est-à-dire fournir pendant trois ans des assurances de bonne vie religieuse et mœurs pour avoir le droit, (ainsi disait-elle) de « recevoir le Seigneur en moi ». Ce que les polissons, en âge de suivre les cours religieux, plus ou moins obligés à le faire par la coutume et leur famille, sinon par conviction, traduisaient, eux, en bouffonnant et s'envoyant des bourrades complices dans les côtes : finir un jour par manger le bon Dieu.

Allusion effroyable, certes, à une goinfrerie de catéchumène anthropophage qui, tout en me donnant froid dans le dos, me laissait, bel et bien en effet comme eux, sur ma faim ambiguë et secrète de gamine dévoreuse d'astres, si elle avait pu s'en saisir. Qui eût volontiers gobé la lune, enfin l'hostie, pour savoir quel goût ce mets, qui lui resterait interdit jusqu'au jour de Pentecôte 1937, date traditionnelle de communion solennelle dans la paroisse (et l'on était au cœur de l'été 1933 seulement) pouvait bien avoir. Quel parfum, quelle consistance suave, éthérée, quand, vêtue de blanc, de pied en cap, un cierge à la main, elle se dirigerait en cortège avec ses pareils vers la sainte table pour en recevoir publiquement sa part de membre désormais reconnu, d'un corps mystique constitué, ayant acquis, depuis deux mille ans, droit de cité. En attendant, continuer à m'enflammer l'imagination, l'esprit, le cœur, les sens avec les mots. Leur denrée inépuisable dans les livres. N'importe quel livre. La chasse aux mots. La pêche aux mots. En eau claire ou trouble. Courante ou stagnante. Au gré de l'occasion. Tout m'étant bon pour y mettre puis lever mes filets.

Assise à la table de la cuisine, après souper, je les pourchasse, les talonne encore sur la toile cirée dans le dictionnaire de Marthe. Deux forts volumes de plus de mille deux cents pages chacun. Bellement et sévèrement reliés d'une toile d'un vert sombre, titrés *Larousse Universel* en lettres d'or sur fond de paysage lacustre, figurant, en son centre, un voilier voguant vers le soleil levant et dont l'émergence au-dessus de l'horizon est promesse, comme toujours, d'illumination par le savoir.

C'est le soir. La vaisselle est faite. On m'a fait ranger nos couverts d'étain, nos serviettes de table à carreaux dans le tiroir de la table, nos assiettes creuses en faïence blanches à pois bleus dans le placard encastré dans l'épaisseur du mur, à droite du fourneau. Un godin en fonte. A robuste façade émaillée d'un vert éteint, couleur de lichen, orné aux portes du foyer, du cendrier et du four, d'une guirlande de gui celtique. Aux pieds griffus d'oiseau de proie. De dragon crachant le feu. Au tuyau passé au noir et dont, à un moment donné, l'élancement vertical, en direction du plafond, disparaît sous le manteau de la cheminée dont il réussit à masquer et occuper, en partie, le vaste foyer paysan où, les épouses des premiers maîtres d'école de ce lieu faisaient cuire, au début du siècle, dans des marmites suspendues à la crémaillère, les ragoûts et les soupes de leur modeste ordinaire. Les murs de la pièce, blanchis à la chaux tous les trois ou quatre ans, s'écaillent ici ou là, se font friables et gris. Par endroits, le revêtement chaulé éclate, boursouflé par le salpêtre. Le plafond en torchis est soutenu, lui, par des solives dont on a prévenu le fléchissement par des clous à grosse tête, enfoncés en plein cœur de leur appareil ligneux. Nos chaises en guignier roux, velouté, sont paillées. Nous possédons un robuste buffet vitré à deux corps. Marthe y range le service en porcelaine de Limoges des grands jours qu'elle a acheté sur catalogue, après toutes sortes d'hésitations, de calculs savants qui nous ont tenus en haleine pendant des semaines. Nous en faisons grand cas. Ainsi que du service de verres à pied en demi-cristal qui donne, deux ou trois fois l'an, à notre couvert quand nous avons du monde, des allures presque bourgeoises. D'ailleurs, la façon dont Marthe, cette grande comédienne par nature, experte non seulement avec les enfants, mais dans les conversations avec les adultes, à ménager ses effets, à donner, par la science du détail ou simplement par le ton, du relief à la moindre anecdote, prononce, menton et sourcils levés, « demi-cristal » est déjà tout un programme ! Et si, comme toutes les petites gens qui nous entourent, nous dormons par économie et simplicité de mœurs dans des chambres sans feu l'hiver, que nous n'avons pas l'eau courante, dans les grandes occasions, manger dans du Limoges et boire dans du demi-cristal, voilà finalement une sacrée compensation !

Donc, le dîner est terminé. Les torchons sèchent sur la barre de cuivre du fourneau, et les deux seaux d'eau qu'Auguste prend la précaution d'aller remplir chaque soir à la pompe, en traversant les deux cours et une moitié de jardin, en prévision de la toilette et de la cuisine du lendemain, sont à leur place auprès du vieil évier de pierre qui assure, bon an mal an, l'évacuation des eaux usées dans un bruit de tonnerre et des odeurs de graisse figée auxquels nous sommes sereinement habitués.

Le fauteuil d'osier d'Anne, ma grand-mère, est maintenant vide. Elle est montée se coucher.

Anne Roulette, née Bourgault, à la ferme de Ménehault à Vallon-sur-Gée, dans la Sarthe, est venue au monde en 1859 sous le Second Empire. L'année de mes sept ans, elle en a soixante-treize ! Habillée d'une robe d'épaisse serge noire, qui, en formant deux plis à hauteur d'épaules, lui tombe raidement comme une chasuble monacale jusqu'à ses chevilles enflées de servante, d'ancienne cuisinière et gouvernante de curé, ayant repris du service, à quarante ans passés, pour, après la mort d'un mari phtisique, sauver Auguste et Louise, leurs enfants, de la misère, ses cheveux blancs ramassés sous un fichu de laine également noir, noué sous le menton, sa tenue est celle des veuves obscures et sans grade de ce qu'on a baptisé : « la Belle Epoque ». Qui ont eu, au long de leur vie, le souci de faire durer éternellement la jupe à fronces, la caraco de futaine qu'elles portent en toutes saisons et qu'elles protègent des taches et de l'usure sous un vaste tablier bleu qui les ceint jusqu'aux reins et qu'on appelle ici, très justement, en vieux parler mainiaut un « tournant ».

Quand Anne, mon aïeule, après avoir passé le plus clair de sa journée de vieille femme usée par le travail et menacée de cécité, dans le fauteuil d'osier disposé à son intention près de la fenêtre donnant sur la rue, décide de regagner sa chambre ; quand, prenant appui, à la force des poignets et des paumes, sur les bras de son fauteuil, elle parvient à vaincre, une fois de plus, un soir de plus, la raideur des articulations aux coudes, aux genoux qui l'enkylosent, ce fameux poids des ans, aggravé, comme chez Marthe, par une propension à l'embonpoint ; à se saisir de sa canne à pommeau de cuir toujours à sa portée, à se lever lourdement, mais seule, il y a toujours, aussi longtemps que cela dure, (cet effort, cette volonté pour se mettre debout, sans notre aide), une hésitation, une sorte de hiatus, dans nos vies. Moment d'incertitude, d'appréhension commune et muette qui nous fait avaler notre salive, Auguste, Marthe et moi. Nous tenir en suspens dans l'attente figée de ce qui pourrait suivre.

Ce soir encore, l'édifice a résisté. Venue à bout des pesanteurs, des inerties de sa chair démantelée, Anne a été la plus forte. Sombre tour, frappée de vétusté, mais le « chef clair », car le visage de Normande, chez elle, est resté frais, malgré les rigueurs de la vie, celles du destin ; immobile et debout, après le baiser de son fils qui, par respect, le lui donne en ôtant sa casquette, celui de Marthe sa bru, Anne Roulette attend mon premier baiser du soir à moi, que je lui donne en me haussant sur la pointe de mes galoches, et en l'entourant de mes bras, comme je peux, à hauteur de ceinture. Car il y en aura un second de ma part. Chez nous, c'est la règle. Quand ce sera mon tour, dans une heure, de regagner mon propre lit dans la chambre de mes parents, rendue sur le palier, je marquerai d'abord un temps d'arrêt. Ensuite, je frapperai chez Anne. Elle criera : « Entrez » et, penchée sur elle, sur sa fragilité nocturne de femme âgée, affaissée, le souffle court sous l'épaisseur ouatée de laine d'un très ancien couvre-pieds grenat matelassé, d'une couverture blanche que l'usage a jaunie, d'un drap de cretonne couleur de pain bis et râpeux, qu'elle lisse machinalement de ses mains rêches de paysanne, de laveuse, d'ensevelisseuse de morts (son mari, sa fille Louise, sa mère, son père, les Bourgault, les morts des autres : ceux du notaire, du marchand de toile, du château, et pour lesquels son prix était alors dix sous) et qui saisissent les miennes, s'y accrochent inconsciemment comme à une bouée, je l'embrasserai donc, une seconde fois, dans l'odeur piquante et douceâtre qui est la sienne : celle de son linge, de son corps usé, à laquelle je suis, depuis toujours, faite.

Avant cette visite à l'aïeule, mon dernier petit bavardage avec elle qui lui est doux, rassurant « quelle note ai-je eue aujourd'hui, en lecture, en calcul, en écriture, mon ours Boby est-il encore enrhumé ? » il y aura eu le rite vespéral de la montée de l'escalier ; son cérémonial, lampe pigeon allumée d'une main, ma poupée de l'autre.

Quelles qu'aient été, en effet, dans la journée, les tensions entre Marthe et moi, entre l'institutrice exigeante et l'élève, nous mettons systématiquement bas les armes, elle et moi, à l'heure du souper, pour rétablir entre nous des rapports mère-enfant, de doux rapports ludiques. Au tout premier chef, cette montée d'escalier, pendant laquelle, Marthe, qui en surveille d'en bas la progression par saccade, le déploiement d'ombres chinoises, leur fantasmagorie : — lampe pigeon, enfant, poupée — le long du mur ravagé par le salpêtre, se tient prête à faire écho aux litanies qui vont suivre.

— *Appelle-moi ta petite pipe en sucre*
— *Ma petite pipe en sucre*
— *Ton petit raton laveur*
— *Mon petit raton laveur*
— *Ton faisan doré*

— *Mon faisan doré.*
— *Ton gros chou vert et bien pommé*
— *Mon gros chou vert et bien pommé...*

Ainsi, psalmodiant et marquant un temps processionnel d'arrêt, à peu près toutes les trois marches, je finirai par atteindre l'étage. L'étroite terrasse pavée de terre cuite sur laquelle il débouche et qui donne sur les chambres. Long et quotidien voyage, me faisant gagner au-dessus de la classe, de la cuisine, quatre à cinq mètres d'altitude et qui se fait dans une pénombre ocellée de flaques de lumière bougeante. Me permettant d'accéder aux portes du rêve. Lui servant en quelque sorte de préambule.

Pour m'y aider, inlassablement, parfois en riant, de ce rire à la fois moqueur et attendri que j'ai toujours dans l'oreille, après tant d'années, après sa mort, la voix de Marthe psalmodiant à son tour les répons. Oh ! cette musique de sa voix qu'aucune autre, ni celle qui s'élève des plus beaux instruments, non plus que celle des plus belles autres voix humaines, celle des oiseaux, ne saurait me rendre !

Marthe qui aura tenu, chaque soir, au seuil de ma nuit d'enfant, de son gouffre béant sur le vertige de mes songes, son rôle rassurant d'écho, prêté son concours à mon besoin aigu de métamorphoses, m'arrachant, quelques heures durant, à ma redoutable condition humaine pour me rendre à celle de l'animal, de la plante !

Mais puisque avant, il me reste encore une heure de vie éveillée avec Auguste, avec elle, en profiter. Sous la lampe à pétrole, le halo fauve qu'elle circonscrit sur le brun foncé de la toile cirée, sur laquelle la main glisse comme le pied du chasseur sur un luisant humus, passionnément et en silence dans le *Larousse universel* grand ouvert devant moi, épier, traquer le gibier des mots.

En silence, car il ne faut pas déranger Marthe qui, me faisant vis-à-vis, corrige encore ses cahiers après dîner. Auguste non plus, qui, plongé dans son journal financier, boursicote volontiers, se fait gloire d'un petit portefeuille d'actions et d'obligations dont il a plein la bouche quand il en parle.

Comme à l'église donc, dévider à bouche fermée le chapelet fabuleux des mots pris au hasard. Moins je les comprends, plus ils sont beaux. Plus j'ai envie de leur courir après. D'en faire ma nourriture, ma parure. De les traiter en nobles étrangers, en visiteurs de marque. En objets sans objet, c'est-à-dire sans prix. Qui vous possèdent plus que vous ne les possédez. Des mots qui, si vous réussissez à les prononcer, sont l'ornement de votre bouche. Votre gloire !

Patache-Patachier-Patafioler-Patagon-Patagonie-Patalipoutra et puis Patamar, qui peut se dire Patémar ou Patmar et dont j'apprends, non sans admiration et stupeur, qu'il s'agit là du nom du caboteur utilisé sur la côte de Malabar. Et, comme j'ignore ce qu'est un caboteur, et où se trouve la côte de Malabar, la terre ne me porte plus d'avoir mis les yeux, bref, le grappin, sur ce patamar qui peut devenir patémar et patmar, à l'instar de ce reptile bossu à profil de dinosaure doué de capacité de changement à vue qu'on appelle caméléon. Alors cette fois, allons-y, pour caméléon.

Caméléon — Camée.

Un jour, l'homme de ma vie m'en offrira un qui fera merveille sur mon corsage, j'en suis sûre d'avance. Camélia. Autre frivolité florale et précieuse à m'offrir le jour de notre mariage, avec (et ce sera le plus beau fleuron de ma corbeille de noces) un camélidé. Traduire : chameau, dromadaire ou lama. A camélidé, succède camembert. A savourer en chevauchant mon camélidé nuptial, dont j'imagine la silhouette insolite, rehaussant de sa présence exotique les éminences herbeuses de la colline d'en face. La chère irritante colline d'en face qui me cache le reste du monde.

Et puis, dans ce sacré Larousse, ses deux tomes insoulevables pour moi et qu'Auguste, bon prince, c'est-à-dire bon père, se coltine de la salle de classe à la cuisine pour me les apporter, me donner l'occasion de ce que ma famille appelle m'instruire, il y a cette mine formidable de dépaysement, d'érotisme, que sont les planches de reproduction des tableaux de maîtres ! Ne rien trahir de mes émotions en les contemplant. De mes recherches personnelles au flair, à l'intuition, à l'observation aiguë, aussi, de l'enfant, captivée comme je le suis violemment depuis toujours, par le comportement des adultes, leurs gestes, leurs éclats de voix, leurs silences, sur l'amour, le désir, dont je pressens toute l'importance, les ambiguïtés, le pouvoir détonant et même à l'occasion destructeur, tenu en laisse, mais si souvent présent dans les conversations à mots couverts que j'ai longtemps écoutées, cachée sous la table et maintenant, en ayant l'air de m'absorber dans les aventures de Gribouille, la toilette de ma poupée, ou le calcul des additions et des soustractions avec ou sans retenues !

L'enlèvement de Déjanire par le centaure Nessos peint par le Guide, celui des filles du philosophe grec Leucippe, sous le voluptueux pinceau flamand de Rubens, me mettent dans tous mes états. Voici donc, au milieu des portraits édulcorés de madones, des scènes édifiantes de macération des saints ou pompeusement historiques, exposée à mon regard acéré de chercheuse, de débusqueuse d'interdit, l concupiscence sans frein dans toute sa splendeur irrecevable et attirante. Le défi qu'elle porte aux bonnes mœurs, au respect de la personne d'autrui, aux finasseries de la galanterie avec la femme, ses rusées patiences pour obtenir les plaisirs du triomphe et de la défaite de la chair.

Ces Italiennes, ces Flamandes onctueuses, drapées dans l'or ou la pourpre ; si elles sont grecques, dans les candeurs du lin ; veloutées de peau, radieusement fessues mais folles de peur, que soulèvent, à bras-le-corps, au-dessus de leurs têtes chevelues et sauvagement hilares, d'extraordinaires voyous herculéens déguisés en cavaliers antiques, des trimardeurs sylvestres à visage humain mais à cuisses et jarrets d'étalons ou de boucs, me donnent à sentir sinon à penser !

Je n'ai jamais rencontré de centaures ni de faunes jusqu'à ce jour ! Les voici. Jaillissant de la fable archaïque, à mi-chemin entre l'homme et la bête, tragiquement scindés en deux par la fureur du désir et le besoin désincarné d'aimer ! Somptueuses scènes picturales de rapt, du moins de ses prémices. Avec leurs accessoires de tuniques déchirées, de seins révélés, de ventres féminins ronds et lunaires où le nombril creuse, au-dessus du triangle du sexe, un doux œil cyclopéen. Mises en scène de viol dont je suis, d'ores et déjà, viscéralement ennemie, comme à peu près toutes les femmes mais qui, en même temps, m'attirent, me communiquent, bel et bien, le plus inavouable des vertiges, m'installent déjà au carrefour des tendresses et des barbaries de l'amour. De ses fantastiques et dynamisantes contradictions.

En attendant d'y voir plus clair (si jamais, un jour, j'y vois plus clair) grimper l'escalier pour aller dormir avec ma lampe pigeon, ma poupée et ma provision de fantasmes, et ne pas oublier, pour autant, d'embrasser au passage ma chère et méritante grand-mère.

Grand-mère qui y voit peut-être plus clair dans mon jeu que mes père et mère. Qui, un an plus tard, après que j'aie assisté, le matin, à la messe dominicale, à laquelle je me rends régulièrement depuis mon admission au catéchisme, me regardant et m'écoutant, montée sur une chaise, au dessert, prêcher à l'instar du curé, multiplier inconsidérément les signes de croix, les gestes bénisseurs et les détails fantaisistes de mon cru sur l'apparition de la très Sainte Vierge à Bernadette Soubirous, puis entonner, pour finir ma péroraison édifiante, « Marinella » de Tino Rossi, s'exclamera, hors d'elle :

« Marthe, faites-la taire et descendre de son perchoir. Si vous n'y prenez garde, elle tournera mal. Elle sera la perdition de la famille. »

3.

Anne Roulette, née Bourgault, ma grand-mère, est venue s'installer chez nous à l'école publique d'Aulaines en 1926, année de ma naissance, avec un avoir de 6 880 francs 60 centimes, placés sur un livret de caisse d'épargne ouvert par elle, le 28 février 1914, à Vallon-sur-Gée, à la veille de la Première Guerre mondiale qui mettrait en péril la vie d'Auguste, son fils, mobilisé comme fantassin dans un des régiments français les plus éprouvés d'alors. A la veille aussi de la mort, à vingt-trois ans, à Vallon toujours, de sa fille Louise, le 18 avril 1914, lui laissant, née d'elle et de son gendre, Auguste Dubois, employé de teinturerie au Mans, et avec lequel elle ne s'entendait pas, une petite fille âgée de trois semaines, Thérèse, mon autre cousine germaine. Grossie des intérêts capitalisés cette même année (celle de ma venue au monde), cette somme, atteignant le 1er janvier 1927 7 840 francs, représente le plus clair de ses économies réalisées en douze ans et après son veuvage, sur ses gages de servante au presbytère de Vallon. Viendront s'y ajouter, en mai 1927, d'une part, 5 500 francs, fruit de la vente de l'humble logis de deux pièces qu'elle avait tenu de son mari originaire de Vallon comme elle ; 1949 francs, d'autre part, représentant le montant de la liquidation de ses biens mobiliers : fourneau à bois, batterie de cuisine, table et bancs, lits-cages et leurs matelas, instruments de jardinage, lot de bois de chauffage, portant son capital de laborieuse vieille dame, retirée chez son fils et sa bru, à 16 486,20 francs.

Bref, de quoi voir venir. D'être en état, logée et nourrie par ses enfants lui assurant une fin d'existence échappant aux conditions débilitantes et inhumaines de l'hospice, de s'acheter de ses deniers, quand le besoin s'en fait sentir, la paire de chaussons d'hiver à semelles de feutre, les mouchoirs, la savonnette, les bas de laine, les pastilles pour la gorge à savourer le soir avant de s'endormir, qui donnent l'impression d'être à l'aise, quand on a vécu, tant d'années, avec la crainte terrifiante de manquer du nécessaire. Mieux encore, de pouvoir s'offrir le luxe, ce qui lui fut impossible vis-à-vis de ses propres enfants, de me gratifier, de temps en temps, outre d'un cadeau (ainsi d'elle, je tiendrai mon petit fauteuil d'osier et mon cheval à bascule) d'un billet de cinq ou de dix francs pour ma tirelire, une très belle grosse poule brune à crête rouge de robuste pondeuse dans le derrière de laquelle j'introduis, gravement et au fur et à mesure des largesses d'Anne ou de Clémence, piécettes ou coupures soigneusement pliées en quatre, en faisant crédit à ses talents d'alchimiste capable, lentement, mais sûrement, de métamorphoser mon honnête et mince pécule en la provision d'œufs d'or de la fable. Ce qui me permettrait, quand je serais enfin une jeune fille, d'acquérir certain tailleur gris perle avec toque de plumes, escarpins, gants de chevreau assortis, dont, pour les avoir admirés sur la silhouette d'un mannequin du catalogue du Bon Marché, reçu de Paris, je vais des années durant rêver ferme. Une tenue parfaite de distinction et de charme pour sortir en ville, au bras d'un fiancé, celui du « camée-camélidé » peut-être, ou bien un autre. Plus généreux encore. Qui vous offre le cinéma, ensuite, chez le pâtissier, un puits d'amour, deux même, si vous voulez, avec un café crème et qui, pendant que vous savourez de la main droite, savarin et crème pâtissière ponctuée d'une cerise confite, vous serre la gauche, sous la jolie petite table ronde, nappée de rose, sur laquelle on vous sert, et cela après avoir profité de l'ombre de la salle de spectacle pour vous voler quelques baisers ! Bref, le cœur sur la main et un tempérament de feu. Du moins j'espère !

Tous ces vastes projets à garder pour moi, bien entendu.

En attendant ces jours heureux, continuer à entretenir des rapports aussi paisibles et bon enfant que possible avec ma bonne et sourcilleuse grand-maman, tenant ses assises de jour, avec nous, dans la cuisine, de nuit à l'étage dans la chambre de l'est tandis que nous occupons celle de l'ouest.

Un palier nous sépare, que prolonge, plein nord, un cagibi, pompeusement baptisé à l'origine par l'architecte Dréau : cabinet de toilette. Par nous, de même. Détail fastueux, sur une table en noyer clair, son aubier verni et lustré à miroitements divergents d'ailes de machaon, de somptueux papillon « vanesse vulcain », à dessus de marbre blanc veiné comme une peau soyeuse et glacée de Vénus nordique, on peut voir, que dis-je, admirer, une cuvette d'épaisse faïence laiteuse et son pot à eau hexagonal, orné, sur chacune de ses faces, d'un médaillon figurant un cygne, nageant de profil sur fond d'étang bleu de Prusse ! Il y trône à longueur d'année, dans l'attente de quelque événement hors du commun (il y eut, me raconte-t-on, celui de ma naissance qui suscita même l'achat d'un tub en zinc pour bains de siège d'accouchée) susceptible de justifier à nouveau des rites purificatoires, leurs ablutions complètes et méthodiques, à l'étage. Une maladie sérieuse, par exemple, contraignant le patient à garder la chambre ; entraînant la corvée de la montée des brocs d'eau chaude, suivie de celle des eaux souillées. Complications et fatigues que nous évitons, en procédant, rustiquement, à un brin de toilette le matin, à la cuisine et en n'observant que de fort loin les règles d'hygiène délicate prescrites par la médecine moderne à l'usage des gens bien, bénéficiant, ou de l'eau courante, ou d'un personnel assurant le portage des eaux. Mais enfin, ce cabinet de toilette existe. Avec ses virtualités de somptueux bains de siège, de voluptueux bains de pieds au savon parfumé et qui me permet, à la rigueur, quand j'évoque son existence dans mes papotages avec mes petites amies des fermes qui, moins bien loties encore que moi, se contentent d'un coup de torchon de chanvre mouillé, au saut du lit, pour se rafraîchir les idées et le museau, de prendre des airs. Et puis, considérable avantage, au-dessous des rayonnages en bois peint sur lesquels Marthe range dans les cartons de la Samaritaine où elle aime à passer commande, les métrages de longotte et de cretonne à draps, de madapolam et de shirting pour ses combinaisons, ses chemises ; de flanelle pour les gilets de corps d'Auguste, on peut, ce qui évite d'affronter le froid et les ténèbres des cours en pleine nuit, faire confortablement pipi dans un seau d'émail bleu à couvercle muni d'un solide bouton en sapin verni des Vosges.

Parfois ce couvercle m'échappe, que je soulève à tâtons. Tombe sur le pavage avec un son cuivré de cymbale, un roulement de tambour qui n'en finit plus d'élargir ses cercles sonores, de les propager par ondes. Une fois recouchée, dans la tiédeur laineuse, sécurisante de mon lit, il m'arrive d'avoir du mal à retrouver le sommeil à cause de ce problème du couvercle du seau que j'ai laissé tomber sur la caisse de résonance des carreaux froids. De cette maladresse, qui est mienne, à le bien tenir par son bouton en pin des Vosges entre le pouce et l'index et qui me scandalise moi-même.

D'avoir, par inadvertance, manque de précaution, bousculé le silence, l'obscurité, leur commune densité épaisse d'eau stagnante, de vie larvaire, essentielle, sous leur surface étale d'étang noir, je me sens quasiment coupable.

De son côté, Grand-Mère a aussi le sien qu'elle place dans sa chambre au pied de son lit. Que par souci d'autonomie, de dignité, elle tient à descendre elle-même, le matin, avec une souveraine et cahotante lenteur qui réussit à la conduire jusqu'au fond de la cour à portée des commodités où elle le vide, puis le ramène.

A soixante-quatorze ans, de cette lenteur obligée à mettre un pied devant l'autre, qui la contraint, sur une vingtaine de mètres de parcours, à des haltes sous les tilleuls, Anne réussit à se faire une occasion de distraction. A multiplier les agréments de la promenade, ses enchantements, ses surprises, à la lisière de l'étroit parterre de fleurs bordé de gros cailloux bosselés et friables que Marthe a édifié sur presque toute la longueur de la cour de récréation des filles.

La pivoine blanche et joufflue, grosse de l'écartèlement circulaire de ses pétales autour du trésor d'un sexe vibratile androgyne, la rouge aussi, couleur de fraise et qui donne envie, à qui la découvre, dans sa plénitude de juin, de solstice, non seulement d'en parer sa ceinture, ses cheveux, mais de la manger; l'élan buissonnant du phlox de Virginie pour hausser sa calotte mauve à portée de soleil, et puis encore, la bordure d'œillets roses, son enchevêtrement étiré en longueur, de papillons microscopiques, s'insinuant en rase-mottes entre les touffes de bégonias nains, entre les pierres, voilà notre luxe encore ! Celui d'Anne. Avec, le long d'un fil de fer solidement rivé et tendu entre le mur de la cuisine et le tronc d'un premier tilleul, l'élancement horizontal d'un rosier multiflore, constituant, de mai à septembre, une extraordinaire queue de comète d'un rouge ardent, un dais floral, sous lequel Anne, une fois le jour, passe avec la majesté songeuse d'une vieille reine vêtue de sombre et qui sait que désormais ses jours sont comptés.

Grand-Mère est cette étonnante et désuète entité, jaillie, pour moi, du fond des âges, c'est-à-dire des derniers fastes du Second Empire suivis de sa chute après la défaite de ses armées en 1871 par celles du roi de Prusse. Née le 28 août 1858, elle allait sur ses treize ans en ce mois de janvier terrible où l'Ardennais Chanzy, à la tête de l'armée de la Loire, tentait de barrer la route à l'invasion des Prussiens, lancés, au-delà de Paris qu'ils assiégeaient, sur nos routes de l'Ouest.

Apreté des combats livrés sur les frontières de l'Anjou, de la Sologne. Autour d'Orléans. Autour du Mans.

En pays sarthois, à quelques lieues de leur déroulement, de la hideur de leurs corps à corps, livrés baïonnette au fusil, entre les six cents zouaves volontaires du corps français de l'armée pontificale et les uhlans, dans une neige épaisse et dure de fin du monde, ses strates accumulées, blanc sur blanc, comme si la planète eût changé d'orbe, amené tout à coup le Maine bocager, ses douceurs pluvieuses, presque bretonnes, presque anglaises, à quelque latitude cruellement polaire ; pendant qu'égorgés, taillés en pièces comme des moutons, comme des porcs, des hommes, la douleur les jetant sur le ventre, sur le dos, dans un écartèlement de crucifiés ou bien, au contraire, un recroquevillement de tout l'être rassemblé sur l'excès de la souffrance, son noyau insupportable, mouraient (et après, autour d'eux, c'était le silence et ils redevenaient ce qu'ils avaient toujours été, de pitoyables et fragiles fœtus endormis, de grands enfants mort-nés, affublés pour les besoins de la cause, d'uniformes ridiculement voyants, de pantalons garance pour les uns, de vestes à brandebourgs pour les autres, de bottes autrefois viriles et luisantes qu'ils avaient crânement chaussées pour marcher au pas ou serrer les flancs de leurs chevaux dans les défilés, les parades, du côté de Metz, de Nancy, à Berlin, à Dresde), Anne Bourgault, armée d'un croc, en longue jupe de laine rapiécée, en sabots de frêne, en compagnie d'Anne Léger, sa mère, cassait rageusement la glace de la mare de la ferme de Ménehault à Vallon-sur-Gée, pour donner à boire aux vaches de Louis Bourgault son père.

Vallon, berceau de la famille d'Anne ! Elle y était née, y avait été baptisée, s'y marierait en 1889, avec Auguste-Louis Roulette, natif lui aussi de Vallon, mais domicilié à Paris où elle le suivrait, tiendrait quelques années dans le Marais des juifs pauvres, des petites gens mêlés à eux, à proximité de la place Beaubourg, leur pauvre ménage dans une arrière-cour-boyau, cernée d'immeubles crasseux où l'on naissait, vivait, mourait comme on pouvait. Elle le ramènerait au pays, leur pays, pour y mourir en 1900. Comme, après avoir loué une carriole, elle y ramènerait Louise, du Mans, pour y mourir à son tour, d'une crise d'albumine à la suite de ses couches.

Anne Bourgault, l'aînée des enfants de Louis Bourgault mon arrière-grand-père, obligé à la suite de mauvaises affaires, de quitter sa ferme de Ménehault, de se séparer de ses fils et de ses filles. De les mettre en service. Chez elle, un goût âpre et sévère pour le travail. Ce qu'il assure de survie, réussit, au plus fort de la tourmente, à sauver de dignité. J'entends encore Auguste, son fils, qui l'aimait, s'exclamer : « Ma mère, à cause de son veuvage n'a jamais pu se permettre de se ménager. De nous ménager, ma sœur et moi ».

Et cette capacité de mépris (celui du lutteur, de l'honnête homme) qu'elle nourrissait pour les vanités de ce monde, les compromissions qu'elles entraînent. Qui la rendait si admirable mais si rugueuse, dans ses rapports avec autrui.

Avec, pour corollaire, cette peur devenue maladive, indéracinable, d'être un jour acculée à tendre la main pour de bon; à courber l'échine pour susciter quelque problématique et dure pitié de la part de moins malchanceux qu'elle et qui ne la quitterait plus jamais, après sept ans de bonheur besogneux, ouvrier, mais de bonheur tout de même, vécu par cette paysanne familière des grands espaces libres, auprès d'un époux simple commis de graineterie quai de la Mégisserie, dans un logement obscur de la rue Michel-le-Comte. Car cette maîtresse femme, ce caractère, avait dû, au fond, beaucoup aimer ce mari de cinq ans son cadet, emporté au bout de onze ans de vie commune avec elle par la phtisie. Lui, ses yeux étroits et clairs de Mainiaut, d'Anglo-normand; son front lisse et haut, comme taillé au tour. Presque gréseux. Un front altier mais enfantin pourtant à force de jeunesse, de pureté. Mais baigné, déjà, sur l'unique photographie en uniforme de militaire qu'elle possédât de lui, d'une lumière trop pâle, d'une clarté crue de tragédie. L'entourant de cet amour lucide, exigeant, tracassier même, mais sincère, mais secrètement jaloux, passionné, que nourrissent les femmes fortes, celles de la Bible, du Pentateuque, du livre des Prophètes pour des époux-amants plus jeunes qu'elles. Qui, de leur côté, éblouis par leur maturité morale et physique, la générosité du don majestueux qu'elles leur font d'elles-mêmes, se laissent diriger par elles, à condition qu'elles aient l'habileté de ménager, du moins en public, leur amour-propre viril.

Il est des jours, à la maison d'école, où, pour toutes ces raisons, le torchon brûle entre Anne et nous. Où, la veuve d'Auguste Roulette mort dans la fleur de l'âge en crachant ses poumons et les abandonnant, malgré lui, leurs deux enfants et elle, aux duretés du sort des mères de familles d'alors quand elles étaient pauvres, travaillée encore, malgré les jours paisibles et sûrs dont elle jouit maintenant sous notre toit, par le ferment des vieilles obsessions, des vieilles peurs, dressée contre le fils, contre la bru, contre moi, contre ce qu'elle baptise notre insouciance, notre prétention ridicule et scandaleuse de petits parvenus enivrés de leur état d'institutrice de village d'une part, d'ancien gendarme d'autre part (et ne parlons pas de moi, sa propre petite-fille, habituée à se pavaner le dimanche en robe de plumetis, à rouler carrosse avec eux et faire canapé, encouragée qu'elle est, par un père et une mère atteints de la folie des grandeurs, à prendre des façons au-dessus de sa condition), passe à l'attaque du fond du vénérable fauteuil d'osier où l'impuissante vieillesse l'accule, canne brandie en avant. Une canne à bout ferré, pourfendeuse de miroirs aux alouettes, d'illusions, et qui désigne en même temps, d'une pointe vengeresse à travers la porte vitrée donnant sur les perspectives excitantes d'évasion de la colline d'en face, le spectre sombre de notre avenir d'irresponsables, de paniers percés !

Rouler carrosse et faire canapé !

Le canapé d'abord. Puisque en effet, qui le

croirait, nous en possédons un. Un vrai canapé « d'aristos » avec ses quatre chaises rembourrées comme lui, ses deux fauteuils-cabriolets pour y pavoiser à l'heure des conversations entre gens bien nés. Celle du thé. Le tout signé Girard, tapissier à Paris au 24 de la rue du Faubourg Poissonnière comme l'estampille en fait foi au revers des sièges quand on s'avise de les retourner, une fois l'an, pour en chasser la poussière à coups de plumeau.

Une splendeur ce salon ! En noyer sculpté dans la masse, volutes et feuilles d'acanthe. Laqué noir, façon ébène. Tapissé d'un épais velours de Gênes ramagé sur fond de trame de lin vieux rose, figurant une succession de médaillons floraux en velours, reliés les uns aux autres par des guirlandes, elles-mêmes suspendues à des colonnettes surmontées d'arabesques en forme de chapiteaux ioniques.

Marthe, avant son mariage en 1922, a payé 500 francs cet ensemble Louis XV vendu aux enchères au village de la Bosse, à quelques kilomètres d'ici, au domaine de Montdragon, lors de la liquidation de son patrimoine, de son château, de ses terres, par sa comtesse douairière ruinée par les dettes de son neveu. A ses heures de belle humeur, Anne convient volontiers que cette imposante merveille, tombée quasiment du ciel entre nos mains pour une somme relativement modique, la moitié à peu près d'un salaire mensuel d'institutrice (une affaire par conséquent, si on y réfléchit bien, tant il est vrai que le malheur des uns fait le bonheur des autres) donne un lustre insolite et par conséquent remarquable, à notre chambre à coucher de l'ouest. Que sa bru, qui a du goût, a su tirer parti au mieux, des possibilités offertes par ses vingt-cinq mètres carrés de surface pour, entre le lit conjugal et son armoire à glace « modern style », mon nouveau lit de grande fillette, de future jeune fille, en bois blanc peint en gris, orné à hauteur de chevet d'une branche de pommier fleuri, et puis encore, qui les sépare, le paravent tendu de lin brut, agrémenté de corbeilles de pivoines peintes par Marthe au pochoir, réussir à insérer, avec originalité et agrément, en profitant des angles libres, les éléments de cet ensemble cossu, égaré au milieu d'un mobilier de série acheté aux Galeries Barbès ; dont le canapé, occupant, parallèlement au lit parental le long d'une cloison, la place privilégiée qui lui sied, capte le regard dès l'entrée, s'en saisit, le ramène sans cesse par-devers lui, emporte la mise, fait voler en éclats les réticences. Réussit, par sa seule présence, à donner à la pièce banalement, gentiment roturière où nous dormons, des allures de boudoir, de gentil salon seigneurial de province.

Question d'audace dans le mélange incongru des styles. De parti pris, faute de vrais moyens, faute de mieux, de les mêler. Le miracle étant qu'on finit par y éprouver, pour peu qu'on s'y attarde, une impression presque d'harmonie, tant, jusque dans son disparate étonnant, détonnant, l'agencement de la pièce témoigne d'une volonté consciente d'unité de la part de Marthe. La même qu'elle déploie pour les détails de sa toilette quand elle sort, pour la mienne, celle d'Auguste. Ajouter à cela un art tout à fait consommé de faire du neuf avec du vieux. De redonner du lustre à une simple robe noire qui prend de l'âge en l'agrémentant d'une nouvelle guimpe, d'un nouveau bavolet. D'avoir le génie du détail hardi, du colifichet qui fait mouche, parvient à donner à sa personne, que l'excès de poids alourdit pourtant, une grâce aérienne inexplicable quand elle bouge, marche, quand elle parle.

De même pour ses chapeaux. Qu'elle réussit à porter d'une année sur l'autre rehaussés d'une plume de coq, rafraîchis d'un gros grain plissé, d'un large nœud rigide dans lequel s'enfonce une épingle en forme de flèche ou bien à tête ronde d'un rouge profond, vineux d'escarboucle. La même chose pour moi. La même gageure à tenir. Qu'elle aime à tenir. De m'habiller, du moins dans les grandes occasions, ce qu'Anne déclare, une fois de plus dans ses crises de mauvaise humeur, « au-dessus de ma condition ». Aucun orgueil de sa part, pourtant, malgré les apparences. Mais un besoin naturel du beau. Celui du rêve. De la mise en scène dans la vie comme au théâtre et par conséquent sur soi. Histoire de transfigurer le quotidien. Qu'on accepte. Qu'on assume avec ses grisailles, ses travaux lourds, énervants, ses inconforts de toutes sortes, à condition de pouvoir marquer entre lui et les jours de frairie, un décalage. De damer le pion, ne fût-ce que pour quelques heures, aux contingences. Une revanche à prendre. Contre l'usure des corps, des énergies, celle des vêtements ordinaires. Méditée. Préméditée. Suscitant des semaines à l'avance : l'occasion d'un mariage, de la distribution des prix, de la fête de Noël ou simplement d'un changement de saison, un excitant branle-bas de combat. Une science de faire durer le jeu, le plaisir des préparatifs, les agréments des préliminaires que Marthe possède au suprême degré et qui fait qu'avec elle on ne s'ennuie jamais !

Je cesse, dans ces instants-là, de lui en vouloir de ses sévérités en classe, de cette loi qu'elle m'impose et sur laquelle on ne la verra guère transiger, d'avoir à donner l'exemple de l'application dans le travail et du respect de la discipline scolaire au reste du troupeau, lorsque, l'œil vif, la voix gaie, en bas de fil clair, manteau croisé, simple feutre de petite sortie, évitant la grand-route, ses banalités de faubourg, de jardins potagers trop bien clôturés de murettes en ciment corsetant des maisons grises, par un joli chemin agreste qu'on appelle par ici « la Prairie », qui lui est parallèle à travers champs, elle m'entraîne vers Bonnétable en vue de procéder, pour elle ou moi, à l'acquisition d'une paire de souliers ou de gants, d'un métrage d'étoffe, de ruban, bref de quelque achat somptuaire, susceptible d'arracher les hauts cris à Grand-Mère !

Pour Marthe et moi, en veine d'aventure, de distraction hors de la maison, un grand kilomètre à pied de chemin sableux suivant l'aval du ruisseau. Celui qui a sa source dans la forêt, la source d'Auguste, la mienne. Celle où avec lui je danse, bois l'ombre et le soleil. Le gentil, le noble ruisseau dont, ici, après une bonne lieue d'écoulement sylvestre, quasi occulte, dans les sous-bois, l'étroit cheminement silencieux se fait à ciel ouvert à travers les pâturages dont il scinde en deux le parallélisme vertical des arbres minces à chevelure clairsemée, intensément vibratile, sans cesse ventilée par la fluidité de l'air aqueux et qui le conduit, nous conduit, jusqu'à la ville et son château.

Car Bonnétable a un château, implanté en son cœur de grosse bourgade médiévale, autrefois comprimée dans le carcan d'une enceinte sur la petite éminence (moins une colline qu'une butte) dominant les marécages de son étroit cours d'eau et s'étirant désormais, nord-sud, toutes murailles démantelées, le long d'une grande route de passage, unissant le Maine au Perche. Un château de plaisance, de style mi-féodal mi-italien ; édifié en contrebas de la cité historique tenue autrefois par un comte Morin, vassal des Bernard de Rotrou. Un château avec son duc, né Dudeauville, vicomte de la Rochefoucauld. Avec sa duchesse. Une belle grande femme lituanienne, née Radzivill dont les vieux jardiniers, qui entretenaient naguère ses jardins et ses serres, y cultivaient pour elle des gardénias, des lis et puis encore des roses pour ses vases de Saxe ou de Bohême, racontent qu'ils l'ont vue patiner en 1917 pendant la première grande guerre sur son étang, en compagnie d'un officier américain qui était son hôte et celui du duc et qu'elle portait, par ces extraordinaires après-midi de neige et de gel, si rares ici, presque semblables, alors, à ceux des plaines de son pays, de froid virulent et sec à couper le souffle, sous un ciel d'un bleu éteint, blasonné à l'ouest du disque blanc d'un soleil lunaire, une toque de fourrure et un manchon, des patins d'acier fixés à des bottines étroites et blanches et que, lorsqu'elle tournoyait sur sa pièce d'eau transformée en miroir, on voyait des éclairs jaillir sous ses semelles d'inaccessible grande dame en longue pelisse soutachée, goûtant les plaisirs joyeux, enfantins de la glissade sur une surface brillante et lisse qui la métamorphosait en cygne sous les fenêtres à balustres enneigées de sa cour d'honneur.

Un château ! Avec ses tours, son pont-levis, sa porte cintrée, sa herse, ses douves. Avec, donnant sur le parc, ses parterres, sa terrasse. Avec ses communs, ses écuries, son chenil pour sa meute de chasse. Un monde à part, prestigieux, fascinant, installé là, derrière des murs crénelés, derrière des grilles d'un noir luisant, dont l'extrémité des barreaux à cime dorée, taillée en fer de lance, s'enflamme au couchant quand le soleil les nimbe d'une sorte de gloire sacrée, inatteignable. Inatteignable encore que familière.

Car cette vision intimidante en soi, presque irréelle à force d'harmonie architecturale fastueuse : une apparition, un mirage, à chaque fois qu'on la redécouvre, ancrée à la façon d'un navire dans le havre d'une prairie ; installée là, semble-t-il, en cale sèche, depuis toujours et pour toujours, sous la voûte d'un ciel mouvementé avec sa cargaison de grosses ou petites nuées bougeuses, lunatiques, impossibles à tenir en laisse, réglant leur progression, leurs couleurs, leur reptation de grosses larves aériennes ventripotentes ou infiniment légères sur l'humeur de la saison, celle des vents, de l'heure, m'est pourtant, comme à tout le monde, ici, absolument familière.

Depuis ma petite enfance, de mon landau, un peu plus tard de ma poussette, ensuite en allant à sa rencontre sur mes propres jambes, j'ai assisté au spectacle renouvelé, toujours pareil, jamais pareil de ce château contenu au loin entre deux hauts marronniers d'Inde l'encadrant de la retombée à l'italienne de leur rideau sylvestre. Majestueusement. Comme au théâtre. Au-dessus duquel, puisqu'il a été édifié dans un creux, plein ouest, le ciel donc, fort du talent pour les métamorphoses en chaîne, le rythme paroxystique des changements à vue d'un arsenal de nuages se frayant une voie à travers de grands pans de soleil éclaté, les guenilles somptueuses qu'il abandonne en changeant de cap en direction du ponant, multiplie ses effets d'illusionniste.

Derrière un monde immuable, solidement construit, animé d'une volonté séculaire de durer, à grand renfort de toits d'ardoises bleues en pain de sucre, de pignons gothiques, de mâchicoulis, de pilastres, de paratonnerres, de roses des vents, un autre monde. Vaporeux, changeant. En état incessant de dilatation lente ou brutale, procédant par mutations imprévisibles selon l'intensité, entre eux, du choc de ses cumulus, de ses stratus, de leurs continents gazeux. A la pointe d'une girouette, submergeant l'alignement des mansardes, leur faîtage, des mers qu'on n'attendait plus, parce qu'on ne croyait plus à leur déluge, surgissent, en moins de rien, envahissant tout, en quelques secondes, en moins d'une heure, ébranlent de leurs flots de lait mousseux cravachant la ligne d'horizon, la muraille rectiligne de craie qu'elle leur opposait, il y a un instant encore. Une avancée qui se fait par énormes vagues évanescentes et rongeuses, sans cesse par d'autres remplacées. Animées de la même vélocité vorace, la même fringale. Un infernal travail de sape, ouvrant, à la fin, la falaise du ciel en deux. Un écroulement de gypse en poussière libérant, avec sa chute, dans le gouffre sans fond, élastique de l'espace et du temps, une remontée de geysers de soufre. Et voici que cette chute, cet éventrement deviennent volcan. Qu'une montagne à cime tronquée s'en élève et qui sue les laves et les boues par tous ses pores et qui vomit des blocs de pierre en feu au-dessus du château impavide. Au-dessus de Marthe et moi qui continuons, elle, avec ses cent kilos allègres sous son chapeau de petite sortie, moi avec mon béret de laine rouge et mes souliers d'enfant solidement lacés, à marcher à la rencontre de l'apocalypse.

Et puisque, une fois de plus, il s'agissait en quelque sorte d'un mirage, que c'était pour rire, pour le frisson, pour la poésie, cette mise en branle de machinerie cosmique, cette opération de désintégration de la planète, ou, à tout le moins, de monstrueux changement d'ère qui, s'il avait été vrai, nous eût tuées pour de bon, ma mère et moi, transformées en torches vivantes, étouffées sous les magmas (et nous aurions eu pour tombeau le lit étroit de ce ruisseau, lui-même englouti sous les boues, et des millénaires après, quelqu'un, fouillant les terrains refroidis, eût peut-être retrouvé sous leurs strates la trace de ce qui avait été notre passage, ce jour-là, dans cette prairie, l'empreinte d'une main, d'un pied crispé par l'étouffement, par la douleur, arrêté dans sa course, un après-midi d'automne fascinant, sauvage, tavelé de roux), oui, puisque c'était pour rire, comme il aura été beau ce voyage à pied, à la lisière de la fin du monde ! Nous conduisant, saines et sauves et comme si de rien n'était, vers les menus plaisirs du lèche-vitrine, de la conversation, des mondanités boutiquières avec le bijoutier au pied-bot, boitant gravement d'une vitrine à l'autre, pour dénicher la paire de créoles en or dont Marthe est venue s'informer du prix avant qu'on se décide à me les offrir à l'occasion de mes sept ans. Ou bien, avec la pâtissière, chez laquelle nous entrons parfois, les jours fastes, lorsque j'ai droit à un chou à la crème au café, une part de galette fourrée à la frangipane, puisque j'ai fini, en grandissant, par aimer un peu les douceurs.

Viennent les jours de brouillard, leurs vapeurs insinuantes, partout répandues, emmitouflant choses et gens de vapeurs froides et piquantes, de mélancolie rongeante. Un monde victime de la fatalité cyclique du cours ordinaire des saisons, recroquevillé sur lui-même et qui suinte de toutes parts comme une éponge.

Rien n'est alors plus délicieux, plus doux, plus excitant, après avoir, cette fois, marché avec Marthe sous un ciel en cendre, sa chape d'argile grise, avec devant soi la brume opaque, son verre cathédrale faisant obstacle à la vue, rendant le paysage indéchiffrable, obligeant à progresser à tâtons, au jugé, au souvenir : ici, cette barrière à pousser, là, ce carrefour à franchir et ne pas oublier que cette rangée de troncs d'arbres, du moins leur alignement spectral de gros épieux englués dans la pourriture des herbes, des roseaux, ce sont des peupliers et qu'ils désignent les rives marécageuses du ruisseau, que d'entrer dans un de ces magasins de province dont la moindre vitrine, vaguement éclairée du dehors par la lueur d'un réverbère, du dedans, par une lampe à acétylène à flamme livide, fuligineuse, invite, de loin, le promeneur à se hâter vers elle.

Prend, à distance, des allures de vitrail de chapelle illuminée au soir de Noël et qui promet, après la marche vers elle dans le noir et le froid et la chausse-trappe des ornières, la chaleur des cierges allumés, de la prière et des chants en commun. L'exaltation partagée dans l'attente du miracle.

Celui-ci par exemple.

Après avoir longé, construites à flanc de colline, sur l'emplacement des logis médiévaux disparus, et avec eux une église, naguère dédiée à saint Nicolas, patron de la ville, de hautes maisons bourgeoises et muettes à portes cochères, à lourds battants de chêne, certaines sculptées dans la masse à la façon des armoires normandes à fiches, d'autres armées de clous, la rencontre avec quelques ombres, pareilles aux nôtres, en cache-nez et mitaines, sur lesquelles on a pu parfois mettre un nom, les arracher à leur brouillard, leur anonymat spongieux, leur désert, en les saluant à voix haute et elles ont répondu, nous arrachant, du même coup, au nôtre.

Et puis cet autre encore.

Derrière une vitre embuée, au milieu des draperies noires, des bures terreuses, des flanelles grises, l'apparition d'une pièce d'étoffe à carreaux jaune et rouge qu'on a posée longitudinalement à plat, tout en déployant en hauteur, pour la faire valoir, elle, sa rutilance hardie, défiant les hypocondries de l'hiver, un grand pan drapé à l'aide d'épingles sur le support d'un T de bois. Une espèce de croix de saint Antoine en hêtre verni, de présentoir cruciforme sur lequel, comme un manteau sacré, elle brille de la pourpre cuivrée des rois !

Soupeser ce trésor du regard. Le manger des yeux, avant que de se décider à entrer. A le toucher pour de bon. Prendre son temps. Tenir en haleine le désir. En canaliser les forces torrentielles afin qu'il dure, maintienne en soi cet état d'effervescence qui donne chaud au point d'en oublier comme il fait cruellement froid, ici, sur ce trottoir de ciment.

Mes yeux brillent. Ceux de Marthe aussi... !

Mais, tout de même, se laissera-t-elle faire pour acheter à si haut prix (20,20 francs le mètre comme l'étiquette l'indique, rédigée à l'encre bleue sur un carton vert) cette merveille de lainage aux couleurs flamboyantes qui m'irait si bien, me changerait en flamme, en feu follet. Nous ferait des dimanches d'hiver si gais. A moi, certes, mais à Marthe, à Auguste aussi et même à Grand-Mère quand je jouerai avec elle aux dominos, au nain jaune, à la marchande, en regardant la nuit tomber sur les tilleuls sans feuilles, leurs hauts bras violacés et raides. Sur le dos statufié de la colline d'en face.

Si, coupant court aux calculs raisonnables (ma robe d'hiver de l'année précédente n'est pas usée) elle saute le pas. N'a-t-elle pas pris le parti déjà une fois, de faire porter à mes quatre ans le deuil de mon grand-père Louis Taureau, l'ancien boulanger de Saint-Michel-de-Chavaignes, en robe de velours violet à volants de crêpe mauve, finement plissés, souliers vernis et guêtres blanches, manteau et toque noire de caracul éclairée d'herminette. Une bouffée d'audace de sa part. Un défi au chagrin aussi qu'elle éprouvait de la mort de Louis, le bouillant radical-socialiste de village, toujours en froid avec son curé, mais lui envoyant en même temps, ne fût-ce que pour maintenir la paix dans son ménage, car Esther, sa femme, était dévote et il l'aimait, leur fils, mon oncle Théodule servir sa messe comme enfant de chœur, et Marthe, leur fille, au catéchisme.

Une de ces crises de coquetterie à laquelle il lui arrivait de céder. De besoin de parure, de parade, qui la saisissait et que, faute d'être bien faite, elle ne pouvait se permettre qu'à travers moi. Qui la vengeait, je suppose, de ses éternelles robes sombres.

Lui donnait matière à s'en consoler au spectacle que je lui offrais. A mes allures de petit bout de femme qui saisie d'une rage de sérieux, d'élégance comme il faut, dignement assise sur la paille usagée d'une chaise basse dans les salles à manger-cuisines des instituteurs des environs, dans celle de la mercière-épicière matelassière de la sortie du village, Mme Bois, que nous fréquentions, se taillait, au milieu des courants d'air et des fines odeurs de potages maison, de ragoût mitonnant pendant les conversations en des cocottes de fonte, un franc succès mondain dans les chaumières en faisant valoir mini-manchon, gourmette à clochette, parapluie tom-pouce à manche de bois verni, à poignée sculptée en forme de tête de canard bleu ou de champignon rouge et blanc amanite tue-mouches, dans un décor de toile cirée, de batterie de cuisine suspendue sous des étagères volantées de cretonne brodée de cerises et de moulins à café au point de tige ou lancé.

A l'inverse de tant d'autres enfants, fâchés d'être privés de la liberté de leurs mouvements à cause de leurs habits de fête, j'ai toujours été friande, par souci d'élégance, du moins, par goût résolu pour la préciosité occasionnelle, pour l'accessoire prestigieux, de ces grandes ou petites cérémonies, me donnant prétexte à m'endimancher. A me coiffer de velours et d'herminette. A faire valoir, en écoutant avec une attention soutenue la conversation des adultes et en grignotant un petit « Lu », une paire de guêtres blanches à boutons de jais noirs corsetant, des chevilles jusqu'aux genoux, mes jambes croisées de gamine en représentation, et cela jusque sur le sol en terre battue des plus pauvres logis.

A changer de peau. A me donner la comédie à moi-même, encore plus qu'aux autres.

J'ajoute, qu'en ce temps-là déjà, j'y croyais sans y

croire. Me faisais une coquetterie qui ne m'a jamais quittée, depuis, histoire de me reposer de ma véritable nature qui est sauvage, indomptable, solitaire, tourmentée, de ces jupons, de ces robes, de ces manteaux, de ces couvre-chefs qu'il faut ménager pour leur garder longtemps l'aspect du neuf. De ces toilettes qu'on n'usera finalement jamais, à l'inverse des habits des jours ordinaires qui, élargis, allongés, ravaudés dans un esprit de stricte économie, permettent l'acquisition de ces inutilités vestimentaires irremplaçables et somptuaires qui deviennent dans les armoires, au fil des ans, des pièces de musée, après avoir fait naître aux moments privilégiés où on les porte, des bouffées de bonheur, d'innocent orgueil qu'on n'oublie jamais.

Ni Marthe ma complice qui mène le train, a le pouvoir de décision, ni moi qui souhaite qu'elle cède à l'attrait magique de ce tissu laineux, sa retombée en cascade couleur d'incendie derrière une vitre embuée et mal éclairée, à son hypnotisante lueur (celle du saint sacrement au fond d'une crypte), n'y résisterons. A ce qu'elle promet d'illuminations à nos soirées de brouillards et de pluie à venir. Car, bien sûr, si nous achetons, et nous allons acheter, c'est dans l'intention que cette folie dure, qu'elle s'étale sur trois ou quatre hivers au moins. Qu'elle finisse, à cause de cela, par ne plus en être une. Qu'Anne soit obligée d'en convenir elle-même quand, au fur et à mesure des années, sa bru ayant pris la précaution de prévoir largement pour le métrage, transformée, rallongée, mais toujours aussi attractive à force de fraîcheur intacte des couleurs, de souplesse, et de belle tenue conjuguée de ses plis réguliers autour de moi, de cols Claudine qui deviennent cols officiers la saison d'après, disparaissent pour faire place à un col chemisier permettant le port d'une jolie cravate garçonnière en soie jaune, elle et moi grandirons ensemble, apporterons la preuve que nous sommes, l'une, l'autre, une assurance prise sur l'avenir !

Un des grands luxes de ma vie, par ailleurs si peu mondaine, si laborieuse, si perdue dans l'anonymat de Paris, si farouchement indépendante, aussi, aura été de porter, hier comme aujourd'hui, en plein triomphe des nippes et hardes, taillées au laser, achetées à grand frais, dans des échoppes souterraines où on les fourgue à prix d'or à qui veut faire joujou au petit baroudeur, au samouraï de raccroc, à l'irrésistible putain cinq étoiles ou de bas étage, des vêtements ayant pour de bon une histoire. L'histoire de l'achat de leur tissu d'abord qui aura nécessité toutes sortes de discussions passionnantes et passionnées avec les demoiselles de magasins, suivies de celles de leur confection par une couturière à façon. Une femme aux doigts de fée à laquelle on se résoud à confier leur destin !

Généralement vêtues de noir, les cheveux tirés en arrière et contenus dans un chignon, les demoiselles de magasins de mon enfance, dans un décor de rayonnages plus ou moins bourrés à craquer d'étoffes de qualité, d'épaisseur, de matière, de teintes diverses qui les rendent propres, ou non, à faire des manteaux ou des robes, des corsages ou des jupes, des tailleurs, des deux ou trois pièces convenant aux circonstances diverses de la vie en société et aux saisons, se tiennent debout, derrière de longs comptoirs en chêne ciré qui les séparent du reste du monde. Elles ont des gestes précis et nets de prêtresses, d'officiantes, pour atteindre, presque sans hésiter, au milieu des autres, la pièce d'étoffe qu'on leur demande à voir de plus près, à palper. Pour, si elle déçoit alors, perd le prestige qu'elle avait tout à l'heure, à distance, quand on l'a pour de bon contre soi, qu'on la soupèse et la flaire, en conseiller une autre, la dénicher comme à tâtons, avec une sûreté d'aveugle-né, accoutumé à se guider à la prodigieuse lumière de sa mémoire tactile.

Quand elles la soulèvent de la main droite, pour en déplier devant vous un large pan reptilien qu'elles libèrent par saccades et par masses, à la façon d'une eau torrentielle, bariolée ou sombre, retenue jusque-là, derrière des vannes brusquement ouvertes, elles la soulèvent plusieurs fois, la tiennent une seconde en suspens dans les airs, la rattrapent de la même main droite comme une balle, tandis que la gauche en égalise, au fur et à mesure, la retombée liquide sur le comptoir, en maîtrise les tourbillons, l'effervescence. Et voici qu'on l'a, devant soi, lisse, silencieuse, domestiquée, prête à l'examen, à l'usage. Suit alors, entre Marthe et elles, entre initiées, un échange serré de considérations pratiques sur ce qu'on pourra tirer d'un métrage calculé sans lésiner, ou au plus juste, en fonction de toutes sortes d'impératifs : la largeur du tissu, la garantie qu'il offre, ou non, de rétrécir au lavage ou au nettoyage en teinturerie. Faudra-t-il prévoir une hauteur de vêtement ou deux, selon les intentions qu'on a, d'obtenir, pour cette robe, une jupe à plis ou taillée dans le biais ou tout bonnement droit fil ? Ne pas oublier le problème du raccordement des carreaux entre eux le long des coutures, l'importance qu'on aimerait donner au col et aux manches. Et que dirait Mme Roulette d'un boléro assorti, fût-il sans manches, constituant, avec la robe, un ensemble parfait pour une fillette ?

Mme Roulette de se récrier qu'au prix que coûte cette draperie anglaise, garantie pure laine peignée d'Australie, envisager un boléro serait de la folie pure. Que c'est bien parce que j'ai été première en arithmétique et en orthographe ce trimestre qu'elle se laisse faire pour la robe ! Point de boléro donc.

Le ton monte. Mi-badin, mi-sérieux. Celui de

Marthe quand elle s'y met, calcule ses effets. Le ton assuré, percutant du premier rôle. Qui fait qu'on se croirait sur une scène, dans un vaudeville à succès, où, Madame, dans un décor de salon bourgeois, de plantes vertes, de doubles rideaux en velours frappé, retenus par des embrasses à glands, donne de la voix et des ordres, rappelle son monde à l'économie qui fait les bonnes et solides maisons ; tandis que la femme de chambre s'affairant autour de Mademoiselle qui pivote sur elle-même, lève, écarte les bras à sa demande, prend mesure de sa hauteur de jupe et de corsage, cette fameuse hauteur, entraînant l'achat d'un métrage sur lequel, Madame, qui refuse le boléro, mais consent à l'éventualité d'une fastueuse robe à plis, se résout cependant à ne pas trop lésiner.

Sur la page blanche d'un registre noir, la somme acquittée par Marthe, soit 43 francs 68 centimes pour 2 mètres 10 de tissu en 140 cm de large, est consignée par la vendeuse. Le portefeuille en maroquin marron de Madame, marqué à ses initiales, disparaît dans son sac à main de box-calf. La comédie est terminée, ou plutôt, son premier acte. Car, Dieu soit loué, il y en aura un second, sinon trois ou quatre encore pour nous tenir en haleine, chez la couturière.

Nous sortons dans la rue. Il y fait maintenant tout à fait sombre, froid, inhospitalier. Mais qu'importe ! Puisque la terre ne me porte plus. Puisque, tournant avec Marthe le dos à la ville, à ses aspérités pierreuses, ses toits pentus que la nuit, sa gueule de loup huileuse happe et digère, je tiens dans mes doigts gourds, sur le chemin du retour, où nous pataugeons dans l'ombre avec une sorte d'allégresse mal contenue qui, malgré l'humidité rongeuse, nous arrache des rires sourds de gamines en rupture de ban, le précieux paquet ficelé dans du fort papier d'emballage d'un beige luisant contenant les fameux deux mètres de tissu pure laine peignée d'Australie (et Dieu sait, comme l'Australie c'est loin, comme il y a de quoi se rengorger !), destinés à la robe d'hiver et de sortie, peut-être la plus joyeusement chaude, irrésistible de ma vie. Une robe qui, en tout cas, fera date au milieu de quelques autres, entre ma sixième et douzième année ; avec ses rites d'essayage supervisés par Marthe chez Mme Buclez, notre couturière d'Aulaines attitrée et qu'on n'ait pas la naïveté de s'imaginer, en effet, que les cent mètres à franchir pour se rendre chez elle, sans se donner la peine, puisque c'est si proche, d'ôter son tablier, de mettre un manteau, ne fasse pas, pour autant, événement.

Cela tient à ce que la maison d'école, le long de l'étirement de quatre cents mètres à peu près de voie unique constituant le village, ayant été construite dans un tournant, le dépasser, puisqu'il bouche la vue, c'est déjà connaître le dépaysement. Affronter un autre univers. Non plus, situé à l'est, celui du café-épicerie Busson, du café Dormeau, où, le dimanche, les fermiers viennent se faire raser ; celui du charron, des odeurs de fer brûlé s'élevant de sa cour quand il cercle des roues mais, situé à l'ouest, celui du forgeron, des deux artisans potiers, les derniers ayant survécu dans mon enfance à ce qui fut, en début de siècle, une véritable industrie de la cruche, du pot de fleurs, de la bouillotte, du vinaigrier, du saloir, de la tripière, ici à Aulaines et dans la forêt de Clossay. Celui de l'église enfin, presque toujours fermée, sinon pour les mariages, les baptêmes et les enterrements après la disparition de son dernier curé en 1924.

L'église, son mystère farouche, étourdissant. D'autant plus insondable d'être enclos derrière la convexité, sans ornement ni fioriture, la courbure d'enceinte, de place forte, d'une abside en cul-de-four comme est construit, dans les fermes, le lieu privilégié, essentiel de la cuisson du pain.

Celui des âmes, celui des corps. L'un, l'autre, également sacrés. Et puis encore et surtout, peut-être, visible de l'extérieur et de la route, à l'extrémité des deux rampants du croisillon sud, l'élancement d'oiseaux, arrêtés dans leur essor, de deux anges à face romane et plate, à profil usé par les siècles ; enchâssés jusqu'aux épaules dans leur carcan pierreux. Au-dessus desquels, les autres oiseaux, les vrais, les belles hirondelles africaines à fine tête bougeante de négresse peule, habiles à façonner l'argile avec la paille pour leur nidification saisonnière à hauteur de solives d'écuries et de granges ; avec elles, la tribu des tourterelles gris perle à collier de jais, tourbillonnent le soir dans le sens des aiguilles d'une montre sur fond de ciel rose, et de clocher pointu d'ardoise, faisant office d'épieu, de style rigide au sommet duquel une girouette en forme de coq tourne avec les vents. Avec le temps.

Car le temps tourne sur lui-même. Non point n'avance ni ne recule. Et cette fuite en avant qu'on baptise avenir, celui du monde, des générations qui se succèdent n'est qu'illusion d'optique, commune faribole, désir vain d'échapper à la loi de l'éternel recommencement, à force d'éternelle destruction.

Ah ! les voyages, les beaux voyages ! A peine quelques foulées et voici qu'on est ailleurs. Chez le forgeron, chez le potier. Chez le bon Dieu. Chez la couturière.

La couturière s'appelle Mme Buclez parce qu'elle a épousé M. Buclez. M. Buclez, prénom André, « André es-tu là ? » crie Marie-Louise son épouse, nièce de l'ancien épicier-cabaretier maire d'Aulaines, M. Dreux, pour se faire entendre de lui, quand dans son atelier jouxtant leur maison, il forge à l'enclume, puis soude au chalumeau, d'astucieux porte-bagages pliants de son invention dont il équipe, sur mesure et sur commande, les vélos De Dion-Bouton dont il tient commerce et qu'il expose dans la première pièce de son logement faisant usage de boutique, est, par son père, gendarme à la retraite muté, il y a plus de vingt ans, pour les besoins du service à Bonnétable, dans la Sarthe, où il s'est finalement retiré, d'origine jurassienne.

Chez les Buclez, quand on dit le « Jura » on en a plein la bouche comme du bon vin d'Arbois. Et l'on rêve de pouvoir se payer un jour le voyage au pays d'origine, là-bas, du côté de Dôle, de Mouchard, où, paraît-il, il y a la montagne avec des tas de sapins qui s'y accrochent, des hivers neigeux et rudes à vous crever un bonhomme, des tunnels creusés dans le roc où les trains s'engouffrent puis ressortent comme si de rien n'était. Et, voici qu'on débouche sur d'étourdissantes perspectives de forêts, de prairies, de vignobles pentus surplombant l'incision de vallées vertes. Et, l'on voudrait être un oiseau, un chamois pour pouvoir aller se percher n'importe où. Se faire au jeu de tous ces rocs en terrasse, de ces ravins que les fougères capitonnent. De ces clochers à bulbe dominant des villages étirés en longueur. Serrés de près par des rivières que les façades de leurs maisons à galeries, où sèche le linge et fleurissent les géraniums, leurs toits écailleux, les cheminées de leurs usines de pâte à papier, de leurs scieries, habitent de minces reflets inégaux, couleur de rouille.

Quelque trente ans plus tard, je tomberai amoureuse de ce Jura dont j'entendis le nom prononcé, pour la première fois, dans un crissement de ciseaux d'acier mordant la douceur des étoffes, un froissement de fines feuilles à patron dépliées, révélant, numérotés, soulignés par des hachures, des pans entiers, sur papier de soie, de schémas de robes, de manteaux, à reconstituer en leur entier selon les règles d'un puzzle, d'une géométrie, d'une science des volumes où je me perdais !

Dans, succédant à sa boutique de vélos qu'il fallait d'abord traverser, un décor de grande salle commune à carrelage rouge, de poêle rond, passé au tolémail d'argent, fabriqué, comme les porte-bagages, par les mains industrieuses d'André Buclez, marchand de cycles, de lits de coin en merisier garnis de courtepointes matelassées, d'édredons rebondis, houssés de batiste blanche ajourée et volantée et sur lesquels s'entassaient, dans la journée, les pièces de satinette noire, de vichy à carreaux à tailler et coudre, les piles de petits *Echo de la mode ;* de *Mode de Paris*, de *Modes et travaux* dont nous faisions nos choux gras ; de table ronde encombrée de chutes de tissu dont il arrivait qu'on me fît cadeau pour m'aider à pourvoir au trousseau de mes poupées ; de machine à coudre Singer à pédale, placée près de la fenêtre pour y voir plus clair ; de boîtes de bobines de fil, de pelotes d'aiguilles et d'épingles en forme de cœur ; de craies roses ou blanches de couturière, à la fois bombées et plates comme les coquillages collectés avec le reflux ; de mannequin dodu, à poitrine et hanches opulentes de belle fille guillotinée et cul-de-jatte, qu'on faisait tourner, elle et ce qui lui restait d'avantages, sur un pivot de bois noir à trois pattes qui lui tenaient lieu de jambes ; de tapisseries représentant des scènes de chasse à courre, où des cygnes, évoluant sur un lac constellé de nénuphars (c'était André qui les brodait au point de croix l'hiver à la veillée pour se délasser, comme il disait, de son travail de forgeron-soudeur) nous venions décider, avec Marie-Louise, de la destinée de la coupe de draperie, de crêpe georgette, de cotonnade que nous lui apportions avec les précautions d'usage et qu'elle dépliait sur la toile cirée avec révérence en nous félicitant de notre bon goût !

Et l'on cousait et l'on causait ! Et l'on sortait de là, exalté, enchanté ! Non pas seulement par les promesses d'élégance qui naissaient sous les doigts longs et osseux de Marie-Louise, pinçant les étoffes entre index et pouce, pour esquisser, d'avance, la noblesse d'un drapé, le chic d'un bavolet, d'un large col ou d'un pli sur le corps de la déesse mutilée de service mais de tout ce qui, en tailladant, bâtissant, ajustant un pied de col, en montant ou démontant une manche, en ramassant à quatre pattes une poignée d'épingles tombées à même le sol pendant les essayages, s'était dit au sujet des grands et petits événements qui constituaient une vie de société paysanne et villageoise, presque tribale encore, en ce temps-là. Avec ses rites de naissance et de mort, de mariage et d'enterrement, de fête patronale avec bal et banquet après les moissons, d'abattage (on disait la « tuerie ») du cochon qu'on sale, fume, transforme en rillettes, enterrées sous l'humus gras et blanc du saindoux. Un art gaulois de la charcuterie, de l'hibernation des chairs mortes par empirisme savant, ayant traversé les siècles, et donnant prétexte à des ripailles solennelles, entre parents et voisins, entre alliés, au tout dernier mois, la toute dernière lune de l'année.

Nous rentrions à la maison, Marthe et moi, la tête pleine de descriptions fantastiques de toilettes de cérémonies, de robes de mariée, de mère, de belle-mère de la mariée, de ses sœurs et belles-sœurs s'il y en avait, et qui étaient l'œuvre de Marie-Louise.

Dans la foulée, elle nous avait mises au courant de tout. Du prix qu'avaient coûté chez le perruquier (puisqu'il arrivait qu'on désignât volontiers dans les campagnes et sous la Troisième République, le coiffeur sous cette appellation d'un bel archaïsme grand siècle) la couronne et le bouquet de fleurs d'oranger en fine cire qui se devaient, que l'épouse du jour ait pris ou non des libertés avec le culte de la virginité jusqu'au mariage, de la parer de pureté nuptiale avec la robe blanche.

Satin ou soie. Naturelle. Artificielle ? Cela dépendait des moyens qu'on avait. Si l'on était fille de fermier à la tête d'une quinzaine d'hectares, d'une douzaine de bêtes à cornes, de trois chevaux de trait, sans compter la basse-cour et les porcs, ou pauvre bordager s'échinant à nourrir son monde sur deux hectares de sol, avec deux vaches et une seule jument.

Parfois, on avait opté pour la moire qui permet de travailler dans le majestueux, donne de la tenue à l'ampleur d'une manche gigot, d'un haut col vénitien plissé par où la tête jaillit comme un bouquet hors de l'écrin de papier glacé qui l'enveloppe de rigidité étincelante. Mieux encore, pour la dentelle. Ses transparences émouvantes, leurs filigranes fragiles sur les épaules solides, la naissance du dos et des seins de la belle fiancée des champs, habillée de candeur et de neuf de pied en cap. De ses bas à ses gants de fil blanc fermés aux poignets par des boutons de nacre. De ses dessous de shirting à son mouchoir de lin ajouré, fleurant pour la circonstance l'eau de Cologne du Mont-Saint-Michel dont on disait que c'était la meilleure, celle, aussi, qu'on pouvait se procurer au litre, au demi-litre chez l'apothicaire au prix le plus avantageux, à condition qu'on apportât son flacon.

Sur le coup de sept heures du matin, généralement

à la belle saison, car les mariages d'hiver étaient plus rares parce que moins plaisants, à cause du froid et des boues, jusque dans les fermes les plus reculées, celles qui, hissées sur la crête de la colline d'en face, au bout de somptueux couverts que le souffle des vents, les parcourant, gonflait par saccades comme des poumons verts, arrivait à vélo l'homme de l'art du chef-lieu de canton, le spécialiste de l'ondulation en salon de coiffure ou, sur place, chez la cliente, j'ai nommé le perruquier.

Pour atteindre à la limite du terroir d'Aulaines ces hauts lieux de l'agriculture et de l'élevage diversifiés, ces grosses fermes basses et rampantes, épousant, avec les granges et les écuries qui les flanquent, les accidents de terrain ; aussi, ces humbles closeries composées d'une seule pièce avec souillarde et porcherie attenantes, accotées à flanc de coteau ou lovées dans un creux où elles se terraient comme sangliers dans leur bauge, ni l'employé de service, levé au chant du coq, le préposé à l'ajustement de la couronne et du voile, initié par le patron coiffeur, ni sa monture, peinant avec lui dans les raidillons, n'avaient ménagé leur peine.

Malgré les yeux bouffis de sommeil sous la casquette à visière de cuir, sous le béret basque, malgré, aussi, le filet de sueur aigre dévalant le long de son dos, sous la chemise de coton rayé, matins privilégiés pourtant pour le garçon donnant de la pédale dans les côtes, que ces matins, voués au délicat office qui l'attendait !

Sur lui, autour de lui, l'incomparable fraîcheur de la rosée en mai. Celle de juin. Distillant avec les sèves, celles de la menthe, de la sauge, du thym, du sainfoin, de la chicorée sauvage, une fine odeur d'essences savamment mêlées. De champagne excitant.

Par instants, au sortir d'un long morceau de route

sylvestre enclavée entre chênes et hêtres, hantée encore à cette heure matinale par le passage nocturne des bêtes, l'aboiement d'une compagnie de chevreuils, rebroussant chemin vers le plein de la forêt, comme une colonie de dauphins roux refluant vers la haute mer ; par leurs piétinements, derrière un paravent de ronciers, de fougères enluminées de prime lumière, venaient à la rencontre du jeune commis, par lentes reptations évanescentes, irrégulières, l'encerclant de caresses humides, insinuantes, des traînées de vapeur. Pareilles, emprisonné avec la couronne et le bouquet de la fiancée, soigneusement disposés dans la longue boîte plate en carton clair, protégée d'un morceau de toile cirée en cas de pluie et solidement arrimée, devant lui, sur le porte-bagage, à ce voile de tulle qu'il lui faudrait tout à l'heure déplier, draper et fixer avec des précautions inouïes autour du visage de la mariée. Autour de son front plat ou bombé, impavide ou sensible de jeune fille rompue aux travaux durs de la traite, du barattage, du curage des bêtes, des récoltes, et qui l'attendait comme un magicien, un enchanteur, afin qu'il fît d'elle pour quelques heures, une espèce de fée, de princesse du matin, de reine de l'aube.

Sur le porte-bagage arrière, on avait fixé une valise. La fameuse petite valise en carton bouilli, imitation croco, des années trente du Français moyen en vadrouille, de l'écolier transportant son goûter. Ici, du parfait coiffeur spécialiste de l'ondulation à domicile. A savoir : le démêloir en corne avec son jeu de brosses en poils de sanglier. Le célèbre fer à friser à deux branches inventé par « Marcel », le virtuose de l'ondulation souple de l'entre-deux-guerres, fabriqué et vendu par la maison « Regor » dans toute la France. La lampe à alcool portative marque déposée : la Parisienne ; à boîtier rectangulaire tout acier et coulissant. Un chef-d'œuvre du genre qu'on pouvait, après en avoir approvisionné le réservoir en alcool à brûler avant le départ, ouvrir sur place, chez la cliente comme un plumier. Pour enflammer la mèche, lovée horizontalement derrière la fine grille de protection du réservoir, une allumette suffisait. Et c'était, à chaque fois, une sorte de miracle, que la montée, d'abord tremblotante, d'une ligne de flamme jaune et bleue, au-dessus de laquelle, entre deux sortes de crochets ouverts, se faisant vis-à-vis aux extrémités du réservoir, on assujettissait le fer Marcel.

S'ajoutant à ce viatique, un lot d'épingles mèches propres à la montée d'un chignon (s'il y en avait un), habillant la nuque d'une boule soyeuse, ou encore au maintien du cabochon d'une tresse brune ou rousse spiralée. Les meilleures, les plus solides, étaient les épingles « Dragon ». D'autre part, pour maintenir en place ondulations et boucles, réputées pour leur capacité d'immobilisation d'un voile de tulle dans une chevelure bougeante et capricieuse qu'on brillantinait pour la solidifier, lui donner du corps, on pouvait faire confiance, vendues à la douzaine et fichées dans un carton, aux « Original World Famous Kirbigrips », les pinces anglaises de Birmingham qui triomphaient alors sur le marché mondial.

Dans un sachet coulissé d'étoffe ou de fine peau, on avait rassemblé le pot de crème Tokalon ou Simon qui servait de base au maquillage de la mariée, la boîte ronde de poudre Gemey et sa houpette de cygne, le bâton de rouge Baiser, le petit flacon ambré à bouchon doré « Œillet mignardise » de chez Roger & Gallet dont, la robe enfilée, le voile ajusté et la couronne, on inonderait son cou, le creux de ses oreilles, parfois ses mains, solides et dures, aux ongles coupés ras, calleuses aux paumes, aux phalanges gonflées par les lessives, qu'elle mettrait tout à l'heure, solennellement devant tout le monde, devant le maire, le curé, dans celles de son promis qui avait les mêmes. Des mains pelles, des mains fourches, manieuses de crocs, de mancherons d'araires, de licols, et tout serait alors dit, décidé entre eux et d'eux. Pour le meilleur, et bien sûr, pour le pire.

Spécialité de la maison Pichon à Laval, en Mayenne, dans les pays d'Ouest, le diadème de fleurs d'oranger en cire d'abeille monté sur demi-cercle de laiton valait en moyenne de 30 à 35 francs. Il fallait compter 15 francs pour le bouquet avec chute, c'est-à-dire prolongé d'une guirlande enjolivant la jupe. La boutonnière du marié et des garçons d'honneur coûtait 2,50 francs. Celle des invités, 50 centimes, et quand ils étaient cent, parfois davantage, chez les notables, on devait prévoir, encore, 50 francs de plus.

Une pièce de tulle de belle longueur pouvait aller jusqu'à 30 francs. Surtout si la fiancée optait pour le voile à la juive, qu'elle portait alors rabattu sur le visage pendant la cérémonie religieuse. Moins par souci de pudeur, dans la tradition orientale, que l'inverse. C'est-à-dire par jeu. Calcul de coquetterie suprême.

Avec l'achat du globe de verre sous lequel diadème et bouquet, exposés sur un coussin de velours rouge, constitueraient sur la cheminée ou la commode le plus bel ornement du logis durant toute une vie de ménage, un jour de noces, repas compris, revenait à 10 ou 20 000 francs de nos jours. De quoi, avec la messe à payer, les frais divers, quand il n'avait que deux vaches à faire brouter sur quelques arpents, saigner à blanc un pauvre laboureur ! Le condamner, sa maisonnée et lui, à se priver pour de bon du nécessaire l'année qui suivrait.

Mais, question de fierté, de défi à la dureté du sort, quitte à jeûner dans le futur, à ignorer le médecin si on était malade, à vivre chez soi en loques, il y aurait bel et bien un cortège, une mariée habillée et couronnée de blanc, une photographie de groupe, trois plats de viande au souper comme au repas de midi, deux musiciens, clarinette et saxo, pour faire danser le monde jusqu'à l'aube. Un acharnement à faire provision de plaisir, littéralement pour des décennies ! Restait que le perruquier, en commerçant aussi raisonnable qu'avisé, savait se montrer bon prince. Qu'il ne faisait payer à sa pratique, ni son déplacement ni son travail de ce matin-là. Qu'il frictionnait, laquait, ondulait gratis, à froid, et au doigt, de chaque côté de la raie, la chevelure des jeunes hommes de la noce. Ne leur demandant que le prix de la lotion elle-même dont il n'avait pas oublié, dans la foulée, d'apporter un choix superbe.

Et c'était merveille de voir sur le coup de neuf ou dix heures du matin, le cortège se former dans la cour de la ferme qu'on avait balayée, ratissée pour la circonstance. De le regarder s'ébranler entre deux pièces de terre, entre deux haies, pour une bonne heure de route à pied vers la mairie et l'église. Les cavaliers donnant galamment le bras aux cavalières. Tous, du plus huppé des fils de gros fermiers vêtus de neuf, au plus pauvre des valets de ferme en complet veston fin propre, mais démodé, que son patron lui avait parfois prêté avec une chemise blanche et une cravate qui l'étouffait, et qui traînaient hier encore dans leur sillage une odeur aigre et puissante de sueur et de fumier, fleurant, à la manière de gommeux, d'irrésistibles mondains un peu gigolos sur les bords, la « Fougère de Lenthéric », la « Rose de chez Ferré », les « Cinq fleurs de chez Florville », la « Violette de chez Lubin ».

Habillées de robes longues en satin artificiel dont l'éclat, d'un bleu vif ou rose bonbon, frôlait leurs chevilles, les jeunes filles ou les jeunes femmes qu'ils entraînaient avec eux, en chantant des airs de marche qu'ils avaient appris à l'école ou au service militaire, se sentaient des ailes. Presque toutes, comme leurs mères, leurs grand-mères, étaient coiffées d'un canotier de fine paille noire, parfois égayé d'une rose, d'un bouquet de pâquerettes, de façon qu'elles puissent, une fois la fleur ôtée, non seulement vieillir avec mais le porter, sans faillir à la décence, dans les enterrements.

L'habitude était aussi qu'elles fissent, en souliers plats de marche, le long chemin les séparant de notre village afin de peiner moins sur les irrégularités des routes de terre. A l'entrée du bourg, elles les ôtaient pour les échanger contre des escarpins noirs ou blancs, de cuir ou de toile, que leurs galants avaient transportés dans un sac de papier ou de moleskine jusque-là, et dont on se débarrassait jusqu'au soir, en les confiant au passage à l'aubergiste qui traitait la noce. De façon que les gens, sortis sur le trottoir pour les regarder passer, elles, leurs rutilantes robes à jupe plate et manches bouffantes, leur chapeau sombre, leurs souliers vernis à talons, leur sac à main et leur parapluie suspendus à leur poignet gauche, leur trouvassent particulièrement fière allure et bonne façon dans le cortège.

Parfois, une mère, une belle-mère, une marraine de la fiancée, du fiancé, ayant offert en cadeau de noces le service à vaisselle en faïence de Sarreguemines ou de Saint-Amand, la demi-douzaine de draps chiffrés, le lot de torchons et de serviettes de toilette qui font date dans l'existence d'un modeste ménage, appelé à beaucoup trimer pour acquitter ses fermages, nourrir les enfants qui lui naîtraient, s'enorgueillissait ce jour-là du port d'un renard roux qu'un homme de sa maison avait réussi à tuer à l'époque des chasses, à la lisière des bois de Clossay et de ses terres. Dont on avait, après l'avoir soigneusement dépouillé comme un lapin et jeté les chairs aux chiens, confié la fourrure à un pelletier du Mans, installé aux confins de la ville sur les bords de l'Huisne. Qui, après l'avoir imprégnée d'huile de colza ou d'olive, foulonnée, puis mouillée, écharnée, dégraissée à la sciure de bois et puis encore lustrée, l'avait doublée de soie épaisse d'un brun couleur de châtaigne, munie d'un crochet de passementerie et d'une chaîne d'attache, de sorte que celle qui la porterait sur ses épaules pût le faire, avec la négligence superbe d'une épouse de roi d'Afrique, de chef de clan, parée du trophée de chasse de son seigneur et maître.

« Avez-vous vu, bourdonnait-on sur son passage, la Georgette, la Fernande ne se refuse rien. Elle a le renard ! »

Le renard qui, en effet, résigné, et pour cause, à son sort de renard assassiné, étalait sur la poitrine tumultueuse et tiède de la Georgette, de la Fernande, échauffées par la marche, sa splendeur de bête sinueuse et cuivrée, à face triangulaire dont les yeux de verre, dilatés et noirs, encastrés à la racine du nez, son extrême finesse d'obus, de missile à tête chercheuse, avaient la fixité sauvage et désespérée des victimes arrêtées dans leur élan de vie, leur bond en avant, par la brutalité d'un crime de sang !

Marthe avait aussi le sien qui avait une autre histoire. Celle d'un voyage de trois jours à Paris avec Auguste dans les débuts de leur vie commune, en compagnie d'un autre couple qui avait favorisé leur rencontre au village de la Bosse en 1922, le garde-chasse Cochonneau (quel nom, s'esclaffait Roulette, mais quel brave type !) et de Marie, sa femme, une abrupte et solide Lorraine qui assisterait Marthe trois ans plus tard lors de l'accouchement difficile dont j'avais été l'enjeu.

Acheté au carreau du Temple, un mémorable dimanche matin, jour de grand négoce après le sabbat pour les israélites du Marais et du quartier Réaumur, il avait suscité, entre la commerçante du Sentier qui en vantait les mérites en l'agitant comme un fanion au-dessus d'un lot de cols boules en agneau des Indes, en petit-gris : « Achète-moi ce beau renard, mon petit, pour ta belle grosse femme que voilà qui me ressemble », et le gendarme Roulette, en civil, costume beige de sport et chapeau mou, un marchandage passionné !

Décidés à jouer serré, ruse paysanne bas-normande contre ruse yiddish, patience contre patience, les deux adversaires avaient, paraît-il, déployé une stratégie éblouissante pour se prouver l'un à l'autre qu'ils n'étaient pas de la dernière pluie en matière de fourrure en général et de renard en particulier. Si bien qu'à la fin, la marchande, le cédant presque à moitié du prix qu'elle en demandait au début, c'est-à-dire pour ce qu'il valait, s'était exclamée, s'adressant à Marthe dans un élan d'excitation débordante : « Laisse-moi ton mari. Je ferai fortune avec. »

Dix ans plus tard, chez nous, à la maison on en riait encore. Il est vrai que tout avait été si extraordinaire pendant ce séjour éclair dans la capitale ! Si le gendarme Roulette avait failli se faire enlever par une championne du petit commerce en pelleterie au carreau du Temple, et cela à cause d'un renard qui venait, du moins le lui avait-elle assuré dans le feu de la discussion, tout droit de la taïga russe, peut-être même de Sibérie, des confins de l'Himalaya et pourquoi pas du Bengale, (on pouvait toujours rêver sur ce renard charbonnier d'espèce commune, mais d'un noir impeccable, dont la majesté des proportions, la retombée luisante et souple, museau contre queue épaisse et moelleuse sur le buste généreux de Marthe, lui donnait des airs de barinia moscovite d'avant le triomphe du marxisme, ou encore, quand ce fut la mode des turbans et qu'elle en porta un, en velours brun, de maharanée en exil sur le pavé de Paris) il en avait été de même pour sa respectable épouse, le soir où elle l'étrenna.

Comme elle se trouvait seule pour quelques secondes sur le trottoir, boulevard de Clichy, tandis qu'Auguste, entré dans un café-tabac y achetait un journal et des timbres, un homme, amateur de charmes opulents, s'était approché d'elle, de ses rondeurs d'honnête maîtresse d'école de village, bref du fameux renard charbonnier flambant neuf, pour lui proposer à dîner en l'appelant « ma mignonne ».

Ma mignonne avait sursauté, piqué un fard, empoigné le bras de son militaire de mari en tenue de congé sorti du bar-tabac à point nommé, pour, tournant le dos au suborneur prêt à se fendre d'un souper dans le quartier du Moulin-Rouge, histoire de s'assurer, après le dessert, ses complaisances dans une chambre de passage, regagner, par le métro, avec son gendarme, le petit hôtel une étoile du côté de la gare Montparnasse où ils avaient élu domicile pour trois jours.

« Que veux-tu, s'était esclaffé Auguste, au récit agité qu'elle lui faisait de l'aventure, tu as du succès à Paname. On ne sait jamais. Si tu avais été ce qu'il a cru, peut-être qu'il t'aurait payé des huîtres. Qu'il t'aurait fait le coup du homard et du champagne. »

Et ç'avait été, ensuite, un sujet inépuisable de

plaisanteries à l'entracte durant la soirée passée avec les Cochonneau au théâtre.

Ces dames avaient, qu'on se le dise, réussi à entraîner leurs époux à la Gaîté-Lyrique. On y donnait *La Veuve Joyeuse*, avec Nini Roussel, soprano dans le rôle de Missia, la jeune veuve millionnaire, et Gilbert Nibos, ténor, dans celui du prince Danilo, l'élégant séducteur fêtard et ruiné, mais sentimental assez, mais sincèrement amoureux d'elle assez, pour se refuser à la courtiser cyniquement pour son argent.

Hélas, l'ensorcelante et facile musique de Franz Lehar, ni les exquises fadeurs débitées, acte après acte, par les chanteurs-comédiens, sous la férule des traducteurs librettistes Robert de Flers et Gaston Caillavet (la *Veuve* avait été créée à Berlin en allemand en 1905) dans une atmosphère de garden-party à la viennoise, de mondanités salonnardes dans un royaume de fantaisie, mi-autrichien mi-hongrois, non plus que la joliesse des costumes, celle des voix, les affèteries concertées d'une mise en scène à grand spectacle, n'avaient, pour de bon, réussi à soulever l'enthousiasme du gendarme Roulette et du garde-chasse Cochonneau.

« L'heure exquise. Qui nous grise. La caresse. La promesse du moment et même : l'ineffable étreinte de nos désirs fous » et son arsenal de circonvolutions pâmées sur un air de valse ayant fait le tour du monde, les avaient, au grand scandale de Marthe et de Marie, quasiment laissés de glace ! A telle enseigne, qu'au beau milieu du troisième acte, outre qu'éreintés d'avoir toute la journée battu le pavé de Paris entre Montmartre et l'Opéra, ils n'en pouvaient plus, ces deux familiers des vraies routes de terre, des vraies forêts, des vrais chants d'oiseaux, que les déclarations suavement ampoulées, au détour de bosquets de carton-pâte, non seulement déconcertaient, mais ennuyaient ferme, s'étaient bel et bien mis à ronfler de fatigue et de scepticisme mêlés, aux côtés de leurs épouses outrées qui les avaient pincés à l'oreille pour les réveiller.

Marthe, évoquant ce court voyage de trois jours, devenait intarissable encore vingt ans après ! D'autant que le dernier soir, leur escapade de jeune couple provincial avait failli tourner au tragique. Auguste, pour se consoler des suavités de la Gaîté-Lyrique, n'avait rien trouvé de mieux que de la persuader de se rendre avec lui du côté de la Bastille dans un café chantant où l'on donnait du comique troupier qui lui rappelait quelques-unes de ses rares sorties de célibataire rescapé de la guerre des tranchées et de Verdun, quand il avait, en 1919, repris à Paris son métier de cuisinier chez Prunier, rue Duphot, avant que de prendre la décision de s'engager en 1920 dans la gendarmerie.

Pour parler de ce beuglant où l'on buvait des vittel-fraise, du vermouth, du Raphaël Quinquina dans la fumée du tabac et l'explosion des rires gras, Marthe trouvait des accents extraordinaires d'honnête femme consciente de l'être, condamnée, afin d'éviter de faire figure de rabat-joie dans son ménage, à s'encanailler pour un soir en compagnie d'un mari en veine exceptionnelle de gauloiserie extra-militaire. Outre qu'elle déclarait n'avoir pas compris le centième des allusions grivoises qu'un chanteur-bonimenteur, déguisé en troufion de la guerre de 1870, le képi tronconique aplati de traviole sur le crâne, le galon rouge cousu en croix sur la blouse bleue du volontaire de l'armée de la Loire décidé à y laisser sa peau pour arrêter l'avancée prussienne, gueulait sur la scène, en tournant autour du piano qui l'accompagnait et sur lequel il avait fini par grimper, mais oui, par grimper puisqu'il était à queue, parfaitement à queue (ah ! les fameux yeux gris jaspés de vert de Marthe et qui jetaient des étincelles beaucoup moins naïves que son discours ne voulait le laisser entendre !), Auguste avait été saisi brusquement d'un violent malaise.

A la vérité, il étouffait. Gravement gazé par hypérite à Perthe dans la Somme, il ne pouvait plus supporter, où qu'il fût, l'air vicié. Aussi, en sueur et râlant presque, avait-il dû quitter, Marthe le soutenant d'un côté, un garçon de l'autre, la pièce enfumée, sortir par la porte de secours donnant sur une ruelle où, peu à peu, il avait repris ses sens. Inutile de dire qu'on en était resté là pour la soirée.

Enfin bref, quelle aventure ! Et qui faisait s'esclaffer notre couturière à son tour.

Car enfin, ne pas croire que si Marie-Louise, une épingle entre les dents, le tablier à bavette hérissé d'aiguilles, les ciseaux grands ouverts à la main, taillant l'air autour d'elle en charpie, à force d'arabesques tranchantes dans le vide : une mise en condition, une magie, avant le sacrifice de l'étoffe qu'elle avait d'abord déroulée, comme on sait, avec une solennité de prêtresse sur sa table, dans le fouillis des rouleaux d'extra-fort, celui des catalogues, avait beaucoup à nous raconter sur ce qui s'était dit et fait le matin de leurs noces dans la maison de ses clientes où, pendant son office d'habilleuse, elle s'était croisée avec le coiffeur, nous n'avions de notre côté rien à lui envier, en matière d'anecdotes, propres à pimenter chez elle les séances d'essayage !

Et c'est pourquoi, les dimanches où nous étrennions quelque vêtement neuf, faisaient date, prenaient allure de consécration, d'événement. Car il avait fallu, à cause de lui, dresser toutes sortes de plans sur la comète, avoir le goût de la marche à pied, même par temps froid. Celui du lèche-vitrine, du furetage. Celui des atermoiements, des lenteurs à prendre parti, suivis de décisions brusques ; de leurs poussées de fièvre, de leurs flambées d'audace, de désir.

Venait ensuite l'épreuve du jugement d'Anne. Son verdict.

« Avance un peu que je te voie. »

Et ses mains lourdes, hésitantes, mal irriguées, de palper sur moi les tissus. De s'attarder sur la chute d'un pli, la piqûre d'un empiècement, le filigrane d'une découpe.

« Tourne-toi donc, Annie » et puis encore « Te voilà bien belle à ce que je vois, comme toujours ».

Et moi, à cause de cet amour d'Anne à mon égard, à notre égard, qui finissait enfin par se trahir, de respirer à fond, d'être heureuse pour toute une journée d'oisiveté familière, de menus et touchants plaisirs. La messe avec Clémence : Seigneur nous vous remercions pour tous vos bienfaits. Pour la robe taillée par Marie-Louise. Pour la belle tranche de rumsteack saignant piquée d'ail avec les frites qui constitueront le régal de mon déjeuner tout à l'heure. Et puis encore pour le jeu des visites avec Grand-Mère qui aura lieu cet après-midi, là-haut, sur le canapé.

Ce fameux canapé au-dessus de ma condition, de la sienne, où elle s'assiéra tout de même pour ouvrir le feu :

« Bonjour madame. Je vous fais compliment de votre nouvelle toilette. Quand j'étais jeune mariée comme vous, et que j'habitais Paris, j'avais acheté à la Belle Jardinière un chapeau de paille à brides de velours pour me promener le dimanche à la belle saison en bateau-mouche sur la Seine avec votre grand-père, mon mari. Pour votre tante Louise, une robe en madras verte et blanche et des bottines marron qui lui allaient à ravir et pour Auguste, votre père, qui avait alors l'âge de vos enfants, un très joli costume marin qui lui allait également très bien avec le béret assorti. »

Ah ! comme on est bien, comme on est à l'aise tout à coup là-haut sur le canapé en velours de Gênes du château de Montdragon.

Parfois, nous nous taisons. Pour sucer une pastille au menthol, un morceau de réglisse ou simplement pour retrouver un second souffle, entamer une autre histoire. A moins que ce ne soit pour contempler, à hauteur de fenêtre d'étage, comme sur un pont de bateau, comme du balcon, au théâtre, la désagrégation en beauté, au-dessus d'un toit d'ardoise, d'un nuage à masse onctueuse, sa luminescence cotonneuse de sucre filé, de grosses boules de barbe à papa.

Oui mais voilà, ce n'est quand même pas pour autant la paix des familles. L'harmonie idéale entre les générations.

Car enfin, passe pour le canapé, mais pour le carrosse, c'est une autre histoire. Puisque depuis février 1930 nous en possédons bel et bien un, dans lequel Auguste, Marthe et moi nous roulons à l'occasion, au grand scandale de mon aïeule.

4.

Dieu sait que dans cette maison, discussions véhémentes, affrontements spectaculaires ou larvés entre Auguste et Anne Roulette, ce n'est pas cela qui manque.

Unis l'un à l'autre par les liens du sang, par le souvenir du père, de l'époux, des dures années de survie après sa mort ; celui de la fille, de la sœur, décédée à vingt-quatre ans ; devenus avec l'âge, avec le temps, vigoureux adversaires autant qu'inébranlables amis, la mère et le fils se mesurent sur pied d'égalité, se jettent des traits, se jugent sans complaisance. A la fin, bien sûr, se réconcilient, chacun n'en restant pas moins sur ses gardes et ses positions jusqu'à nouvel ordre.

L'armistice peut durer des semaines, voire des mois. D'un coup, un beau matin, les portes claquent. Du fond de la classe et de loin, on entend Auguste pousser une gueulante. Il a sa voix de sous-officier de carrière, de militaire. On ne sait pas ce qu'il dit, mais ça barde.

Monte le rire persifleur d'Anne qui le défie, le poursuit encore dans la cour lorsqu'il quitte la pièce pour aller remplir d'eau ses deux seaux à la pompe du jardin. Quand il fait demi-tour, il s'arrête une seconde, face à la porte vitrée de la cour des filles, lâche son double fardeau, lève les bras en l'air pour avertir Marthe qui, sans faire semblant de rien, le guettait, non point qu'il se rend à l'ennemi, mais que les hostilités sont ouvertes. Il a sa casquette de travers, la mâchoire en avant. Nous voilà, elle et moi, prévenues. Le torchon brûle entre sa mère et lui. Ça se tassera, mais pour le moment, il brûle ! Champ clos, lieu du combat : la cuisine ! Le royaume d'Auguste. Son second souffle. L'une de ses principales raisons d'être, son honneur de chef de famille, de mari, depuis qu'ayant dû quitter, jeune encore, à trente-six ans, la gendarmerie pour raison de santé, il s'adonne dans le privé à ce qui fut son premier métier : la cuisine et la pâtisserie.

L'homme est fin cordon bleu quand il s'y met. Reçu premier du canton au certificat d'études primaires à Vallon en 1906, Anne n'étant pas en état de lui faire poursuivre des études, il a connu, dès quatorze ans, l'épreuve de dures années d'apprentissage rue Gougeard, au Mans, chez un traiteur. Chaleur insoutenable des fourneaux en été, travail debout, coup de main à acquérir, livraisons en ville et la plonge. Tenir, tenir ! La mère n'a pas les moyens de vous reprendre si vous êtes renvoyé. Louise est placée bonne à tout faire, au Mans toujours, chez une pieuse et bonne demoiselle, habitant sur l'autre rive de la Sarthe. Le frère et la sœur se voient peu. Ils n'ont pas le temps. Auguste a trois jours de vacances par an, à la semaine sainte. Trois jours pour retrouver Anne à Vallon au presbytère, parler avec elle, la regarder, la toucher. Dormir, à deux pas d'elle, dans un lit-cage, redevenir son enfant. Dès la première fois, elle le met au fourneau pour l'éprouver. Voir si le métier lui rentre dans la peau. S'il a fait des progrès. Il monte un soufflé, prépare une blanquette, une pâte feuilletée pour le curé, avec lequel il discute d'homme à homme. L'un et l'autre se connaissent bien. Auguste a servi sa messe sept ans de suite comme enfant de chœur. Maintenant, l'abbé le trouve, comme il l'a toujours trouvé, intelligent et capable. Mais dévot, plus assez ! Tant pis. Ils resteront quand même en excellents termes et même le curé David essaiera en 1919, à son retour de la guerre, d'user de son influence auprès d'une famille un peu fortunée du pays, pour le faire agréer par la fille de la maison. Sans succès d'ailleurs. Le verdict du père ayant été, d'entrée, qu'il savait le fils d'Anne Bourgault sérieux, travailleur, de bonnes façons, mais tout de même trop pauvre pour lui laisser une chance de devenir son gendre. Entre-temps, il y a eu le tour de France comme compagnon cuistot. Tours. Châtellerault. Angoulême. Poitiers. Les Sables-d'Olonnes et puis Longuyon dans la Meurthe. Cuisine bourgeoise et régionale et la clientèle à satisfaire, dans des hôtels-restaurants de classe moyenne où l'on tenait alors table d'hôte pour les voyageurs de commerce, les ronds-de-cuir, les clercs d'étude célibataires, les sombres veufs, rejoignant à pied le soir, après souper, leur intérieur déserté par la fée du logis, emportée par une crise cardiaque ou d'urémie ; et puis, les demoiselles des postes stagiaires, sans oublier la clientèle de passage, celle qui mange à la carte et pour laquelle il faut monter, au dernier moment, une mayonnaise pour une entrée de colin et d'œufs mimosa, réussir une sauce au chocolat pour habiller d'épais velours tiède une poire Belle Hélène, saisir une grillade à point, tout en assurant le menu du jour des habitués.

Entre ses dix-sept et vingt ans, qu'il vieillira d'un bouc, pour inspirer confiance à la pratique et se donner sans doute à lui-même l'illusion de la force de l'âge, il réussira à faire face.

Ensuite la guerre l'a pris, happé au collet, sans lui laisser le temps de se faire une vie à lui, des amis, des habitudes à lui. Obscur fantassin du régiment du 115e de ligne, on lui fait, un beau matin d'août 1914, quitter au pas cadencé la place de Mamers pour aller s'adonner aux joyeusetés de la guerre des tranchées du côté de Sedan. Blessé à l'épaule une première fois dès le début des hostilités, puis sévèrement gazé au printemps 1918, il souffre désormais de varices et d'emphysème. Il a aussi contracté le palu au Moyen-Orient, en Cilicie, après son engagement dans la gendarmerie qui l'a conduit au Liban dans le cadre de l'occupation française en Turquie d'Asie.

Il n'a pas eu de jeunesse comme on dit. Pourtant, maintenant, il est content. Il a survécu à la première grande boucherie du XXe siècle en Europe, déclare n'avoir jamais vraiment détesté l'adversaire, le fameux Boche, jeté comme lui dans la tourmente. Non plus que l'Ottoman d'ailleurs. C'est un homme que la haine n'intéresse pas. Le mépris gratuit, pas davantage. A cause de cela, il fait bon vivre avec lui. Il a une femme dont il est fier, un enfant qui le prolonge et même il a encore une mère. Cette chère et impérieuse mère qui lui a été un exemple viril de ténacité, de régularité dans l'effort. Un être usé. A bout de course, désormais. Qui dépend de lui. De ses bontés de fils, de celles de sa bru, mais auquel il laisse, par estime autant qu'affection, le droit, en se mesurant à lui, de se sentir exister encore !

Querelles domestiques. Joutes claniques dont les motifs relèvent de tout et de rien et qui prennent, pour un mot trop vif, un geste d'impatience, un haussement de ton ou d'épaule, des allures de petite guerre, de comptes à régler dans un hémicycle entre adversaires déclarés.

Pour, à la suite des très piètres affaires de mon

arrière-grand-père Bourgault, à sa ferme de Ménehault, avoir dû quitter le toit familial et se placer comme cuisinière, au 13 de la rue Auvray, au Mans, Anne estime être en état de critiquer la manière dont Auguste s'y prend pour faire lever une pâte, mariner un râble de lièvre, préparer un fond de veau, stériliser légumes ou fruits. Naissent alors des disputes extraordinaires entre initiés, sur la meilleure façon d'accommoder un ragoût, de confectionner une sauce béchamel ou poulette. Sur l'opportunité de faire blanchir, deux fois ou non, un chou vert pancalier avant braisage.

Anne Roulette rappelle à l'ancien chef cuistot du café-restaurant de la Lorraine à Longuyon qu'elle a, de son côté, cuisiné et à la satisfaction de ses patrons, en maison bourgeoise entre 1884 et 1889, sous Grévy et Sadi Carnot et avant son mariage. Qu'au service, à partir de 1900 et de son veuvage, de son cousin au second degré, l'abbé David, l'évêque, venu une fois déjeuner au presbytère de Vallon, s'étant déclaré satisfait de ses talents culinaires, ce n'est pas à elle qu'on le fait, en matière de préparation de blanquette de veau à l'ancienne ou de cervelle d'agneau au beurre noir !

Auguste riposte qu'ayant non seulement, lui, fait ses preuves comme chef cuistot dès dix-neuf ans à Longuyon, mais à vingt-quatre ans encore chez Prunier, rue Duphot, après quatre années de casse-pipe sanctionnées par le traité de Versailles, il n'a de leçons à recevoir de personne, en tout cas, pas de sa mère, sur le chapitre du beurre noir, ni d'ailleurs du blanc. Non plus, que du potage à la bisque d'écrevisse qui a été le chef-d'œuvre de son souper de mariage, préparé par lui-même, le 8 novembre 1923, veille de ses noces avec Marthe. Et cela dans la cuisine de sa future, à l'école de la Bosse, pendant qu'elle dressait le couvert, sur des planches soutenues par des tréteaux et recouvertes de draps blancs dans la salle de classe qui avait été vidée de ses pupitres d'écoliers rangés sous le préau avec l'autorisation du maire. Une vraie performance ! s'en souvient-elle ?

Que ce dîner de noces ait été réussi, Anne le concède, mais aurait-il quelque chose, par hasard, contre les laits de poule et les potages à la crème d'ail et aux œufs qu'on la vit préparer à l'intention de Marthe dans cette maison, pour l'aider à se remettre de l'épuisement causé par les tortures d'un accouchement au fer, ayant mis sa vie en danger et d'ailleurs la mienne ?

Les laits de poule et les potages à la crème d'ail, il n'a bien sûr rien contre, mais ce n'est pas une raison pour s'en prévaloir au point de vouloir lui démontrer, à lui, du matin au soir, qu'il n'est pas à la hauteur.

Le ton monte. Maintenant, les belligérants se vouvoient, se donnent du Madame et du Monsieur, marquent les distances. Excédé, le fils prie la mère de s'occuper de ses oignons et de se contenter de se mettre à table tout à l'heure. Anne, fatiguée, au fond, par l'ampleur de ses propres éclats, avant de se rencogner dans son fauteuil pousse une dernière pointe. Tout à l'heure elle n'aura pas faim. Une tartine beurrée, en tout cas, fera aussi bien l'affaire que le lapin sauté sauce marengo plus ou moins raté qui se prépare !

Un ange passe. Ou plutôt, quelque diable, expert en silences chargés d'électricité.

Cependant, chacun rengaine son couplet, rentre sous sa tente, observe tacitement une trêve dans l'intérêt général. Surtout que le temps presse. Que, raté ou non, le lapin marengo doit être servi à midi, le couvert dressé, quoi qu'il arrive. Suspendue au bout d'une chaîne au-dessus de la porte de la cuisine, comme pour un sauve-qui-peut, un incendie, et à midi pile, sonne à toute volée la cloche de l'école en même temps que celle de l'église. A croire que pour une fois, la laïcité et le bon Dieu ne font qu'un.

Décidément, il y a de l'orage dans l'air. Raison de plus, pour Marthe, occupée depuis onze heures trente, après la classe du matin, à préparer ses tableaux pour l'après-midi, de lâcher précipitamment la craie et de prendre le chemin de la cuisine par le couloir. Moi, d'abandonner mes parties de chat perché ou de colin-maillard avec les autres gosses, pour galoper, ventre à terre, en direction de la cuisine toujours. Intraitable, même dans ses bons jours, sur le chapitre de notre devoir de ponctualité aux repas, notre officier de bouche-intendant-majordome encore que Seigneur et Maître aurait tôt fait de rappeler à sa pédagogue d'épouse, comme à sa polissonne de gamine, essoufflée d'avoir couru, que l'exactitude étant la politesse des rois et par conséquent la sienne, nous sommes priées de régler notre pas sur le sien. D'autant qu'après avoir vaqué le matin aux travaux domestiques, il se tient, comme on sait, chaque jour, sauf le jeudi, à disposition des administrés de la commune dans la pièce de la mairie dont, mains lavées, tablier d'office ôté, en veste et casquette propres, il ouvre la porte à quatorze heures tapant.

De la maison voisine dont elle est locataire, qu'Auguste achètera bientôt dans l'intention de s'y retirer, à l'âge de la retraite, dans laquelle il mourra et qui deviendra la mienne, et celle de mon « hongrois de mari », arrive, en trottinant sous les tilleuls, pour déjeuner avec nous, la chère, la douloureuse Clémence.

Clémence ! La préposée à la maladie, au chagrin. Une mère prématurément morte. Une enfance malheureuse sous la férule d'une femme perfide, avaricieuse, épousée, en secondes noces, par son père, le menuisier-ébéniste Busson de Bouloire. Une adolescence, une jeunesse plus démunie encore, à Orléans, chez un greffier et sa femme, cousins et complices dans le sordide, de sa belle-mère, l'ayant placée chez eux pour leur servir de souillon à treize ans. Pour se débarrasser d'elle, dès le décès de son père.

Tout se passe pour cette orpheline de constitution fragile, à la fois pieuse par nature et par besoin de consolation, curieuse d'esprit, sensible aux belles lettres quand elle a l'occasion de lire en cachette le soir, à la lueur des braises du fourneau (puisque, sa lourde journée faite, on lui refuse une chandelle pour le faire) qui écrit secrètement des vers sur des vieilles enveloppes, des bouts de papier d'emballage, entre deux lessives, deux récurages de parquet, deux courses en ville au marché dont elle revient, le dos et les épaules sciés par le poids des paniers pleins, les pieds glacés en hiver dans des bottines qui prennent l'eau, comme dans les contes les plus noirs de Perrault ou de Grimm. Où de tendres et belles jeunes filles, devenues la proie de marâtres qui travaillent à leur perte, réduites à l'état de Cendrillons, de gardeuses de cochons ou d'oies se meurent d'épuisement et de solitude, à moins qu'un prince charmant ne survienne qui les arrache à leur malheur.

Ainsi de Clémence. A laquelle, comme dans ces mêmes contes hypnotisants et cruels, greffier et greffière, pour mieux l'attirer et la perdre dans l'épaisseur de la forêt, la livrer à la fringale des loups, ont doré la pilule au début. Lui promettant qu'elle serait un jour leur héritière. Que sans enfants à eux, ils la traiteraient comme leur fille s'ils étaient contents d'elle. Mais les paroles mielleuses ont vite cessé. Remplacées par des ordres secs, des exigences de travail implacable, une nourriture mesquinement comptée à un morceau de pain, un bout de fromage, une demi-tasse de café, près. Et puis, à quoi bon la payer. Puisqu'elle aura leur avoir quand ils seront morts, c'est-à-dire, leur maison à étage, avec leur linge, leur mobilier ; sans compter leurs économies. A condition, bien sûr, qu'elle continue d'être raisonnable, de ne rien exiger. Ni robe, ni souliers neufs. Ni argent de poche pour s'offrir de temps en temps une douceur le dimanche, une place, fût-ce au poulailler, au théâtre de la ville, où des troupes itinérantes donnent du Courteline ou du Feydeau, parfois Corneille ou Racine ou bien encore *L'Aiglon*, qui l'a fait pleurer à la lecture et *Cyrano* qui l'a tant émue, avec ce nez qu'il exhibe comme un fanion mais aussi comme une tare. Un nez qui le condamne à la plus grande solitude du cœur comme elle y est, de son côté, condamnée.

C'est alors qu'il arrive quelque chose d'incroyable, d'énorme, dans cette existence vouée au plus total effacement.

On est en 1904. Elle vient d'avoir vingt ans. On sonne un matin de mars à la porte du greffier. Clémence va ouvrir. Devant elle, au seuil du corridor obscur, lambrissé et peint en gris, pavé de mosaïques figurant des étoiles brunes sur fond couleur de céruse, ouvrant au fond sur un jardinet par une porte vitrée en verre dépoli qui l'éclaire, il y a un homme jeune au teint clair d'enfant du Nord, de Flamand. Au fin regard brillant, comme vernissé, posé sur elle. A la moustache délicatement taillée au-dessus d'une bouche sérieuse et fraîche. Il a des culottes de cavalier garance, une veste noire à brandebourgs, des bottes à éperons, un képi galonné qu'il porte droit sur le front avec la gravité d'une barrette de curé. C'est un lieutenant de dragons. Il vient, avec son régiment tenir ses quartiers à Orléans à l'occasion des manœuvres de printemps en Sologne.

Dans sa main droite, encore gantée, il tient un billet de logement qu'il lui tend après l'avoir saluée en claquant des talons.

La scène se passe dans un éclair : ce salut à la fois galant et raide. Ce coup d'œil qu'il jette sur elle, sur ses tristes vêtements d'hiver : ceux de la greffière qu'elle finit régulièrement d'user. Sur ses beaux yeux de biche blessée que l'éclat du désespoir, celui de la résignation et de la fièvre (elle en a souvent et personne ne s'en inquiète) anime d'une flamme aussi belle, saisissante et vorace que s'il s'agissait de celle du bonheur. Et cette douceur du profil, des lèvres et du front, sous les cheveux châtains, durement tirés, rassemblés en haut du crâne, à la chinoise, en un chignon rabougri !

Mais déjà, la greffière a surgi, obséquieuse, volubile, faisant valoir qu'à peine reçu l'avis de réquisition, il y a une semaine de cela, elle a pourvu à tout dans la chambre d'amis. Draps de fine toile, amidonnage des rideaux, astiquage du parquet et des meubles. Il la suit en direction des étages en immobilisant d'une main, le long de sa cuisse gauche, la luisance de son sabre à lame courbe pour éviter de heurter les marches.

Furtive jeune fille glissant sans bruit sur le feutre de ses chaussons rapiécés du bout, Clémence disparaît dans la cuisine après l'avoir regardé, un bref instant, de dos, grimper l'escalier, happé par la greffière, ses effets de lorgnon, ses amabilités grimaçantes d'hôtesse de raccroc et s'éloigner d'elle sans doute à jamais. Car enfin, il rentrera tard le soir ou dans la nuit. Soit que les manœuvres le retiennent jusqu'à l'aube ou qu'il ait festoyé en ville avec ses compagnons en jouant aux cartes, aux échecs, en passant son temps libre avec des femmes. Car elle n'est pas naïve au point d'ignorer, à travers ses lectures toujours : Maupassant, Stendhal et Flaubert et Balzac, secrètement empruntés à la bibliothèque municipale, que la vie militaire, avec ses disciplines, ses duretés, ses fatigues, a ses compensations, ses frasques, ses beuveries qui font partie du jeu. Que les hommes rendus à la vie civile, en conservent, paraît-il, un souvenir ambigu, à la fois excitant et pénible de coercition, assaisonnée, par moments, de liberté débridée dont ils aiment à reparler entre eux, des années plus tard, quand ils se retrouvent, comme d'une époque de leur vie intensément marginale, échappant aux règles des bienséances ordinaires et cependant soumises à des lois draconiennes.

Ainsi, la rencontre du prince et de la bergère n'aura duré qu'une seconde. A peine, pour elle, le temps de le trouver au passage, beau, rassurant. A la fois plein de mystère et de vie. Pour lui, de la jauger pour ce qu'elle est : jeune servante obscure, anonyme, désarmée devant ses façons polies de cavalier bien élevé même avec des filles de basse classe et de grande ignorance des choses de l'esprit.

Eh bien non ! C'est tout le contraire qui arrive.

Clémence, ses traits réguliers et sensibles qu'elle tient de sa mère Louise Paumier (les sœurs Paumier dont Esther ma grand-mère, ont toujours été mieux que belles, c'est-à-dire racées, expressives) et que la mélancolie dramatise, embrume d'une sorte de halo qui la rend pareille à ces héroïnes de roman, vivant retirées derrière les murs de maisons austères, Clémence, qui porte déjà sur elle, à vingt ans, les stigmates de toutes sortes de souffrances morales et physiques, patiemment, quotidiennement endurées, mais dont pour autant, l'expression de physionomie n'en resplendit pas moins, non seulement d'intelligence, ce qui reste somme toute banal, mais de vie intérieure, ce qui est rare, a violemment ému, en lui, l'homme du Nord. Celui des hivers longs et brumeux. Le rêveur-né. Et puis son grade de lieutenant : une promotion pour ce fils de boutiquiers de la région d'Arras qui se destine tout bonnement au commerce des textiles, n'a pas réussi à le rendre suffisant.

Pour ce garçon bien tourné, aux étonnants yeux polaires, sanglé pour quelques mois dans un uniforme flatteur à pantalon rutilant, qui défile à la tête de son peloton en tenue de parade, sauvagement casqué d'or, cimier empanaché d'un flot de crin noir, sur sa jument baie comme guêtrée de blanc aux chevilles et dont il règle virilement, entre ses cuisses, l'allure nerveuse féminine ; qui, avec ses airs de centaure, de demi-dieu guerrier pourrait s'attirer à Orléans, au-delà des faveurs des filles qu'on paie, celles de quelque charmante femme de notable que son mari a fini par ennuyer, qu'importe, alors, les possibles rendez-vous excitants et furtifs qu'il pourrait avoir avec elle, dans les pavillons d'été, les auberges cossues et discrètes des bords verdissants, gonflés de sève du Loiret, puisque, pour lui, tout à coup, il a Clémence !

C'est elle, décidément, qui le touche, le bouleverse ce printemps-là. C'est d'elle, de sa robe de draperie grise reprisée aux coudes, de ce long tablier de cotonnade noire qu'elle porte par-dessus pour la préserver des giclées de graisse ou d'eau de lessive, de son fichu rond en laine tricotée au point dentelle dont elle couvre le matin ses épaules pour avoir moins froid avant l'allumage des feux, qu'il voudrait pouvoir s'approcher. Au fur et à mesure des jours qui se succèdent (il restera à Orléans un peu plus d'un mois) de ses menues conversations du début qu'il provoque à l'aube quand il rentre fourbu des landes sableuses de Sologne, et qu'avant d'aller se jeter au lit jusqu'à midi, il frappe à la porte de la cuisine, la sachant levée et qui s'active à préparer le petit déjeuner du greffier et de la greffière chaudement couchés dans leur chambre et le sien, à lui, puisqu'il a été convenu, avec la maîtresse de céans, que pour plus de commodité, il le prendrait dans cette maison avant de monter se coucher, et que, refusant d'être servi à la salle à manger par Clémence, il lui demande la permission de s'asseoir au bout de la table de bois blanc sur laquelle elle prend le sien, peu à peu le courant passe. Non point qu'il cherche, après une ou deux gentillesses débitées sur ses yeux, qu'elle a donc beaux en ce temps-là, à la troubler par des caresses. Des baisers qui la prenant au dépourvu, la feraient peut-être céder à de tumultueuses avances d'homme pressé d'en finir avec son désir pour elle, pour mieux penser ensuite à autre chose. A une autre. Car il la désire aussi, bien sûr, mais en sentimental, en homme de cœur, de qualité. Capable, à cause de sa gracilité de jeune plante, privée de ce qu'il lui faudrait de soleil et de chaleur pour atteindre à quelque plénitude qui la rendrait plus désirable encore, d'éprouver en même temps la plus intense pitié, c'est-à-dire le plus sincère attachement. Car la pitié, la vraie, n'est pas, comme on se plaît à le prétendre, attention condescendante au chagrin ou à la fragilité d'autrui, mais complicité avec ce chagrin, cette fragilité. Souci d'en alléger le fardeau et cela, à charge de revanche. Bref il s'est mis bonnement, et très vite, à aimer Clémence.

Pour cette manière qu'elle a, si pudique et courtoise ensemble, de l'accueillir dans sa cuisine-buanderie-souillarde, chaque matin, avec un joli salut de la tête et du cou, contenu dans une guimpe de toile blanche toute simple, éclairant l'échancrure de sa robe grise. Pour cette expression de plaisir qu'elle n'arrive bientôt plus à contenir à son entrée et qui leur met, à tous deux, un peu de sang au visage.

Pour cette façon, si délicate qu'elle a de poser devant lui, comme dans un salon, la tasse et la soucoupe de porcelaine blanche à filet doré, le sucrier, le beurrier, la corbeille à pain, la cuiller chiffrée, destinés, sur ordre de la greffière, désireuse de faire étalage de sa vaisselle et de son argenterie à son petit déjeuner de militaire fraîchement gradé. Résolument affamé, en tout cas, par la chevauchée nocturne guerrière, avec exercice de tir par décharge simultanée d'armes à feu à la tête de son peloton de soldats de cavalerie descendus de leur monture et s'exerçant, sous ses ordres, à combattre à pied, dans les broussailles de la forêt solognote.

Plus que de réussir à lui faire perdre le contrôle de son imagination, de ses sens, à aiguiser sa curiosité des affaires du sexe, en jouant du prestige de l'uniforme, à l'entraîner avec lui dans sa chambre ; au lieu de mener auprès d'elle et tambour battant, une cour éblouissante, le but qu'il poursuit avec passion, obstination profonde, non point d'amoureux transi, mais sincère et qui rêve qu'entre eux, un lien se noue qui perdure au-delà du temps des manœuvres, c'est de parvenir à l'inciter à des confidences, leur permettant à tous deux d'approfondir un dialogue, bien évidemment cantonné, à ses débuts, dans les banalités d'usage, entre un jeune homme et une jeune fille mis en présence l'un de l'autre par le hasard et qu'au demeurant tout sépare. Du moins, en apparence.

Multiplier donc les discrètes avances. De celles qui ne sauraient effaroucher Clémence ou lui faire perdre la tête, mais l'encourager au contraire à lui faire confiance. A faire naître, sur son pâle visage fatigué dès le matin, un sourire qu'il voudrait embrasser mais dont il se contente de savourer, pour l'instant, le rayonnement solaire, d'en éprouver la chaleur, sur ses propres lèvres, à distance. Ce refus, par exemple, d'être servi par elle, à la salle à manger, sur le coup de six ou sept heures du matin. D'exiger nappe blanche, salamandre allumée, affairement de fille de service stylée, autour de lui. Au lieu de cela, quand après avoir reconduit son cheval aux écuries et regagné son logement à pied dans le petit matin frisquet de mars, il arrive qu'il rentre encore plus tôt qu'elle ne se lève, c'est lui qui procède dans la cuisine au décendrage du fourneau, prépare et allume le feu.

La première fois qu'elle le découvre en bras de chemise, sa belle veste galonnée d'or suspendue au dossier de sa propre chaise à elle, où elle a coutume de s'asseoir pour manger, ravauder, effectuer les épluchages, parfois reprendre souffle au milieu de la journée quand la tête lui tourne, que ses jambes ne la portent plus, s'activant soufflet en main dans ses lourdes bottes maculées d'argile, pour activer la flamme, elle a un sursaut extraordinaire de tout le corps et l'émotion lui jette un tel feu aux pommettes et au front comme s'il venait de la saisir contre lui, pour une caresse, qu'il en rougit lui-même jusqu'à la racine des cheveux.

« Mon Dieu, s'écrie-t-elle, monsieur, quel mal vous vous donnez, alors que vous êtes si fatigué et que c'est à moi de le faire. »

Et lui, de répondre, en évitant de la regarder en face pour ménager leur mutuelle pudeur, leur mutuel bonheur inexplicable, incontrôlé, d'être ensemble, qui vient de se trahir ; un bonheur simple, domestique, presque d'époux, déjà, se relayant l'un l'autre, qui à moudre du café, qui à dresser le couvert, après une douce nuit passée ensemble et dont chacun aurait gardé sur soi l'odeur de l'autre, de ses élans d'intimité charnelle, nocturne, sauvagement tendre : « Je vous en prie, mademoiselle Clémence, cela me fait plaisir de vous aider et que vous ayez un peu chaud pour commencer la journée. »

Et comme elle ne trouve à cela rien à répondre, mais que le sourire qui lui échappe lui donne un merveilleux air de santé, il se sent heureux comme il ne l'a peut-être jamais été. Content de la vie à en pleurer.

Et voici donc l'amour lancé et, avec lui, le discret fil d'Ariane qu'il propose à Clémence de suivre, quasiment les yeux fermés. Il suffit qu'elle y consente, lui fasse crédit, au fur et à mesure que, matin après matin, étape après étape, il le déroule pour elle et lui, dans le secret. Dans le grand et frais silence de l'aube qui baigne la cuisine, leur cuisine, devenue leur carrefour de rencontre, d'émotions.

Et qu'importe ce qu'ils se disent, comment ils se le disent. Comment elle finit par lui avouer son malheur d'orpheline, les privations qu'elle subit chez le greffier, le travail éreintant qu'on exige d'elle, les livres qu'elle a lus, ceux qu'elle aimerait lire, les petits voyages dont elle rêve. En Bretagne par exemple, du côté de Saint-Malo, de Quiberon. Comment il lui parle du Nord et puisqu'elle aimerait tant voir la mer, de son déploiement d'un bleu grisé, marqueté de stries glauques, là-bas, par chez lui, à ras de côte basse en pays flamand. De sa souplesse de nappe mouvante, curviligne, que les vents froissent et défroissent avec une application maniaque, une régularité de mouvement perpétuel d'horlogerie. Un travail de nivellement du continent par usure mécanique, rejetant derrière soi ses débris d'érosion, sous forme d'éminences sableuses qu'on appelle dunes. Comment il lui dépeint sa ville. Germanique au fond, déjà. Baroque et gothique ensemble. Moitié allemande, moitié espagnole, sous un ciel sombre, mais qu'enlumine, par saccades, un vol de mouettes, de pigeons. Avec ses places ceinturées de maisons à pignons, ses brasseries où les hommes s'attardent le soir à boire de la bière et fumer pendant que leurs femmes s'activent, jusque dans les familles modestes, à préparer des nourritures riches et crémeuses qui relèvent de la tradition du bien manger entre Arras et Amsterdam. Comment il lui met l'eau à la bouche, à elle, si parcimonieusement nourrie des rogatons de la maison, en lui vantant les tartes aux prunes noires, aux cerises douces, au raisin blanc qui sont la spécialité de sa mère. Ses flamiches au poireau, son rôti de bœuf en brioche du dimanche, ses harengs frais cuits au four dans du lait, des vendredis maigres. Comment il réussit à lui faire accepter de partager avec lui les deux croissants de son petit déjeuner bourgeois, la confiture, le beurre, qui ne lui sont pas comptés, et même le café puisqu'elle n'a droit qu'à la chicorée dans le bol de faïence bleu où elle émiette du pain sec pour se garnir l'estomac avant de monter, une heure plus tard, leur chocolat, au greffier et à sa femme. Comment il lui dépeint ses projets d'avenir dans le commerce des draperies et puis encore, comment, au fil du rituel matinal qui peu à peu les lie, gestes après gestes soigneux, attentifs, pour entretenir le feu, passer le café, faire tiédir le lait, griller une tranche de pain au bout d'une fourchette à même le dessus de fonte chaude du fourneau, il lui prend les mains et qu'elle les lui laisse ! Comment une première fois il l'embrasse à la lisière des tempes, celle des paupières, de la bouche. Un monde de caresses, qui s'ouvre dont chacun peut lire dans les yeux de l'autre qu'il espère qu'il n'aura jamais de fin, et qui les fait rester, un moment, debout, face à face, dans un grand silence vacant de premier temps du monde, de forêt, de cathédrale.

Rien n'a transpiré au début de cette idylle vécue furtivement dans le havre d'une cuisine et qu'ils ont décidé de concert de cacher. Du moins, au début. Non plus que d'une promenade à deux qu'ils ont réussi à faire sur les rives du Loiret, un dimanche après-midi où on a tout de même consenti à Clémence deux heures et demie de temps libre pour prendre l'air.

Sans doute, est-ce cet après-midi-là, peu de temps avant la fin des manœuvres, alors que, marchant de concert, bras dessus, bras dessous, leurs doigts mêlés ; elle, petite, gentiment menue, fagotée comme toujours dans les vieilles nippes de la greffière maladroitement remises à sa taille, mais si gaie pour une fois, qu'ils ont eu l'air d'un couple. Un vrai couple. Etonnant. Emouvant. Ayant la vie devant soi. Qu'il lui fit part, aussi, de son intention de s'ouvrir finalement au greffier de ses projets d'avenir avec elle. Qu'il lui offrit en signe d'alliance future, quand, dans un an, il aurait repris ses activités habituelles, cette fameuse petite bague, cet anneau d'or ciselé orné d'un saphir d'un bleu profond qui devait rester dans la vie de Clémence Busson, l'orpheline d'Orléans, son bien le plus précieux, même lorsqu'elle aurait perdu, pour de bon, l'espoir d'être un jour la femme de l'ancien lieutenant de dragons.

Car alors qu'il avait pourtant bel et bien fait part, la veille de son départ, de ses intentions de l'épouser à ses logeurs qui, bien sûr, jetant les hauts cris et se déclarant scandalisés de cette cour menée par lui, agréée par elle, sous leur nez, avaient évoqué son inexpérience de jeune fille mineure, l'étourderie de leur jeunesse à tous deux, confondant un goût passager l'un pour l'autre avec un sentiment sérieux capable de résister au temps ; eu le front de s'inquiéter de son manque de santé à elle pour entrer en ménage et par conséquent repoussé leur possible union aux calendes grecques ; que, passant outre à leurs objurgations hypocrites, il avait promis à Clémence, sur l'honneur, de lui écrire souvent, et que cela plût à sa propre famille à lui ou non, comme au greffier, de revenir la chercher quand elle serait majeure et libre de ses actes, elle n'avait jamais reçu aucune lettre.

Et c'est alors, qu'au bout de quelques mois, le désespoir la prit. Si total, si absolu, la rongeant de pied en cap, ouvrant par avance à son organisme fragilisé la porte aux maladies graves qui suivraient dans les années à venir : la typhoïde dont elle réchapperait mais qui la rendrait chauve, l'obligerait au port d'une perruque, la perte de l'usage d'un œil et puis encore un début de cancer au sein qui en nécessiterait l'ablation, qu'elle se révolta pour la première fois.

A son oncle Louis Taureau, mon grand-père, le boulanger de Saint-Michel-de-Chavaignes, marié à Esther Paumier, l'une des sœurs de sa mère, un homme qui, dans son enfance, lui avait montré de l'affection, venant parfois la chercher chez son père remarié à Bouloire pour lui faire passer quelques jours chez lui, en été; la promenant, pour la distraire, dans sa voiture à cheval quand il livrait le pain hors du pays, jusqu'au château de Saint-Paul, plus loin encore, parfois; jusqu'à Connéré, à une bonne dizaine de kilomètres de Saint-Michel où il avait une sœur mariée qui y vivait (et ç'avait été pour elle, si mal aimée déjà, un enchantement que ces voyages au petit trot, entre deux rives herbeuses, deux haies en arceaux, bourgade après bourgade, leur étirement de grosses couleuvres endormies sous le soleil, dans la chaude compagnie de Louis, devenu son tuteur à la mort de son père) elle osa écrire pour se plaindre amèrement du sort qu'on lui faisait chez le greffier. Elle osa dire ce qu'elle avait toujours caché, jusque-là, à ses oncle et tante quand elle leur envoyait, une fois l'an, en janvier, une lettre de vœux. Ce qu'elle leur avait tu par pudeur, crainte de les importuner, de leur être à charge alors qu'ils avaient de leur côté, fort à faire pour subvenir aux besoins de leur propre famille : qu'elle ne mangeait pas assez, ne voyait un peu de viande que le dimanche. Que jamais rétribuée pour le travail au-dessus de ses forces qu'on exigeait d'elle, c'étaient des cris affreux quand il fallait lui acheter une paire de bas, des chaussons, ou même le nécessaire pour rapiécer son linge, ses tabliers. Qu'ayant pris froid l'hiver d'avant, dans sa chambre qui était la plus glaciale de la maison, elle vivait désormais avec une petite toux sèche et un point de côté qui la minaient.

Avec Esther, Louis en fut chaviré. Il la savait patiente, douce à vivre, à conduire. Discrète, depuis l'enfance, sur ce qu'elle avait enduré d'insidieuses et cruelles vexations, de privations disproportionnées à ses petits manquements d'enfant ; de privations de jeux, d'affection, de la part d'une belle-mère qui ne pouvait souffrir en elle le souvenir de la première femme d'un homme qui ne l'avait, après tout, épousée qu'en secondes noces. Dont elle n'était pas sûre qu'il l'aimât mais qu'elle avait du moins réussi à dominer. A lui faire accepter, par lâcheté, peur de ses foudres, de ses aigreurs, de fermer les yeux sur les injustices dont Clémence était l'objet. Convoitant pour elle seule, s'il venait à mourir le premier, les quelques biens que son métier de menuisier-ébéniste à Bouloire avait réussi à lui procurer : une maison avec jardin et puits, quelques beaux meubles campagnards faits de ses mains, de la vaisselle et du linge dont elle déclarait mielleusement devant les gens que, pour finir, tout cela reviendrait à Clémence. Clémence dont elle s'était débarrassée au plus vite à la mort de son père pour la livrer à la rapacité de ses propres cousins d'Orléans. Un coup monté contre elle, entre eux. Entre deux avarices conjuguées, deux bas calculs de grigous.

Esther et Louis avaient cru que leur nièce, au contraire, avait gagné à quitter Bouloire pour Orléans. Qu'elle y serait plus heureuse. Que sa gentillesse, son intelligence naturelle aidant, finiraient, en effet, par la faire considérer en fille de la maison. Prenant soin du ménage de ses bienfaiteurs, certes, s'activant à aider la greffière dans son travail domestique, mais bien traitée. Mangeant et sortant avec eux, dormant dans un lit confortable, soignée quand elle était malade, recevant un petit pécule lui permettant de s'habiller chaudement l'hiver, de s'offrir, de temps en temps, un chapeau, des bottines solides, une vraie pèlerine, un parapluie, et même quelques livres, puisqu'elle aimait lire ; quelques cahiers pour écrire, puisqu'elle aimait cela aussi. Ce n'était pourtant pas demander la lune que d'assurer à cette fille qui leur épargnait bel et bien une servante, des vêtements décents pour aller à la messe puisque, comme disait Louis, le radical-socialiste, elle était dévote par-dessus le marché, non plus que de se promener un peu le dimanche. D'avoir scrupule, à ce qu'elle eût froid et faim. A profiter de sa situation d'orpheline, éloignée du peu de parents et alliés qui lui restaient, pour la réduire au plus noir désespoir. La condamner à une mort prématurée.

Lue, relue plusieurs fois par Esther, par Louis, cette lettre aux accents de tragédie, car il en transpirait dans la simplicité des termes, leur atroce nudité, qui disaient qu'on la privait du nécessaire, que ses forces allaient la trahir, qu'elle était à bout de résignation, d'espérance, les frappa de telle sorte qu'ils décidèrent de leur devoir de l'arracher à sa condition de solitude et d'esclavage.

Il y eut à la ferme de Belle-Ecuelle tenue à une dizaine de kilomètres de Saint-Michel, à Coudrecieux, par Onésime Lecorsier, l'autre oncle par alliance de Clémence, marié avec Céline Paumier, la seconde sœur de sa mère défunte, la troisième, Elise, étant donc inatteignable, parce que religieuse de Saint-Vincent-de-Paul en Afrique du Nord, une espèce de conseil de guerre où l'on décida que, passant outre aux protestations hypocrites de la seconde femme de Busson qui s'ensuivraient, Lecorsier et Taureau iraient bel et bien chercher leur nièce à Orléans, dussent-ils, pour cela, forcer la porte du greffier, se colleter avec lui, gifler sa femme si le couple s'avisait de s'opposer à ce départ. Dussent-ils même répondre en justice de cet enlèvement, au demeurant librement consenti.

Le voyage eut donc lieu !

Une initiative quasi sans précédent pour Lecorsier, pour Taureau. Le premier « plutôt d'Eglise » comme on disait alors, accoutumé à une vie laborieuse et retirée au milieu des champs, au pied d'une belle colline forestière l'isolant des fracas du monde ; trouvant bon que Céline sa femme, comme toutes les filles Paumier, fût pieuse de nature et d'éducation, se rendît à la messe, fît confiance à Dieu pour ses grandes et petites affaires. Le second, sorti d'une famille d'ouvriers tisserands, sensibles aux idées laïques et de gauche, applaudissant à la séparation de l'Eglise et de l'Etat, fréquentant les banquets républicains, affichant un scepticisme qui n'allait pas jusqu'à défendre, comme on sait, ni à sa femme, ni à Théodule, ni à Marthe, de fréquenter l'église de Saint-Michel de Chavaignes. D'en monter les hautes marches à rampes de pierre convexes, ennoblies de croix potencées, signe de grande ancienneté de fondation. Mérovingienne peut-être. Ni d'en contempler, durant les offices, pour se donner un peu d'innocente distraction, les voûtes cisterciennes en bois polychrome où tous les saints du calendrier chrétien sont peints.

Tous deux, le paysan et le boulanger, honnêtes alliés, braves gens à leur façon. Hommes de terroir et de grand enracinement ! Habitués à considérer que franchir les limites de leur département de la Sarthe, entreprendre une sortie dépassant une journée de cheval, prenaient des allures d'expédition pionnière, avec provisions à emporter dans la musette, tenue de campagne. En la circonstance, leur meilleur costume noir, celui de leurs noces. Leur meilleure chemise blanche en fine toile du pays à faux col. Leurs meilleurs souliers, d'increvables brodequins à tige et à bouts ferrés, étrillés et cirés à bras raccourcis par leurs épouses.

Compte tenu des changements de train, le premier à Connéré, le second au Mans, et puis un troisième à Saint-Pierre-des-Corps, il fallait compter deux jours pour mener l'affaire à terme. Prévoir une nuit à l'hôtel dans un lieu proche de la gare d'Orléans. Un casse-tête. Une aventure. Mais le jeu, malgré la fatigue, l'embarras d'avoir à quitter son chez-soi, pour l'un de confier la marche de sa ferme à son valet, l'autre son fournil à son commis, outre la dépense aussi, en valait la chandelle. Il en allait de la vie de Clémence, la nièce de mes grand-tantes Elise et Céline, de ma grand-mère Esther. Il eût été honteux, qu'à travers ces trois femmes, sans compter Louise, sa mère défunte, ses seuls protecteurs masculins ne s'en fussent pas souciés.

J'ai évoqué ailleurs dans un premier livre consacré à mon parentage : *Comme l'or d'un anneau*, les éclats suscités par la confrontation passablement houleuse qui eut lieu entre le greffier et les oncles de Clémence, assortie des larmes de crocodile de la greffière. Comment Taureau, homme de caractère résolu et de solide bagou ouvrier, Lecorsier, homme de campagne, moins fine langue, du moins en apparence, mais le soutenant pied à pied avec cette obstination invincible d'être sans faille et muette du paysan décidé à mater l'adversaire comme on mate un cheval, une terre, défia l'ennemi. Le poussa, preuve en main, dans ses retranchements, lui fit rengainer son couplet de porter l'affaire en justice où, hurlait-il, on verrait qu'il avait le bras long. De susciter un conseil de famille qui débouterait la plaignante et ses oncles énergumènes.

Comment Clémence, avec son maigre bagage et sa chère petite bague de fiançailles qui ne servait plus à rien, quitta pour toujours Orléans. Comment ce fut somme toute la grandeur de Louis qui eut bien sûr, dans la vie, comme tout le monde, faiblesse et défauts, d'avoir pris chez lui sa nièce à Saint-Michel et, quitte à se restreindre lui et sa famille, et c'est ce qu'il fit, outre le vivre et le couvert, de lui avoir offert des cours par correspondance ainsi que livres et cahiers nécessaires à la préparation du brevet élémentaire, auquel, deux ans plus tard, elle réussirait à être admise. Ce qui lui permettrait de devenir institutrice d'Etat.

Elle avait largement dépassé la cinquantaine, quand mes quatre ans se sont croisés la première fois avec elle. Quand on me fit appeler « marraine » cette petite femme effacée et fluette, ayant dû abandonner l'enseignement, bien avant l'âge légal, et qui, vivotant de sa retraite proportionnelle dans la maison d'à côté, observait toutes sortes de précautions, même en été, pour éviter de prendre froid.

Chaque jour, elle venait déjeuner avec nous. Pour un prix de pension modique, Auguste lui assurait, à midi, bonne table et bonne compagnie. Un arrangement entre alliés, lui évitant, à elle, bien des fatigues. Son souper, pris chez elle, se composait presque invariablement d'un bol de bouillon au tapioca, d'un œuf à la coque dans lequel elle trempait une biscotte beurrée, d'un peu de fromage blanc frais qu'elle saupoudrait de sucre, d'un fruit de saison.

Comme elle soupait dès six heures trente du soir, une demi-heure avant nous, j'aimais m'introduire chez elle à ce moment-là, pour la regarder manger. C'est que le spectacle de cette vieille demoiselle souffreteuse et résignée à l'être, dont Marthe, son opulente cousine germaine, répétait, quand elle avait le dos tourné, et cela avec toute la commisération du monde, que sa vie tenait à un souffle, que lorsqu'elle venait chez elle, l'hiver, lui poser des ventouses, elle pouvait lui compter les côtes à travers la peau du dos ; qu'Auguste, faisant chorus, avec une insolite voix de tête, yeux levés au ciel, haussé sur la pointe de ses brodequins à guêtres d'ancien gendarme, comme s'il eût voulu s'envoler, espérât, tout à coup, quelque état de légèreté désincarnée, le métamorphosant en ombre asexuée de lui-même, qualifiait de « petite nature », « ta marraine est une petit nature », m'hypnotisait. Qu'elle avait en effet, pour procéder au rituel solitaire de cette collation vespérale prise dans sa propre maison entre chien et loup, avant de se coucher puis de recommander son âme et son corps à Dieu ; pour se saisir de sa louche à potage, de son petit couteau à beurre, de sa biscotte posée en attente sur une soucoupe, pour briser la pointe de son œuf émergeant d'un coquetier de verre bleu, des gestes d'une délicatesse inouïe.

Un art silencieux et lent de ménager les objets et leur contenu. De ne l'avaler qu'avec révérence et précaution qui déconcertait puissamment la jeune gaillarde, pétante de santé, que j'étais alors. Qui aurait volontiers fait une seule bouchée des menues denrées qu'elle ingurgitait peu à peu, en toussotant et s'essuyant souvent la bouche avec sa serviette de table blanche.

Qui en disait long sur elle. Sur cette habitude qu'elle avait prise de demander peu de chose à l'existence. Et pour se nourrir et pour se sentir heureuse d'être encore en vie.

Il est vrai que quelque chose la soutenait dont Marthe me fit confidence, lors de mon dix-neuvième anniversaire, je crois, en me remettant, après sa mort, la fameuse petite bague au saphir bleu de nuit qu'elle tenait d'elle par héritage.

Plusieurs années après la guerre de 1914, sa nouvelle aisance d'institutrice d'Etat lui permettant, outre de posséder des vêtements convenables, des meubles, un trousseau, mais aussi de voyager un peu ; de s'offrir, hors saison, en septembre, quelques jours de vacances au bord de la mer, comme elle se trouvait dans un train la conduisant de Paris vers Ostende, par Gand et Bruges, un homme jeune encore, trente-cinq ans peut-être, en pantalon rayé et veste de drap noir de négociant aisé, à bouche sérieuse et fraîche sous une moustache délicatement taillée, au teint clair d'enfant du Nord, de Flamand, avait pris place en face d'elle, dans le compartiment.

Son fin regard brillant, comme vernissé, s'était posé sur elle, tel qu'il s'était posé, une première fois, une bonne dizaine d'années plus tôt à Orléans, au seuil d'un corridor obscur peint en gris, ouvrant au fond, par une porte vitrée en verre dépoli, sur un jardinet.

C'était lui. C'était l'ancien lieutenant de dragons.

Et comme elle restait là, saisie, sous ce regard dont, naguère, elle avait tant attendu, incapable de trouver une contenance, essayant, sous les pages de *L'Illustration* qu'elle était occupée à lire et à laquelle

elle avait enfin les moyens d'être abonnée, de cacher ses mains qui tremblaient, surtout la gauche, porteuse à l'annulaire de la bague de leurs fiançailles avortées ; espérant, désespérément, que dans cette voyageuse solitaire, en costume de lainage sombre agrémenté d'un corsage de linon blanc, dérisoirement estival, coiffée d'un chapeau cloche de paille beige dissimulant à moitié un œil mort, circulant avec parapluie et châle, sacoche de simili-cuir à fermoir d'acier lui servant de bagage à main, petite malle en osier tressé de Manille fermée par des sangles, qu'un porteur à la gare du Nord avait hissé au-dessus d'elle dans le filet, il ne la reconnaîtrait pas, qu'elle échapperait au moins à cette humiliation-là, se levant tout à coup avec une agitation extraordinaire, et la tenant toujours sous son beau regard brûlant et froid : « Excusez-moi, madame, avait-il dit, d'être indiscret. Est-ce que vous n'êtes pas Clémence Busson ? »

Et elle, prise au piège de cette terrible question que lui posait l'infidèle ; de cette cruauté inconsciente et sans vergogne d'homme fait, visiblement bien installé dans la vie, portant une alliance, sans doute solidement et heureusement marié, mais voulant à tout prix, puisque les circonstances inopinément s'y prêtaient, s'offrir le luxe de renouer quelques instants avec le passé, à son détriment à elle, puisqu'il s'était finalement moqué de sa naïveté, de son attente, qu'elle n'avait jamais reçu de lui un seul mot après son départ d'Orléans, d'avouer, avec un frisson, la glaçant jusqu'aux os : « Oui c'est moi. Je suis Clémence Busson.

— Est-ce que je peux me permettre (et il était resté debout, comme en suspens avec un grand air de doute et de gravité sur lui-même qui avait frappé

Clémence, lui faisant présager que les raisons d'un si absolu silence de sa part, vis-à-vis d'elle, n'avaient peut-être pas été aussi banales, aussi brutalement simples, qu'elle se l'était imaginé) est-ce que je peux me permettre de vous demander si vous me reconnaissez ? »

Et ç'avait seulement été quand, l'émotion la broyant de nouveau dans son étau, la rendant impropre à formuler un son, elle avait acquiescé d'un signe de tête que, dans une sorte d'effondrement de tout l'être, d'incapacité subite, tant l'effort qu'il avait dû fournir pour oser l'interroger, semblait l'avoir épuisé, qu'il s'était rassis.

« Alors, avait-il poursuivi, après un long silence entre eux, ôtant au paysage qui défilait à travers la vitre, à la vitre même, et jusqu'à l'agencement, au décor de ce wagon de seconde classe où ils voyageaient fortuitement de concert ; à ses sièges capitonnés d'étoffe beige, ses appuies-tête de lin écru portant le sigle des chemins de fer français, à ses accoudoirs mobiles, à son tapis de sol, toute couleur, consistance et forme ; où, sa voix, à lui, volontairement neutre, maîtrisée, lui parvenait, à elle, comme de très loin, avec des intonations anormalement calmes, derrière des épaisseurs de brouillard, pourquoi n'avez-vous jamais répondu à mes lettres, Clémence ?

— Vos lettres ! s'était-elle exclamée, (et ç'avait été une des rares fois, dans sa vie, où on l'eût entendue crier) vos lettres, jamais je ne les ai reçues. Jamais je n'ai pu y répondre. Jamais. Vous comprenez ? »

Bien sûr, il comprenait. Et maintenant, frappés tous deux par l'horrible évidence qu'on les avait également bernés, là-bas à Orléans, que le greffier et sa femme, afin qu'elle restât chez eux, indéfiniment, à leur service, avaient tout bonnement intercepté les lettres qu'il lui avait régulièrement expédiées pendant près d'un an, voici qu'ils s'étaient levés ensemble, sans savoir où ils pourraient aller, qu'entreprendre, pour échapper à l'étroitesse de ce compartiment où ils étouffaient. A celle du couloir qu'ils avaient fini par gagner et qui les tenait prisonniers lui aussi, leur imposait de se tenir debout, l'un contre l'autre, à se toucher, devant une vitre qu'ils avaient machinalement entrebâillée. Sans doute pour se donner l'illusion de la liberté. Celle de pouvoir choisir encore leur avenir par un de ces impossibles retours en arrière qui permettrait d'infléchir la courbe du sort. D'en prévenir l'inexorabilité et les pièges !

D'ailleurs, c'est ce qu'il avait voulu faire. Du moins essayer. Après avoir parlé à Clémence de son mariage, qui était satisfaisant et paisible, de ses deux fillettes qu'il aimait beaucoup ; qu'elle lui eut de son côté raconté comment, après avoir attendu, des mois, un signe de lui, elle avait réussi à quitter Orléans, à échapper à la misère de sa condition, grâce à son oncle Louis, en devenant institutrice dans la Sarthe, son département d'origine, au village de Terrehault, où elle enseignait, avait fini par faire son trou entre l'église au milieu des champs qu'elle fréquentait le dimanche et la poignée de fermes et de closeries lui fournissant la vingtaine d'écoliers paysans auxquels, sa vie, enfin le plus clair, était consacrée, avec, de temps en temps, un voyage comme celui-ci par exemple, le plus extraordinaire, le plus lointain, ayant eu lieu justement, l'année précédente, qui l'avait conduite par Marseille et la mer à Ténès en Algérie pour y rencontrer sa tante Céline, sœur de Saint-Vincent-de-Paul qui, selon la règle de cet ordre, autorisant ses religieuses à disposer de leur pécule personnel, lui avait offert billet de train et passage par bateau, il lui avait proposé, considérant que le hasard de leur rencontre était bel et bien un signe du destin, les mettant dans l'obligation en quelque sorte d'en relever le défi, de quitter son foyer, son commerce, sa ville, pour se refaire avec elle une seconde vie dans le Maine. De régler ses affaires avec sa femme par un divorce où il prendrait naturellement sur lui tous les torts puisqu'il fallait bien convenir qu'il n'avait rien à lui reprocher.

Monté dans le train-omnibus, peu avant Lille, il lui fallait, ce jour-là, visiter des clients à Roubaix. Voulait-elle y descendre avec lui, retarder son arrivée à Ostende de vingt-quatre heures, où il pourrait, si elle le voulait toujours, la rejoindre sous quelques jours ? A Roubaix, il avait ses habitudes dans un bon hôtel bourgeois où il soupait, avait sa chambre réservée. Il n'aurait aucune peine à en obtenir une autre pour elle. Ils avaient tant de choses à se dire. De projets à mettre sur pied, d'arrangements à prendre.

Repoussant machinalement, d'une main, la fumée de la locomotive qui les atteignait au visage, leur piquait les yeux, l'ayant prise par un bras et lui serrant la main de la sienne qui était brûlante, il parlait, haletant. Follement gai maintenant, volubile, avec une excitation, une hardiesse qu'elle ne lui connaissait pas. Qu'elle ne lui soupçonnait pas. Un allant d'affairiste, de chaland expérimenté. Sans doute, la guerre, qu'il avait dû faire et subir comme les millions de jeunes Français et d'Allemands de sa génération, et avec eux les Anglais, les Américains, les Serbes, les Russes et puis les Italiens et les

Austro-hongrois, ses ruses, ses violences, la vie en temps de paix qui a les siennes plus larvées mais qui sont les mêmes, l'avaient-elles transformé en fonceur, en homme pressé d'enlever le marché. A moins que ce ne fût, au contraire, l'inverse. Que ce ne fût pas elle, dont il tenait les doigts entre les siens (et c'était la plus chaude, la plus puissante caresse qui, lui remontant jusqu'à la nuque, jusqu'à l'épaule, pour éclater en douceur au bas de ses reins, à la souche de l'arbre de son dos, elle eût jamais reçue de lui ni d'aucun homme au monde) mais lui-même, qu'il voulût persuader, dans le feu de la rencontre, que les liens qui l'unissaient depuis six ans déjà, avec sa femme, l'attachement sincère que visiblement il nourrissait pour elle et leurs deux enfants, le chagrin qu'il susciterait autour de lui et sans doute finalement le sien, sans compter les années d'effort, de travail, après la guerre, pour asseoir sa position dans le Nord, n'étaient là que des problèmes secondaires. Que leur poids, lourd pourtant, difficile à ignorer, ne pouvait, ne saurait contrebalancer l'amour qu'ils reconstruiraient, Clémence et lui, en d'autres lieux, sous d'autres cieux.

Doucement, fermement, Clémence avait refusé de faire halte avec lui à Roubaix. C'est que, plusieurs fois, revenant à cette idée, comme si ce fût là l'essentiel entre eux, désormais, plutôt que le délicieux sentiment qui l'avait fait la trouver belle et désirable naguère à Orléans, sous ses ternes vêtements de servante, il avait parlé d'atroce injustice à réparer, et, lorsqu'elle lui avait fait observer qu'il serait impossible de la réparer, en effet, sans en commettre une autre, il n'avait su que répondre, et même, devenu extrêmement pâle, il avait détourné d'elle son regard, comme pris en faute.

Ainsi avait-elle su, qu'au-delà de l'émotion profonde qui l'agitait à l'avoir retrouvée, l'attachement pour elle ne pouvait plus avoir gardé l'élan de celui de leur jeunesse, sa virginale et superbe vigueur ! Que, devenue déjà presque laide, avec un regard mutilé, un corps déjà guetté par le démantèlement qu'elle devait ménager sans cesse, elle lui ferait vite regretter les étreintes sans doute heureuses avec sa femme en bonne santé et qui l'aimait. Qu'ils seraient rapidement punis, l'un l'autre, d'avoir voulu se payer sur elle des préjudices que d'autres leur avaient causés.

Et comme le temps pressait, que le train allait faire son entrée dans Roubaix, que Clémence continuait à décliner l'offre de l'y suivre, aussi qu'il vînt à Ostende, prétextant qu'il lui fallait d'abord, à elle, comme à lui, du temps pour réfléchir, il lui avait indiqué une adresse de boîte postale dans la ville où il vivait. Il attendrait, cette fois, qu'elle lui écrivît d'elle-même. Il espérait qu'elle se déciderait très vite à le faire, dès Ostende. Que même, réflexion faite, elle consentirait à ce qu'il vienne l'y rejoindre. Il aurait tant de plaisir à se promener avec elle au bord de la mer qu'ils auraient devant eux. Un grand espace libre, à la fois insondable et limpide. Sans cesse bougeant, renouvelé. Pareil à leur avenir.

Debout, l'un en face de l'autre, comme autrefois dans cette cuisine d'Orléans qui avait été leur éden, leur île, elle, le dominant du haut du marchepied de la portière ouverte, lui, sur le quai, serrant ses deux mains, toujours, qu'elle avait replacées, d'elle-même, dans les siennes, ils avaient pris congé l'un de l'autre.

Trapue, cuirassée de plaques de fonte, à faciès de bison, d'auroch, rejetant par tous ses pores les gaz toxiques, les scories, quand la locomotive s'était mise en branle, au geste d'au revoir qu'il avait longtemps prolongé en agitant son chapeau à bout de bras, elle avait répondu par un de ces sourires gauches et désespérés qu'ont les grands malades ou les grands rejetés de la course au bonheur et qui s'en excusent, quand ils le voient pour la dernière fois, auprès de l'être aimé en bonne santé, qui va leur survivre ou que leur amour a fini par lasser.

C'est que, déjà, sa résolution était prise de ne plus jamais renouer avec cet homme dans la force de l'âge. De la virilité. Que, le revoyant par hasard après tant d'années, elle avait toujours trouvé aussi beau, aussi attachant. Aussi réconfortant à voir, à toucher, à embrasser, si cela eût été encore possible qu'elle le fît. S'il n'avait fini par porter ailleurs, bien qu'il s'en défendît, son cœur à lui. Que ce fût désormais chose faite, alors qu'il eût donné, sans doute, tout l'or du monde pour qu'il en fût autrement. Si de son côté, outre les scrupules qu'elle aurait eu à briser la vie d'une femme innocente, elle se fût sentie en état, avec un corps moins démuni, une santé moins ébranlée, de répondre à sa fougue. De partager avec lui un amour de chair et de sang à la hauteur de leur rencontre à Orléans et de celle qu'ils venaient de vivre.

Et puis, pendant cette semaine qu'avait duré son séjour à Ostende, au fur à mesure des promenades solitaires en bord de mer, à travers les dunes, sans compter, une fois, une excursion à Bruges, une rapide promenade en bateau le long de ses canaux surplombés par l'arrière bosselé et noir de ses entrepôts, de ses lourdes et belles maisons pierreuses, avec, ici ou là, pour en éclairer l'envers austère, enfoncé dans la vase, quelques fenêtres sans volets ni rideaux, armées de barreaux et, donnant abruptement sur l'eau, leur tenant lieu d'yeux dans le dos, de prunelles fixes et glauques d'animaux amphibies (toute cette mélancolie batracienne, post-diluvienne étalée sous un ciel d'automne peint en gris que le soleil balayait de longues stries d'un ambre pâle, largement dilué), une sérénité triste, mais une sérénité, s'était emparée d'elle. Un grand calme. Réfléchi. Silencieux. Qui, minute après minute, où qu'elle allât, quoi qu'elle fît, de nuit comme de jour, l'avait peu à peu habitée, visitée comme l'archange. Celui de la promesse de fécondité, d'amour désincarné. L'obligeant à prendre ses distances avec ses brûlants regrets. Avec elle-même. La contraignant à ce qu'on appelle la libre acceptation au renoncement chez les mystiques, eu égard à l'assurance, qu'ils détiennent, selon eux, d'être aimés de Dieu.

Ici, pour elle, pour ma marraine Clémence, de l'avoir été, par l'ancien lieutenant de dragons.

D'où cette vie, toute tracée désormais, de dévouement aux autres dans la mesure de ses forces, de patience avec eux, d'innocents plaisirs encore que choisis : la lecture par exemple, la conversation. Les secours de la prière, ceux de l'amitié. L'affection des proches qui lui restaient. En l'occurrence, de ses deux cousins germains : mon oncle Théodule Taureau et sa femme Henriette et puis encore la nôtre, celle des Roulette d'Aulaines.

Mes sept ou huit ans étaient, bien évidemment, à cent lieues de se douter que cette fluette vieille demoiselle que j'aimais certes beaucoup, mais qui, faute de vigueur physique, d'autorité de la voix et du geste, alors qu'Auguste et Marthe avaient tout cela, eux, ne m'en imposait pas assez ; dont, si on m'avait laissée faire, j'aurais volontiers abusé de l'indulgence quand, par exemple, en veine de polissonnerie tapageuse, je faisais couiner, au hasard, l'harmonium qu'elle avait acheté autrefois d'occasion pour faire chanter ses écoliers de Terrehault en donnant de la pédale et fortissimo ; en mélimélotant les octaves, avant d'entonner le Kyrie eleison avec des glapissements qui se voulaient grégoriens de bedeau pris de vin, et en braillant comme un âne, était un de ces êtres rares dont les vertus cardinales et la compagnie sont privilège. Source d'enrichissement pour le commun des mortels qui les côtoient.

Gens de forte complexion, de solide santé, du moins apparente, cachant, par souci de dignité, par pudeur, une fragilité pulmonaire chez les uns, cardiaque chez les autres, une sensibilité d'écorchés vifs, sous un masque de rudesse et d'exigence, dont j'ai hérité, pour avoir été appelée assez tôt, systématiquement dressée par les miens, à me tenir avec eux sur la brèche, à m'en tenir à ma foi jurée, à faire preuve d'autodiscipline, les dents serrées, les bagarreurs que nous étions, Grand-Mère, Auguste et Marthe, moi qui le deviendrais, avec eux, plus tard, par ricochet ; qui, pour avoir été témoin de leurs joutes oratoires, prendrais, à mon tour, le goût de ces plaidoiries serrées, de ces attaques verbales d'homme à homme qui nous tenaient constamment en éveil les uns vis-à-vis des autres, nous obligeaient, pour ne pas perdre la face, à prêcher d'exemple, à faire preuve de loyalisme, entre partenaires, nous aimions Clémence. La douceur, la modération de Clémence !

Une douceur, une modération contagieuse qui, lorsqu'elle venait, chaque midi, s'asseoir au milieu de nous pour partager le pain et le sel, réussissaient presque, à chaque fois, si fortes qu'aient été, le matin, les tensions entre Auguste et Anne à la cuisine, entre Marthe et moi, se faisant un devoir comme toujours, de ne me passer presque rien pendant les heures de classe, à nous forcer à déposer les armes. A nous persuader de nous laisser aller, avec un soulagement dont nous lui étions secrètement reconnaissants, à la très grande affection que nous nourrissions les uns pour les autres.

Qui me rendra ces extraordinaires repas où mon père officiait entre sa cuisinière de fonte noire, une Godin increvable, et son évier de grès brut encastré dans l'épaisseur rugueuse d'un mur ? Où, pour la poignée d'écoliers paysans trop éloignés de leurs logis pour y rentrer à midi, ceux de la colline d'en face, il trempait la soupe, à raison de 50 sous la semaine. Tenait en même temps, quasiment, table d'hôte sur moins de vingt-cinq mètres carrés de surface, pour Anne sa mère, Clémence, sa cousine par alliance, Marthe son épouse et moi. Toutes des femmes ! Si bien que la cuisine, ses rites, ses odeurs, son alchimie, étant devenus, la plupart du temps une affaire d'homme à laquelle nous ne participions qu'à nos moments libres et sous sa direction, comme les affaires publiques, comme la politique, les religions, la guerre, avaient pris quelque chose de solennel, de masculin, de sacré.

Deux services donc. Deux couverts à dresser cinq fois la semaine sur deux tables différentes mais proches l'une de l'autre à se toucher. Face à la fenêtre donnant sur la rue, la table ronde des enfants, recouverte d'une toile cirée d'un brun foncé, qu'au centre, une étoile beige éclaire. Un astre pâle, dont les branches (elles sont six comme sur le bouclier de David) désignent de leur pointe, sa place, à chaque convive. Ils sont six, eux aussi. Qu'il faut caser au mieux et sans préséance. Servir, un par un, dans le sens des aiguilles d'une montre, en commençant par le plus jeune qui ne sait pas encore déchiffrer son abécédaire, qui garde encore, pour rire ou pour pleurer, des façons désarmantes de nouveau-né, et dont, maculé de taches de boue, le groin blanc des légers sabots de peuplier n'effleure qu'à peine, à cause des jambes courtes, la toile d'araignée que dessinent, sous ses talons, les fissures du pavage, en finissant par le plus âgé. Rompu, lui, au maniement de la table de multiplication. A celui des fractions avec ou sans dénominateur commun. A la décomposition d'une phrase en propositions de différentes natures, à l'application de la règle d'accord des participes passés des verbes conjugués à l'aide de l'auxiliaire avoir avec le complément d'objet direct, à condition qu'il précède cet auxiliaire. Un vrai champion ! Un caïd !

Qui peut réciter, par cœur ou presque, la liste des départements, ceux d'outre-mer compris, et de leurs chefs-lieux. Celle des grandes batailles de l'histoire guerrière du peuple appelé français depuis les débuts de la germanisation franque de ses ethnies gallo-romaines et des autres métissages qui ont suivi. Enumérer, dans l'ordre, ce qui est le clou, c'est-à-dire de « la bouche au cul », les différentes parties de l'appareil digestif et puis encore, entonner, car un poème s'entonne comme musique essentielle, plain-chant inspiré, le « Mon père, ce héros au sourire si doux » de Victor Hugo, ou « le Midi roi des étés suspendu sur la plaine » de Théophile Gautier, en se balançant sur place avec une régularité de pendule de chair, de machine broyeuse et parlante à détailler, en menus tronçons, le monolithe inexpugnable du temps.

Tous, comme chevaliers de la Table ronde, comme Lancelot du Lac élevés par une fée, pareillement promus à la conquête du Graal et à l'amour d'une reine. Réunis, sans distinction de talent ni de fortune, sur pied d'égalité à l'heure de la soupe d'Auguste.

Tous, assis au coude à coude devant l'assiette creuse en faïence blanche ornée, en son fond, d'une grosse fleur naïve. Sa rouelle parfaite de rose des vents grenat. La cuillère d'étain à droite, le couteau de poche à gauche. Le quignon de pain cuit à la ferme, sorti de la musette, pour le détailler en fines tranches d'un grain serré qu'on voit gonfler dans le bouillon, se mettre à luire, et, poussées par la cuillère qui s'en fait un jeu, dériver doucement d'un bord de l'assiette à l'autre, comme un paquet d'algues blondes.

« Le fameux bouillon à la Roulette », de l'ancien cuistot, en Sarthe, en Touraine, en Poitou-Charente, en Lorraine, celui des tranchées aussi, fignolant avec les moyens du bord : vieilles poules et bas morceau de carne, des consommés lui ayant valu une véritable réputation à la popote des officiers du 115e de ligne ! Onctueux, ce sacré bouillon. Nourrissant. Avec son arsenal de légumes de saison, son morceau de beurre qui fait des yeux à la surface. Un bienfait. Une rivière tiède s'insinuant dans tout le corps qu'elle nourrit, purifie, désaltère, en même temps qu'elle vous met le cœur en joie.

Auguste, sachant et pour cause, le miracle que représente, dans une vie d'enfant démuni, la soupe quotidienne, la tartine de fromage blanc ou de confiture qui la suit, a la louche généreuse et chacun, s'il veut, peut, sans crainte, y revenir une deuxième fois. Car souvent, quand ils n'ont pas la chance d'être fils et filles de gros fermiers, ils sont pauvres, ces écoliers d'autrefois. Leurs parents se privent, les privent avec eux, de la volaille et des œufs, du beurre justement, de la crème double qu'ils vendent à la ville afin de pouvoir régler les fermages de leurs closeries, acheter semis et graines, entretenir charrues et faucheuses, payer le vétérinaire, le bourrelier, le charron, le maréchal-ferrant.

Heureusement qu'il y a le cochon ! Le fameux cochon gaulois puis médiéval, que l'homme de la glèbe, interdit de chasse, de viande de vénerie, continue, par nécessité autant que tradition servile, après l'avoir naguère conduit à la glandée, à engraisser au son, à la betterave, aux trognons de choux, aux épluchures, à la grosse bintje du Nord. Le cochon méprisé ! Le cochon vénéré ! L'holocauste absolu ! La victime élevée dans l'ombre d'une porcherie glissante de salpêtre, de purin, et qui n'échappe aux ténèbres de sa condition que, lorsque, grosse larve couinante, arrachée, pattes encordées, aux ténèbres de sa bauge, livrée dans la cour à l'éblouissement de la lumière, elle en reçoit le coup d'assommoir, une seconde avant qu'on l'égorge.

Oui, heureusement qu'il y a le cochon pour fournir le morceau d'andouille, le ragoût de patates et de lard, parfois la saucisse qui, réchauffés sur le poêle de la classe dans une gamelle d'émail rouge, apportée dans la musette avec le pain, la reinette grise du Mans, avec les noix, suit, du moins les jours fastes, la soupe d'Auguste. Car enfin, cela dépend de ce que la mère a eu les moyens et aussi le temps, avant la traite des bêtes qui se fait à l'aube, d'ajouter au pain, au fromage sec, au carré de chocolat dont il faut bien se contenter en période de vaches maigres, en ayant, à force de mastication lente, d'interminable grignotage de souris taraudeuse, la science d'en faire durer le goût amer et puissant de cacao à peine sucré ; histoire de prolonger l'humble plaisir que cela donne et que la fadeur du pain, avalé, lui, à grosses bouchées, pour faire le plein, réussit quand même à diminuer de moitié !

Enfance ! Enfance dure, éprouvante ! Avec ses frairies gratuites, irremplaçables pourtant.

Avec ses parties de cueillettes le long des haies griffues, dans les fossés glaiseux que le pissenlit, l'oseille, la menthe capitonnent. En bordure de champs clos, de verger normand humide et bossu. De leur dégringolade verticale de pommiers à cidre, leur déferlement d'arbres verts et gris, enluminés par l'émail de leurs fruits ronds, petits et serrés, entre leurs feuilles. Avec leurs vaches rouquines affalées en dessous d'eux, sur leur ventre de Vénus callipyges et qui ruminent l'air autant que la nourriture qui les gonfle. Avec ses festins voraces de noisettes et de mûres, de châtaignes arrachées à leurs bogues en s'y ensanglantant les doigts ; de petites poires blettes de poiriers de plein vent à chair grenue, s'incrustant sous la langue, entre les dents, comme du riz cru, comme du sorgho d'Afrique. Avec ses sauvages régalades de merles, de moineaux tués au lance-pierre, cuits, sans être plumés, ni vidés, comme le font les tziganes pour les hérissons, sous la cendre d'un feu allumé dans un trou, à l'abri du vent, d'un talus de chemin creux et qui dégage un parfum piquant de bois vert brûlé, de plumes grillées, de chair vive ! Et pendant que tout cela se mêle, la fine odeur d'oiseau mort en train de braiser, celle de la fumée, l'équipe des enfants carnassiers, sac au dos, béret enfoncé jusqu'à la racine du nez, en sarrau rapiécé, chaussettes de laine noire tricotées par les aïeules en coiffe plate, joue aux billes, dispute âprement son gain de « cannettes » de pierre rondes, bleues ou noires, comme ils les appellent. Qu'on enferme, la partie finie, dans un sac de toile fortement lacé comme autant d'étoiles tombées du ciel, d'aérolithes minuscules éteints, finissant par constituer un système solaire plus ou moins riche de planètes en léthargie, en attente de mouvement, d'explosion, dans le noir du cartable, de la musette et qui, à chacun, tient lieu de viatique pour regagner son gîte de torchis sous la voussure des ormes et des hêtres, dont l'un des troncs, faisant parfois saillie au milieu des autres, projette, le long de la voie, l'ombre portée de son encorbellement ligneux prenant appui sur la console d'argile du talus. Son hourdis de racines et d'humus.

Moi aussi j'aime jouer aux billes, aux cannettes. Me blesser les mains aux ronciers pour une poignée de mûres. Me donner du bon temps avec l'air du temps. Renouer avec le nomadisme ancestral, sa fièvre de fuite en avant, en courant le monde entre deux carrefours de routes de terre, deux filets de ruisseau, deux haies dégoulinantes de chèvrefeuille et de viorne dont les filles se font des couronnes, des colliers pectoraux, des traînes, des bracelets de poignets et de chevilles pour des noces sylvestres auxquelles les garçons se prêtent pour leur faire plaisir en les tenant par un bras et en chantant avec elles des bribes de cantiques en latin retenues à force de les entendre à l'église.

Aussi entonnons-nous le « Magnificat anima mea Dominum » sans comprendre un mot de ce que nous disons : que nous sommes censés avoir une âme pour célébrer le Seigneur.

Oui mais alors où est-elle donc ? Comment la prendre ? L'atteindre sans lui fracasser la tête avec nos lance-pierres ? La retenir sans violence entre nos mains terreuses. Nous fabriquer du bonheur, de l'amour avec ?

Sans savoir davantage que cet « Exitu Israel de Egypto domus Jacob de populo barbaro » : psaume 113, qu'en bouffonnant et sautillant sous les arbres et sous la conduite de deux apprentis musiciens tirant un son ténu, enrhumé et doux d'une tige de sureau creuse qui leur fait office de flûte de Pan, nous nasillons de concert, évoque le passage des juifs captifs, fuyant l'Egypte entre les flots écartés de la mer Rouge, le reflux miraculeux du Jourdain, l'exultation des montagnes et des collines qui se mettent à bouger sous la plénitude du regard de Yaveh ! Si loin tout cela pour nous. De nous. Ce « domus Jacob », ce « Yaveh » des Hébreux, lancés dans l'aventure de la persécution et du monothéisme. Dont nous percevons, deux mille ans plus tard, les échos, remaniés, par l'épithalame douloureux consommé, avec le Dieu unique, sur une croix, de l'un des leurs, Josué de Nazareth. Si étrangère à nous, si inatteignable, cette « anima mea » et pourtant si proche, si tentante. Si étrangère, et si hypnotisante ! Comme ces juifs justement ! Ces éternels venus d'ailleurs. Ces éternels migrants parce qu'éternellement en attente d'un événement messianique à eux, qui n'est pas le nôtre. Que je verrai dix ans plus tard au Mans, où je serai pensionnaire au lycée, pendant la guerre, porter l'étoile jaune et dont je découvrirai finalement qu'ils existent puisqu'ils vont bientôt disparaître pour mourir. Qu'il ne s'agissait pas d'un conte, d'une belle et plus ou moins terrifiante légende, psalmodiée par les prêtres en latin pour exorciser le sort du monde, venir à bout de ses angoisses, de ses atroces ambiguïtés. Qu'ils existent. Comme mon âme existe, pour laquelle j'attends toujours, avec eux, que les flots s'entrouvrent en redoutant qu'ils le fassent, puisque alors, à mon tour, j'en vais mourir. Qu'elle m'arrachera avec elle, à ma chère et rassurante prison de chair !

Enfance païenne. Enfance mystique. Sans qu'on ait besoin pour la convaincre de lui tenir long et laborieux discours sur le bien-fondé du mystère ! Enfance qui s'accommode de tout ou presque. Du froid, du chaud, de la pauvreté et même pire. Pourvu qu'on l'aime ! Enfance qui se cramponne à la vie, à la chaleur de la vie. A la soupe d'Auguste.

Moi aussi je m'y cramponne. A son beau rire franc. A la fois ingénu et revenu de tout ! A sa personne débordante d'activité concrète et méthodique, le conduisant du jardin à la mairie, en passant par la maison. A ses guêtres luisantes et raides d'ancien militaire de la maréchaussée. Aux parfums de légumes frais, de viandes saisies à point, qu'il charrie avec lui. Un homme qui sent bon, communique à tout ce qu'il touche une odeur d'aromates, de sauces délicates, une odeur de vie, qui disparaîtra avec lui. Me laissant après sa mort, deux ans après celle de Marthe, l'année de mes trente-six ans, un vide impossible à combler.

Pour la déguster cette soupe, je suis, moi, assise avec les adultes à la table d'à côté. Rectangulaire, aussi simplement dressée que la ronde, la place qui m'y est assignée, à gauche de Marthe, à droite de Clémence, de sa petite provision de biscottes, de son flacon de Quintonine ou de sirop des Vosges Cazé dont elle absorbe selon la saison une cuillerée avant les repas, en face d'Anne, de son clair visage ridé aux traits puissants, en face d'Auguste qui nous sert par ordre de préséance, sa mère d'abord, moi en dernier, me donne droit, après le potage, à des nourritures plus variées que les autres gamins. Mieux cuisinées, en tout cas, jusque dans leur ordinaire : l'omelette aux fines herbes, la daube, le ragoût de mouton. Consacre, en même temps, ma situation d'isolement privilégié d'enfant unique au milieu des grandes personnes. De leur cercle de décideurs. D'initiés.

Et ce n'est pas pour me déplaire !

J'aime la compagnie des autres enfants. Solidaire de leurs façons rustiques, de leur accent du terroir, de leurs jeux pétulants, de leurs efforts pour comprendre, pour apprendre, qui sont aussi mes façons, mon accent, mes jeux, mes efforts, je fais volontiers corps avec eux, ne fût-ce qu'en paroles, contre le reste du monde. Celui des empêcheurs de danser en rond de la planète que sont, pour eux et moi, les adultes.

Mais en même temps, je les aime ces adultes-là. Je les prends, surtout Auguste et Marthe, extrêmement au sérieux et comme par-dessus le marché je les trouve plus beaux, plus rayonnants, plus achevés que moi, je suis généralement amoureuse d'eux.

A force de les écouter émettre toutes sortes de jugements de valeur, fût-ce par allusions voilées, sur les gens qui nous entourent, sur ce qui les gouverne : l'argent, l'ambition, l'amour, les vanités de ce monde ; sur ce qui vient un jour à bout d'eux, qu'ils aient été honnêtes ou cyniques, c'est-à-dire la maladie, la mort, (des jugements qui me dépassent mais m'atteignent cependant comme autant de traits s'enfonçant au cœur de ma jeune chair) ; d'en recevoir, sur la plaque sensible de mon esprit vacant, le message, je prends déjà du recul avec moi-même et il m'arrive d'être inquiète, de me sentir divisée.

Et puis, il y a sur moi le regard d'Anne. Affectueux, mais aigu. Son étrange lueur venue du fond des âges. Qui m'éclaire mais aussi me dénude. Le regard de l'aïeule que la mort talonne ; présageant avant que de s'éteindre l'avenir à travers moi.

Or, ma propension à tenir volontiers, quand on me donne la parole, des propos au-dessus de mon âge, ne semble pas la rassurer. Non plus que cette fureur qui va me saisir à partir de mes huit ans, d'écrire des poèmes en m'inspirant de ceux que j'apprends à l'école, ou des paysages de forêts, de montagnes et de mers ornant les calendriers des murs.

Ainsi ce quatrain

La belle Bretonne
Sous sa coiffe qui moutonne
Attend depuis très longtemps
L'arrivée du pêcheur Jean... etc.

ne lui dit rien qui vaille. Lui fait prédire à ma famille que, si on me laisse faire, j'aurai un destin mouvementé. Je donne dans le sentiment amoureux avant terme échu. Je me prends pour une actrice. Je m'écoute causer. Mon répertoire de chansons enfantines, du « gentil coquelicot Mesdames », au « bal du pont du Nord » que le tango de « Marinella » vient pimenter de ses tinorossiennes langueurs, ne lui paraît pas de bon augure.

Dans six ans, Anne, notre chère Anne, va mourir.

Devenue complètement aveugle, toutes forces usées, elle s'éteindra fin août 1939 à la veille de la Seconde Guerre mondiale, à la maison d'école d'Aulaines, dans la chambre de l'est, à deux pas de celle où je suis née.

Cette nuit-là, de mon lit, derrière le paravent me séparant de celui d'Auguste et de Marthe, j'entendrai mon père pleurer. Et ce pauvre et grand chagrin d'homme avouant, dans l'ombre, son amour pour sa mère, le chuchotant à travers ses larmes, pour ne pas me réveiller, avec des mots comme : « Tu comprends, elle a été si méritante. Elle a tellement travaillé pour nous nourrir ma sœur et moi. Nous avons perdu mon père si tôt », et ceux de Marthe l'embrassant, l'appelant mon « cher petit » et puis encore, cette promesse qu'alors ils se firent, qui ne fut pas constamment tenue bien sûr, mais enfin ils se la firent, de ne plus jamais se quereller entre eux pour des riens, alors que la vie est si courte, devait me tenir éveillée jusqu'au matin avec la volonté de ne rien trahir de mon insomnie de fillette, confrontée pour la première fois et pour de bon, au problème de la mort. Au scandale inacceptable et permanent de la mort, triomphant, de toute sa force, de toute son implacable banalité meurtrière, dans la chambre voisine ; la chambre de l'est.

Celle, aussi, de ménager la pudeur de cet homme et de cette femme, dont je prenais, du même coup, mesure de la fragilité, du besoin de tendresse, de consolation, au-delà des attitudes maîtrisées, du masque d'énergie, de sang-froid qu'ils affichaient d'ordinaire par souci de dignité vis-à-vis des autres et de moi, leur enfant, leur juge.

Nous reconduisîmes Anne Roulette, née Bourgault, à Vallon pour l'y enterrer auprès de son mari et de ma tante Louise. L'office des morts, célébré à son intention, le fut sous les voûtes de l'église de son baptême, de sa communion, de son mariage, à quelques pas de cette ferme de Ménehault où elle était née, du presbytère où elle avait été un quart de siècle la servante du curé David. Le séjour à Paris, puis à la Varenne-Saint-Hilaire dont Anne avait espéré, avec plus de soleil et une meilleure qualité d'air que celle de la rue Michel-le-Comte, qu'il pourrait guérir mon grand-père, n'avait été qu'un intermède, avec son semblant de bonheur au début, aussi fugitif que dérisoire. Il y avait eu encore pour elle quelques bonnes années, tout de même. Les dernières. Passées à Aulaines avec nous, auprès de ce fils qui lui était resté, avait survécu aux affres d'une guerre qui avait duré quatre ans. Qui, dès qu'il avait été en état de le faire, de se bâtir lui-même une existence enfin supportable, de se donner quelques moyens à travers Marthe et moi de se construire un foyer, s'était comporté avec elle en homme de cœur. En chevalier.

Thérèse, mon autre cousine germaine, la fille de Louise, après avoir vécu elle aussi, par la force des choses, une petite enfance très solitaire et négligée chez des nourriciers, pendant que mon oncle Dubois, son père, qui ne fut jamais un mauvais homme, mais une victime de lui-même, de son manque de caractère, de sa solitude de veuf aussi, faisait la guerre au Tonkin ; avoir, par la suite, été pratiquement élevée par sa marraine, la très bonne et pieuse demoiselle du Mans chez laquelle Louise avait été servante avant son mariage ; déçue par ses retrouvailles avec son père qui l'aimait sans doute pourtant à sa façon, était finalement entrée dans l'ordre des Sœurs d'Evron en Mayenne. Selon la règle qui l'interdisait alors, elle ne put assister aux obsèques de sa grand-mère.

Cependant, cette grande sentimentale rentrée pria sans doute beaucoup et du fond du cœur pour sa grand-mère morte. Pour cette femme qui n'avait pu, ni la choyer, ni la retenir auprès d'elle mais dont la forte personnalité, les ressources d'énergie, le vigoureux bon sens imprégné d'ironie souvent mordante, celle de ceux qui en ont fini avec leurs illusions sur le monde, les marques d'affection impérieuse qu'elle recevait d'elle quand les circonstances leur permettaient de se retrouver ensemble à Vallon, plus tard en visite chez nous à Aulaines, à la maison d'école, l'ont sans doute marquée autant que moi. Que nous tous !

Rude vie, que cette vie à laquelle la pression des événements, le fardeau quotidien des lourds travaux avaient laissé si peu de temps pour souffler, pour rêver, pour aimer, alors que l'amour est là pourtant, qu'il a existé, qu'il existe et que nous ramenions à Vallon, à sa source, son vieux port d'attache enlisé dans les verdures de deux collines scindées par un ruisseau.

La coutume des pays sarthois de la région de Sablé et de Solesmes voulait alors, qu'à l'enfant le plus jeune, en état de marcher, de la lignée du mort ou de la morte, soit confiée la charge de conduire le deuil par les rues jusqu'au cimetière, suivi des autres tenants du défunt, de ses amis et alliés. Pour l'honneur des miens, pour la consolation d'Auguste, blanc comme un linge, habillé de noir, plus tourmenté, ce jour-là, que les autres jours, par sa fameuse petite toux sèche de gazé par hypérite, je savais que je devais mener jusqu'au bout la tâche qui m'incombait. En cette circonstance, d'incarner l'avenir.

A la sortie de l'église, après le Dies irae, on plaça donc entre mes mains gantées de sombre un gros cierge allumé, sa colonne lisse et crémeuse, et j'ouvris la marche comme il convenait. Seule en avant. Derrière le corbillard tiré par deux chevaux, conduisant la dépouille mortelle d'Anne jusqu'à sa dernière demeure.

Marthe avait pourvu, avec la collaboration de Marie-Louise, notre couturière attitrée, à ce que j'eus un costume de deuil convenant à mes douze ans. Je portais, sur une jupe droite, à petits carreaux noirs et blancs et un corsage blanc lui aussi, une courte jaquette noire. Mes chaussettes de fil, mes souliers vernis à talons plats et à brides, mes gants étaient également noirs. J'étais coiffée d'un béret gris, et je voyais pour la première fois, aussi, n'ayant pas assisté à quatre ans à l'enterrement de mon grand-père Louis, le visage aux traits classiques, aux indéchiffrables yeux pers de Marthe, disparaître, enfoui, sous des voiles drapés sur une calotte de feutre leur tenant lieu d'assise, et toute sa personne de chair, d'imposante et grave Junon, faire bloc, sous le manteau strict à boutons de jais, avec les voiles, dans un isolement funèbre.

Et surtout, pour moi, ne pas craquer. Ne pas me laisser intimider par moi-même. Par la force des courants contraires dont j'étais pour l'instant parcourue en traversant Vallon-sur-Gée, seule en tête, derrière un corbillard, porteuse d'un cierge allumé placé sous le signe de la vie et de la mort ! Du spectacle enfantin encore que hiératique que j'offrais. Que j'avais conscience d'offrir. Non plus que de cette entreprise que je devais mener jusqu'à terme, jusqu'au pied d'une tombe, en signe de continuité par le sang et l'esprit avec celle qui venait de s'éteindre. Une tâche qu'il me fallait accomplir, sous les yeux de la vieille tribu qu'Anne avait quittée, qu'elle rejoignait à la suite d'une longue absence.

Après l'ombre de l'église, ses fabuleuses odeurs d'humidité et d'encens mêlés, au moment de la bénédiction du corps de mon aïeule, il y avait eu ce soleil de fin d'été, sa dure lumière pour m'obliger à marcher droit, ne rien cacher aux yeux du ciel, de ma fragilité et de ma force, tandis que je talonnais le cercueil d'Anne. Car puisqu'elle était morte, j'allais bel et bien lui succéder.

Bientôt, à Aulaines, on m'installerait à sa place dans la chambre de l'est . Je dormirais dans son lit qui avait été celui de son ménage, de la mise au monde de ses enfants, de la mort de mon grand-père, ce cher inconnu auquel je sais ressembler, crachant obscurément ses poumons dans le puits noir d'une arrière-cour d'immeuble de l'ancien quartier juif médiéval du Marais ! Son armoire à glace, dont elle avait fini par dire qu'elle ne lui servait plus à rien depuis longtemps, sinon « pour y voir la misère danser dedans », allait devenir la mienne. Je m'y verrais grandir, prendre, très vite, à quinze ans, une silhouette et des airs de femme qui réussissaient à m'étonner moi-même. Pensionnaire au lycée du Mans pendant la dernière guerre et sous l'occupation allemande, c'est sur sa table ronde que je passerais les samedis et les dimanches de congé à résoudre des problèmes de mathématiques pour lesquelles je fus toujours si peu douée. J'y traduirais des extraits des *Géorgiques*, du *Faust*, de l'*Iphigénie en Tauride* de Goethe, des *Brigands* de Schiller où je réussissais bien mieux. J'y griffonnerais mes premiers charmants mauvais vers de jeune fille, éblouie comme elle l'avait toujours été, par le pouvoir des mots, leur incandescence révélatrice ou mensongère. Je m'essaierais à en domestiquer les rythmes et les sons pour m'en faire un instrument qui me soit propre. Qui fasse corps une fois pour toutes avec moi. C'est sur cette table, qu'un matin d'été 1959, entre deux périodes scolaires, j'écrirais les premières lignes de mon premier roman : *Nous autres les Sanchez.*

En ce jour où tu m'abandonnais la chambre de l'est, qu'il était beau, Grand-Mère, tragiquement beau, ce corbillard à dais frangé d'argent tiré par deux juments lentes, dressées à maîtriser l'impatience de leur pas, qui, dans un appareil comme jamais nulle part de ton vivant, tu n'avais été conduite, te menait vers ta dernière demeure.

Ainsi que vénérable dame de haut lignage, princesse d'un royaume impossible à circonscrire sur aucune carte, tu t'en allais vers l'éternité en un carrosse noir. Ton premier carrosse. Le dernier ! Car si tu avais fini par accepter, de ton vivant, l'idée de faire, à l'occasion, canapé avec moi, jamais en revanche tu n'avais consenti à prendre place dans cette automobile achetée par Auguste l'année de mes six ans, qu'avec le mépris de ceux qui ont toujours marché à pied tu avais accueillie avec des mots persifleurs, traitée avec mépris de « vilain carrosse, juste bon à promener notre trio de parvenus ».

Tant il est vrai que tu n'aimais pas les carrosses, Grand-Mère. Leurs pompes. Funèbres ou non. Pas plus que cette Monaquatre Renault dans laquelle, d'Aulaines jusqu'à Vallon, nous avions suivi ton fourgon sur une quarantaine de kilomètres de grand silence crispé. Celui qu'on observe et qui vous étreint quand le dialogue s'interrompt entre les vivants et le mort qui les précède, pousse devant eux la porte s'ouvrant sur le gouffre de son absence. Sur le piège, qu'en se déclarant désormais hors de combat, il leur tend, en les laissant seuls avec eux-mêmes.

5.

Donc, malle et plate-forme comprise, commandée neuve par Auguste et pour le prix de 19 500 francs, un 27 janvier 1932, à la Ferté-Bernard, chez le concessionnaire de la société des usines Renault sise à Billancourt, le plus proche de chez nous, j'ai nommé le garagiste Charles Mérillon, nous possédons une automobile. Comme les quittances en font foi, elle a été payée en deux temps. Premier temps et à la même date, celle de l'ordre d'achat, sous forme d'un acompte le 6 500 francs. Deuxième temps, le solde. Réglé le 5 avril suivant, jour de sa livraison.

Un événement !

Le sort en est jeté. Désormais, une fois par mois, nous voyageons en automobile, c'est-à-dire dans une sept chevaux Monaquatre type UX. Numéro de sortie d'usine 535362. Pourvue d'un moteur à quatre temps et à quatre cylindres. A l'allumage dit de « haute tension », carburateur automatique à niveau constant, embrayage à disques, commandé par pédale. A triple changement de vitesse et marche arrière, permettant au régime de 1800 tours minute de passer de 14 à 44 kilomètres à l'heure, l'accélérateur pouvant l'augmenter de cent pour cent. Une merveille. Pesant châssis nu, environ 650 kilos et dont le type satisfait, par conséquent, aux articles 21 22 23 du Code de la route promulgué par le décret du 31 décembre 1922.

De quoi faire des envieux comme le font, dans ce village, le marchand de chevaux, celui de bestiaux qui en possèdent une, lorsqu'en conduite intérieure et en chapeaux, nous franchissons le mur d'enceinte des collines, leur tertre herbeux, maçonné par la truelle opiniâtre des siècles imposant à notre communauté aulainaise de ruraux, moitié agriculteurs, moitié bûcherons, ses limites claniques. Inscrites ici. Au carrefour des quatre points cardinaux. Sur le pourtour de nos vieilles belles assises païennes de Celtes aulerces d'avant les balbutiements d'un christianisme datant du roi Dagobert.

Car nous vivons pour l'ordinaire dans un creux dans lequel l'eau des rivières et des « ciels » déferle. Je dis bien les ciels, puisqu'ils sont quatre, comme les collines. Que ce bourg de deux centaines d'âmes, édifié presque à ras de marécage, le long d'une piste unique à courbure d'orvet, en est, à longueur d'année, le déversoir, dans une sauvage et irrégulière alternance saisonnière de soleil et de pluie, d'humidité douceâtre, printanière ; de froid oriental et sec de solstice d'hiver ; d'orages de solstice d'été, décocheurs de flèches enflammées, décapiteurs de peupliers, de pommiers à cidre. Aussi, quand la tempête recule, qu'elle n'est plus, au sommet de la colline du sud, son rideau de haies vives dominé par la membrure des merisiers, des chênes, celle d'un châtaignier à chevelure verte florifère de Samson crépu, qu'un lointain bruit de guerre, de razzia normande ou sarrasine, de piétinement de soldatesque nomade allant porter ailleurs, dans les roulements de tambour et les grincements d'essieu, massacre et pillage, quittons-nous nos antres d'ardoise, de brique, de pisé pour aller les voir. Pour, autour de leurs cadavres, certains, à hauteur de jarrets coupés, pissant le sang clair de leur sève, d'autres encore debout, saints Denis venant tout juste de laisser rouler à leurs pieds leur tête tranchée, entonner, en leur honneur, en faisant monter autour d'eux nos éclats de voix, nos soupirs, le Requiem de nos regrets, de nos lamentations de thuriféraires. Et nos nuits d'adultes et d'enfants sont parfois hantées par le spectacle, dans les peupleraies, du long fuseau brisé de leurs arbres en bordure de ruisseau que pleurent des fileuses égarées par le chagrin ; des bergères livides et désœuvrées, se tenant prostrées, les yeux à terre, au milieu de leurs moutons frappés par la foudre.

Nous aimons cela. Nous y sommes habitués. Nous en vivons. Nous en faisons la trame de nos existences, soumises à l'empoignade, entre elles, des saisons. A leurs sévères luttes intestines pour une suprématie de quelques semaines, voire, de quelques jours, d'un seul, même ! Tant il est vrai que leurs désordres climatiques que nous subissons dans l'espèce d'arène, de champ clos de ce village aux horizons cadenassés, nous tiennent presque sans cesse en haleine, dans une atmosphère excitante de révolution de palais ; de coups de force plus ou moins sanglants, perpétrés de nuit comme de jour ; nous obligeant à nous adapter, à chaque fois, à la situation nouvelle, à ses changements à vue : froid et chaud, ombre et lumière, silence étale, levée furieuse des vents. A nous accommoder du tyran de l'heure.

Oui, nous aimons cela. Cette soumission à ce qui nous dépasse, à ces énergies qui nous gouvernent sur quelques arpents de sol où la destinée nous impose de prendre racine. En même temps, nous avons envie d'autre chose.

De nous sentir, ne fût-ce que pour quelques heures, légers de passé, d'avenir. Vagabonds triomphants, insaisissables. Oiseaux passe-muraille, passe-colline, passe-horizon. D'emprunter pour notre envol les ailes noires et brillantes de la Mona. La fabuleuse et rutilante 288 BK 72 qu'Auguste, avant chacun de nos départs, leur affairement, leur accumulation de cabas dans la malle arrière, lave et brique autant que ses guêtres tant il est vrai qu'à la livrée on reconnaît le maître. Qu'il y aurait trahison, mauvaise grâce en tout cas, à ce qu'il en fût autrement.

Anne nous a, naturellement, prédit le plus noir avenir. Que nous courions non seulement droit à l'accident mais à la ruine et jamais sans doute, les deux ou trois mois qui ont précédé l'achat de la Renault, les discussions n'auront été aussi chaudes entre mère et fils.

Dans leur feu, on aura vu Auguste, pièce en main, c'est-à-dire contrat de mariage passé entre Marthe et lui, le 10 novembre 1923 par-devant notaire à Tuffé, l'avant-veille de leur mariage, au bourg de la Bosse, alors domicile de sa future à la maison d'école, rappeler vertement à l'adversaire qu'ayant attendu, sur ses conseils, pour prendre femme, d'avoir trente ans et d'être en possession d'un avoir suffisant pour briguer, tête haute, la main d'une charmante personne institutrice de son état, l'achat de la 288 BK 72 relevait, cette fois encore, d'une décision aussi mûrie qu'avait été pour lui celle d'entrer en ménage, après avoir obtenu, comme l'impose le règlement militaire aux sous-officiers de l'arme, l'autorisation de son chef de corps, en l'espèce, celle du capitaine de gendarmerie de la place de Mamers, de le faire. L'honorabilité de la fiancée s'étant révélée plus que satisfaisante : casier judiciaire vierge, réputation de compétence et de dévouement dans l'exercice de ses fonctions, vie privée irréprochable.

Des chiffres qui m'ont paru, quant à moi, à les entendre, aussi rassurants que flatteurs pour Auguste, tout comme la réputation de bonne vie et mœurs de Marthe, ont été ensuite lancés par lui, à haute voix, au fur et à mesure de la lecture solennelle qu'il a refaite pour sa mère, en notre présence, des rôles du contrat, établi de par la volonté des deux conjoints, sous le régime de la communauté réduite aux acquets. Témoignant que le gendarme Roulette, fils d'une veuve sans soutien, ancien cuisinier, ancien poilu, sévèrement gazé en février 18, reconverti secrétaire de mairie d'Aulaines en 1929 après retraite anticipée dans la gendarmerie pour raison de santé, avait réussi, au milieu des traverses et sans l'aide de personne, à se constituer un pécule, littéralement à l'arraché. S'imposant, pour ce faire, une discipline budgétaire draconienne excluant, à l'inverse de certains de ses compagnons de travail, de déracinement, de misère, cédant au besoin de s'étourdir, toute velléité (ici le mot a été lâché dont le retentissement sur l'auditoire m'a paru considérable) de faire la « noce » ! Pas même en Cilicie. Pas même en Orient !

Pour s'en persuader, si ce n'est déjà fait, s'en référer, une fois de plus, aux minutes du contrat. A ce que, sur le point d'entrer en puissance maritale, le futur époux a été en mesure de déclarer apporter en mariage et se constituer personnellement en dot. A savoir, outre, selon la formule consacrée, les linges, habits et bijoux à son usage personnel, évalués à 500 francs, ainsi que divers meubles et objets estimés au même prix, un livret de caisse d'épargne ouvert en 1910 à Châteauroux, l'année de ses débuts de tout jeune compagnon cuistot sur le tour et dont le principal, grossi des intérêts, s'est élevé à 2 000 francs le jour du contrat, un portefeuille bancaire composé comme suit : 150 francs de rente sur l'Etat français à 5 % amortissables au porteur, répartis en trois titres, un de 100 francs, deux de 25 francs. Douze bons du Crédit national, emprunt 1920 de 500 francs chacun, valant ce même jour, d'après la bourse de Paris, 5 640 francs. Dix bons du Crédit national emprunt janvier 1923 estimés, en bourse toujours, 4 837,50 francs et puis le clou, un bon, à l'ordre de la Défense nationale de 10 000 francs avec cinq autres encore de 1 000 francs, portant, compte tenu des intérêts à venir, l'avoir de Roulette, orphelin de père, à 20 196,85 francs. Une performance pour un homme de sa condition.

Ne pas oublier, pris en compte parce qu'acquis à titre de licitation du Futur, de la part de ses cohéritiers, dans la succession de son père défunt, suivant, cette fois, acte reçu chez Maître Chambrier à Vallon, et l'ayant fait du même coup propriétaire foncier, un pré, sis au même lieu, d'une contenance de 20 ares environ, d'une valeur vénale de 1 000 francs.

Le fameux pré de la Petite-Croix ! Adjugé le 8 Prairial an III, à l'issue d'une vente de biens nationaux, avec celui de la Grande-Croix et celui de la Vigne, l'ensemble totalisant un hectare 25 ares, pour le prix de 150 livres 8 sols, payables en douze annuités avec intérêts et en assignats, à Julien Neveu, laboureur, près Vallon, à Voivres. Que le fils, Pierre, marié en 1832 à une demoiselle Monternault, finirait, avec le reste du lot, réparti à sa mort entre ses enfants, par transmettre à sa fille, ma bisaïeule Caroline Adèle Neveu qui l'apporterait dans sa dot au père de mon grand-père. Au ferblantier Jacques François Auguste Roulette, lors de leur mariage en 1862.

Ayant fait partie des biens du clergé jusqu'à la chute de Louis XVI avec la Grande-Croix ; avec, aussi, le bout de coteau, situé plein sud, de la « Vigne » où les curés de Voivres, se succédant, avaient récolté sur place les quelques cuvées de raisin blanc dont ils tiraient l'âpre vin de messe des pays d'oïl, ceux du nord de la Loire, mal irrigués de soleil. Une misère à la vérité, un mouchoir de poche, ce champ, cette Petite-Croix ! Ses 20 ares de sol arable, désignant en langage agraire des campagnes d'Ouest, à peine le demi-« journal », traduire, la « demi-journée » de labour d'un homme travaillant seul et dans la force de l'âge avec son cheval, à creuser le sillon. Une misère. Une dérision ! et pourtant, bel et bien un garant d'enracinement. Un premier jalon d'honorabilité foncière que ces 2 000 mètres carrés d'argile et de sable, cultivés ponctuellement avec les deux autres, à partir de 1791, depuis la Convention jusqu'à Louis-Philippe, en passant par l'Empire et la Restauration, par les Neveu. Les Neveu-Beauvoir, les Neveu-Blin, les Neveu-Monternault. Et finalement tombés, par mariage, dans la modeste escarcelle des Roulette de Vallon, dans celle de mon grand-père, le mari d'Anne.

Peut-on encore se faire, de nos jours, idée de ce que pouvait signifier de dignité, de raisons de s'accrocher à l'existence, même quand on était, au fond, si médiocrement loti, si petitement payé comme commis de graineterie à Paris, quai de la Mégisserie où l'on était venu tenter, à la fin du siècle précédent, l'aventure de l'expatriement à une cinquantaine de lieues de son chez-soi, de son village ; même aussi, quand on s'était mis à cracher ses poumons dans un deux-pièces-cuisine de la rue Michel-le-Comte ; cette rue fût-elle édifiée sur l'ancien chemin de ronde extérieur à l'enceinte du Paris de Philippe Auguste ; fût-elle chargée d'histoire aristocratique et roturière, juive et chrétienne, leur imbrication ; fût-elle le cadre d'enfance d'un très célèbre enfant trouvé qui, recueilli par l'épouse d'un vitrier, deviendrait le philosophe et mathématicien d'Alembert, l'amant de Mlle de Lespinasse et le secrétaire perpétuel de l'Académie française ; Mme de Staël y fût-elle née chez les Necker à l'hôtel d'Halvil, que de savoir que, même si l'on meurt, obscurément, et trop tôt, injustement frappé par le sort aveugle, la phtisie, à ses deux enfants, à sa veuve, outre quelques pièces de mobilier louis-philippard qu'on tient de ses propres père et mère, avec une canne de jonc à pommeau de corne achetée pour se promener à pied et en famille le dimanche le long des quais, y regarder passer les eaux de Seine sous le pont Henri-IV, les voir aller donner de la tête, le soir, contre le mur aveugle, dégoulinant d'or liquide des soleils couchants, on laissera tout de même, derrière soi, le champ de la Petite-Croix ?

Qui, malgré les privations, les servitudes, leur permettra quand même bel et bien de louer à bail, pour une bouchée de pain, mais de louer, un morceau de terre qu'ils possèdent. Qui se confond avec leur passé. Leur histoire. Le champ de Caroline Adèle. Avant, celui de Pierre. Avant, celui de Julien. Celui d'Auguste mon père, fils d'Auguste mon grand-père. Encore capable, environ un siècle et demi après le jour de son acquisition, un 8 Prairial an III, d'en faire état parmi ses biens propres sur son contrat de mariage daté, lui, du 10 novembre 1923. Tout cela, meubles et hardes, portefeuille boursier, demi-journal de terre labourable ayant fini par atteindre la somme rondelette de 36 196, 83 francs.

Ne pas négliger l'apport de Marthe. 10 000 francs en argent comptant, en garde-robe et en mobilier, dont le canapé. Le canapé de la défunte Comtesse douairière du château de Montdragon !

Non qu'il fallût tirer bêtement vanité de posséder un salon complet avec chaises et cabriolets rembourrés ayant appartenu à une personne dont les quartiers de noblesse remontaient à la bataille d'Azincourt, mais tout de même ! Et puis, nom de Dieu, n'en déplaise à Anne, prompte à crier, à tout propos, à la folie des grandeurs, non seulement, aucun achat somptuaire depuis 1923 n'était venu amputer le patrimoine conjugal, mais des économies régulières l'avaient augmenté. A telle enseigne que nous avions pu, dès 1929, nous porter acquéreurs de la maison habitée par Clémence. L'acheter à l'ancien garde-chasse qui s'en était défait, pour aller finir ses jours dans son pays d'origine, en terroir beauceron. Quatre pièces dont deux à feu. Joli petit jardin derrière, mitoyen de la cour d'école. Avec sa pompe, son cellier, ses cabinets à toit d'ardoise, son porche ouvrant sur la rue et qui permet la livraison du bois de chauffage, l'entrée du fumier, des barriques de cidre.

Qu'on s'en persuade, donc, au lieu de jouer les oiseaux de mauvais augure, de nous prophétiser des lendemains de larmes et de sang, c'est en toute connaissance de cause, après mûre réflexion et calculs faits, qu'Auguste, avec l'approbation de Marthe, s'est lancé dans l'achat d'une voiture, et quoi qu'en dise sa mère, ce n'est pas demain la veille et, pour reprendre son expression à elle, aussi désobligeante qu'injuste à l'égard d'un homme comme lui, que l'acquisition d'un véhicule automobile réussirait à lui faire « bouffer la grenouille ».

Surtout ne pas bouger d'un cil. Ne pas piper. Laisser passer cet énorme orage dont les foudres, lancées par la mère au-dessus de la tête du fils qui les lui renvoie, elle, comme toujours, assise dans son fauteuil d'osier, martelant le sol du bout usé de sa canne comme pour en faire jaillir les éclairs, lui debout, devant elle, brandissant le contrat de mariage passé entre Marthe et lui, avec, dans les yeux, cette flamme claire, cette lueur d'acier, faisant présager qu'il est décidé à avoir le dessus, nous éclaboussent au passage de leurs décharges.

Ainsi Marthe, pour avoir tenté d'intervenir, fait observer à sa belle-mère qu'un ménage de fonctionnaires, vivant raisonnablement pour l'ordinaire, pouvait rouler de temps en temps en auto sans qu'il y ait péril en la demeure, vient-elle de s'entendre dire qu'on sait bien que ce n'est pas une femme comme elle, qui s'imagine qu'un salaire d'institutrice venant s'ajouter à une retraite proportionnelle de gendarme lui permet d'envisager un train de « sous-préfète » qu'il faut évidemment compter, pour retenir son fils sur la mauvaise pente.

Pour ma part, obéissant aux règles impératives d'un jeu qui veut qu'une fillette de mon âge se contente, en cas de litige entre les adultes de son sang, de sa maison, de tenir le rôle de témoin silencieux ; qu'elle n'assiste à ce grand, cet hypnotisant combat privé qu'en bordure de lice, (car y entrer, fût-ce pour soutenir Auguste et Marthe, me désolidariser d'Anne serait me faire des ennemis dans les deux camps), je me tiens coite.

C'est que, pour avoir osé, une fois, à table, envoyer paître Grand-Mère, me reprenant sur ma façon de tenir ma cuiller pour manger ma soupe, en lui disant que j'étais assez grande pour savoir la tenir, cette cuiller, qu'elle était un peu folle avec ses gronderies qui m'ennuyaient, j'ai reçu d'Auguste, en pleine figure, et devant tout le monde, un coup de casquette magistral. D'une soudaineté telle, que l'évidence m'est apparue qu'on doit, quand on n'est qu'un enfant, se garder de bousculer les personnes âgées, ne fût-ce qu'en paroles. Qu'on ne saurait être leur juge, non plus que faillir aux règles de la politesse avec elles. Qu'Auguste qui, d'habitude, ne me bat jamais, ait eu, pour me mater le caractère et les nerfs, un geste aussi brusque, celui du chef de clan maniant le fouet, ici ce qu'il avait sous la main, son knout, c'est-à-dire sa casquette, voilà qui m'a rendu les choses parfaitement claires, désormais. Quoi qu'il arrive, qu'elle me dise, qu'elle nous dise, je dois aimer et respecter Grand-Mère et si Marthe, en sa qualité de bru, peut, à la rigueur, lui faire front, c'est, avant tout, à son fils, mon père, si dévoué par ailleurs à son égard, de se mesurer avec elle pour de bon quand les circonstances l'exigent.

Lui seul sait jusqu'où on peut aller avec Anne Bourgault. Quelles armes choisir contre les siennes. L'acculer, si nécessaire, à la défaite sans la dépouiller de sa dignité.

Car cette voiture, cette sacrée Mona, intitulée s'il vous plaît, « conduite intérieure de luxe » sur le bon de commande du 27 janvier, nous l'avons bel et bien eue.

Malgré Anne. Quoi qu'elle en ait !

Mais quand, livrée le 5 avril, elle fera son apparition, qu'elle aura dépassé la courbure de la rue, nous la cachant une seconde avant ; qu'elle viendra se ranger sous la conduite du patron-mécanicien Mérillon le long du trottoir, dans un ronronnement doux de gros chat noir aux innocents yeux ronds, Anne, plantée sur le seuil de la maison d'école, l'accueillera, en même temps qu'avec un silence persifleur, une attention aiguë. Celle qu'on porte à un animal sournois, dangereux. Une bête de cirque aux réactions imprévisibles. Difficile à dompter et coûteuse à nourrir. Au demeurant, par représailles vis-à-vis de nous, d'Auguste surtout, elle n'y montera jamais. Pas même à la Toussaint pour se rendre sur la tombe des siens et rendre visite, par la même occasion, à mon grand-oncle Louis, son frère, qu'elle aimait bien pourtant. Un refus catégorique de se prêter à nos mômeries de bourgeois au petit pied, enivrés par leur aisance de pacotille. De se déclarer, à la fin, conquise. De nous donner bonne conscience. Quitte à se punir en nous punissant. Et, bien des années devront passer sur moi, m'affiner les mécanismes de la pensée, ceux de la sensibilité surtout, pour que je comprenne qu'à travers nous, à travers la Mona, Anne s'était sentie plus ou moins bafouée ; trahie dans son orgueil ardent de femme pauvre.

Ah ! les voyages, les beaux voyages pourtant !

Avec, une fois par mois, pour le plaisir, celui d'aller au Mans, d'en lécher les vitrines, de se frotter, au passage, aux terrasses de ses brasseries, de son café chantant, à leur odeur de moka fraîchement grillé, aux allées et venues des autres, à leurs robes, leurs manteaux, leurs chapeaux qui vous donnent des idées pour votre future robe, votre futur manteau, votre futur chapeau, l'alibi d'avoir à s'y rendre d'urgence pour le renouvellement des fournitures scolaires, les commandes de livres, de gaze brillante et de papier crépon, pour les fêtes de Noël et de distribution des prix !

A cette époque, les instituteurs de village paient cahiers, papier buvard, volumes scolaires de leurs propres deniers, pour les revendre à prix coûtant aux enfants de leur classe au fur et à mesure de leurs besoins. Ceux des familles indigentes bénéficient, à la charge de la commune, de la gratuité du matériel scolaire. Les livres leur sont prêtés dont ils doivent évidemment prendre grand soin.

L'inventaire saisonnier des fournitures dans le placard vitré, encastré dans un mur, au fond de la salle de classe, quelle occupation délicieuse, quel affairement, pour ceux auxquels Marthe faisant confiance, à cause de leur sérieux, désigne, un soir, après la classe, en fin de trimestre pour y procéder avec elle ! Et, lorsqu'elle me laisse m'en mêler, depuis que je sais lire et compter, quel régal aussi pour moi !

Quelle joie privilégiée et sensuelle que de pouvoir m'adonner à ces rites de manipulation que les cahiers occasionnent au fur à mesure de leur classement par dimensions, épaisseur et couleur, selon leur destination et par groupe d'âge.

Après s'être exercés à former convenablement leurs lettres sur l'ardoise, les plus jeunes, ceux du cours préparatoire, fignolent leur copie du jour : « Toto a bu le lolo du chat Titi. Titi fait le gros dos... » sur de jolis petits cahiers à couvertures de teinte vive. Ils coûtent dix sous pièce, et comme ils ont trente-deux pages, il faut les renouveler environ toutes les six semaines. Chacun de leurs feuillets, estampillé « Vergé Charente », quand on en fait jouer la transparence entre deux doigts qui le soulèvent pour le porter à hauteur de lumière, l'y tenir un moment, comme une aile crémeuse de papillon, subtilement rayée d'une double ligne bleue, traversée de haut en bas d'un trait oblique à intervalle régulier servant de support au crayon, à la plume, s'exercer à l'apprentissage de l'écriture penchée, révèle, alors, la silhouette en filigrane d'un gracieux logis à tourelles qui est celle du manoir de la Possonnière en territoire tourangeau.

L'enfant qui s'applique, d'après un modèle tracé par Marthe à l'encre rouge, à mouler ses premières majuscules au porte-plume, qui s'empourpre de plaisir ou de déception quand sa maladresse à doser l'encre dans le réceptacle de la plume, sa minuscule gouttière aux vannes toujours ouvertes, lui fait tacher la surface lisse du vergé, en altérer l'hypnotisante pureté, appelant à la régularité du bel ouvrage ; souiller, sans le vouloir, les mâchicoulis de la demeure aux allures de seigneurie, de manoir de conte de fées, ignore que l'auteur des *Amours*, de ceux de Cassandre, de Marie, et, de surcroît, l'un des plus brillants fondateurs de la Pléiade, y est né.

Pourtant, comme la couverture sur la couleur de laquelle, d'un jaune franc, ou vert, ou violet, il a longtemps hésité à l'heure du choix et de remettre ses dix sous, porte, en frontispice, au milieu des roses et sous l'envol oblique d'une plume d'oie, le nom du poète, c'est pourtant lui, qu'ingénument, il évoque à chaque fois qu'il réclame un cahier neuf.

J'ai fini « mon Ronsard ». Donne-m'en un autre.

Et quoi qu'il lui arrive dans la vie, de bon ou de mauvais, d'humiliant ou de glorieux, d'irréparable ou d'heureux, ce nom, pour avoir pris racine en lui, dût-il mourir sans jamais avoir eu l'occasion, ou tout bonnement le goût, de se poser de vraies questions sur qui était Ronsard, ce qu'il incarnait, non plus que de l'avoir lu, aura cependant réussi à jouer auprès de lui un rôle de « Sésame, ouvre-toi », de formule magique éprouvée. De celles qui arrachent les âmes captives au cachot de leur prison de chair. Une proposition d'évasion, sans cesse renouvelée et latente de poésie.

Car enfin, quel événement dans une vie d'enfant, d'écolier habitué à user chaussures et vêtements jusqu'à la corde, à tourner vingt fois dans sa bouche le carré de sucre qu'en visite chez sa grand-maman, quelque vieille femme vivant de rien auprès de son âtre, elle lui tend, en guise de friandise, d'une main tremblante et noire pour le remercier de lui avoir apporté son fagot jusqu'à la cheminée, remonté un seau plein d'eau du puits ; habitué à rêver, au long de l'année, à l'orange, au petit sac de bonbons qu'il recevra d'elle, à l'heure des étrennes, après qu'elle se soit privée, toute une semaine, de café, pour le lui offrir, afin qu'il ne reparte pas de chez elle les mains vides, alors qu'il lui a souhaité une bonne année, une bonne santé ; qu'il l'a embrassée sans la moindre réticence, le moindre dégoût, en posant sa joue rose de froid et si fraîche d'angelot, déguisé en joli petit rustre des champs, contre la sienne, tavelée par la vieillesse qui la ronge, que l'achat d'un cahier neuf ?

Qui deviendra, pour dix sous, l'instrument silencieux et privilégié de ses longues heures d'effort pour s'initier aux arcanes du savoir : le compagnon discret qui partout vous suit. On l'a dans la musette, dans le cartable. Avec le plumier, avec l'ardoise, il affronte soleil et pluies, longues marches éreintantes dans la boue des hivers ; enchanteresses, au printemps. Quand on l'extrait de sa cachette pour l'ouvrir, l'étaler devant soi sur le pupitre dans l'odeur de la craie ; sur un coin de table de ferme, dans celle de la soupe au lard et du cidre, on le traite avec autant de respect que le peintre, sa toile, qu'un fol espoir soulève de réussir à travers elle quelque chef-d'œuvre, capable de susciter l'approbation du connaisseur, de l'amateur d'art. En l'espèce, celle du maître. Celle de Marthe, sanctionnant d'un dix au crayon rouge, à la rigueur d'un neuf, (et l'on sera encore content avec un huit) le degré de perfection de l'œuvre.

Il me souvient de mes cahiers. De mes petits cahiers vergé des Charentes ou des papeteries Souche des Vosges ou Laroche Joubert d'Angoulême, fabriqués pour le compte des libraires-papetiers du Mans, Graffin, Vadé, Leroy, qui y faisaient apposer leur nom de revendeurs que nous épelions pour ne pas les oublier, avant de recouvrir leur précieuse couverture ornée d'une frise de chardons gris, ou de pampre stylisé, d'un papier bleu, luisant et lisse, couleur de culotte de gendarme et qui était leur uniforme de service. De l'un d'eux en particulier, conservé par Marthe.

Commencé un 1er mai 1933, jour ouvrable entre les deux guerres, j'y écrivais quelque part : locomodive pour locomotive, le verbe triompher avec un f ; conjuguais au présent et au futur : faire un joli bouquet de muguet et chanter au printemps avec les oiseaux, et quel beau programme c'était là, quand on y pense ; résolvais mes premiers problèmes, consistant à calculer combien coûtaient 12 mètres de drap à 32 francs et pour faire bonne mesure, apporter la preuve de mon sens de l'observation des couleurs, écrivais à la file, sur cinq lignes et d'un seul jet, après une leçon de vocabulaire, dans l'enthousiasme d'une plume portée par une sorte de mouvement oratoire, soucieuse aussi des pleins et des déliés, « que la craie est blanche, le coquelicot, rouge, le charbon, noir, le ciel, bleu, le chou, vert et l'encre, violette ».

L'entrée au cours moyen donnait droit au fin du fin, c'est-à-dire aux cahiers des éditions Bernard Arthaud, à Grenoble. Série : villes et paysages. Marque et modèle déposé : Hélios.

Imprimés réglure musique et à carreaux, ils en totalisaient 391 par page. Ce qui nous semblait considérable, réussissait à persuader nos neuf ans sonnés, forts de trois années de scolarité, de l'importance de leurs travaux, voués à l'étude des fractions, de la règle de trois, au calcul de la surface de base et du volume de toutes sortes d'objets, allant du pavé de rue cubique à la pyramide ; à l'analyse des mots dans la phrase ; à l'expression personnelle appelée rédaction.

Choisir son cahier Arthaud, puisque leurs couvertures illustrées reproduisaient par héliogravure des clichés des sites pittoresques de France, c'était choisir son voyage et faute de pouvoir quitter son terroir, fût-ce avec une Mona, qui durant toute sa carrière de Mona s'étalant sur une trentaine d'années, ne devait que rarement s'écarter des limites du département, sillonner quand même, bel et bien le monde. S'offrir de grandes fêtes en le parcourant.

A force de longue et minutieuse contemplation immobile de mes Hélios et sans quitter la place qui m'était assignée, à côté de Lucienne, à côté d'Alexis, son banc étroit à dossier rigide, son pupitre maculé d'encre, tailladé par les coups de canif, j'ai visité beaucoup de monuments et de villes, pris possession de beaucoup de fleuves, de bras de mers, de pans de montagne en les traversant. J'ai fait miens beaucoup de pays, dormi sous leurs arbres, dans leurs grottes, dans leurs auberges, leurs palais même. Bu de leur vin, mangé de leur pain, de leurs fruits. Je les ai aimés ou défiés, à travers le regard, qu'en passant, j'ai posé sur leurs hommes, leurs femmes, leurs enfants. Celui qu'ils ont posé sur moi, l'étrangère. Qui les a désirés ou rejetés. Qu'ils ont désirée ou rejetée.

Ainsi, sans jamais être allée à Bordeaux, et il se peut que je n'y aille jamais, j'ai connu Bordeaux. Du moins cette part de lui-même, découverte à travers un cliché d'un de mes cahiers Hélios et qui continue, pour moi, à en être le cœur, le lieu onirique et sacré, au-delà de ses grands quartiers commerçants, de ses docks, du déploiement bétonnier, comme partout, de sa périphérie contemporaine. Je veux parler d'une rue étroite et pavée d'entre les deux guerres où les talons trébuchent quand on est une femme de l'âge de Marthe et qu'on l'emprunte en sautillant alors comme un oiseau. Soit qu'on y habite à l'entresol ou aux étages d'immeubles de rapport à balcons de fer forgé qui la surplombent, à hautes persiennes bourgeoises entrebâillées sur l'univers des objets et des êtres qui s'y côtoient ; en constituent, par le jeu des interférences, celui des vibrations mystérieuses qu'ils s'envoient et se renvoient, la trame secrète.

Soit qu'on y vienne d'ailleurs, d'un autre point de la ville, moins resserré, moins austère, pour y faire quelque emplette qui vous a conduite jusque-là. Vous fait longer, en chapeau et manteau, bas et gants de fil, outre la terrasse en renfoncement d'un bar-tabac, avec ses tables rondes à pieds de fonte, ses chaises pliantes, l'échoppe d'un cordonnier, exposant, derrière sa vitrine, devant une pyramide de boîtes de cirage à l'insigne du Lion noir, son édifice hypnotisant de jeu de massacre, l'arsenal des brosses à chaussures en tous genres, celui des embauchoirs pour bottes cavalières, souliers trotteurs, escarpins, celui des lacets ; puis encore la vitrine d'une boutique d'étoffe à l'enseigne du « Tissu sport », aux stores à demi baissés pour protéger d'un soleil déjà presque africain, les pièces de shetland grenu, de cheviot, les écossais admirables qu'elle reçoit d'Angleterre et qui font sa réputation auprès des jeunes gens distingués de la société bordelaise.

Il y a, ce même jour-là, en stationnement le long du trottoir où vous marchez et en face du tabac, une charrette à bras, vide de ses spiritueux et liqueurs, stationnée, brabants en l'air, dont vous avez deviné que son conducteur, venu les livrer au bar-tabac, doit être en train, accoudé au zinc, à l'intérieur, de savourer le verre du patron, à cette heure creuse de la journée qui vous permet, comme à lui, de circuler librement et même de flâner un peu. D'admirer, une fois de plus, en allant vers elle, ou en vous retournant, après avoir passé sous sa voûte, la porte de l'ancien hôtel de ville de Bordeaux, vestige de son faste médiéval de ville marchande, chargée d'histoire. Si ardemment disputée entre eux, par les Capétiens d'Ile-de-France et les rois anglo-angevins Plantagenêts.

Dans les rumeurs familières du jour, le grincement d'un essieu, d'un volet qu'on rabat, la pétarade d'une camionnette, vous allez vers elle comme vers une vieille reine, dont la majesté intacte, malgré les mutilations, les traverses, le port de tête, la façon de se tenir, de dominer la foule qu'elle maîtrise de haut, vous occasionne à chaque fois un éblouissement.

Belle et parée comme une châsse, haute et lisse et toute en roc, sa couronne de pierre est faite de deux tours encadrant son couvre-chef en forme de tiare. Son front rectiligne et superbe est un chemin de ronde aux cent yeux qui lui permettent de voir la mer et la terre en même temps. De prévenir l'arrivée de l'ennemi ; celle de l'ami. Quand elle parle, sa voix profonde et vibrante qui est celle de la cloche d'airain lui tenant lieu d'ornement, de pendentif gigantesque à hauteur de gorge, fait reculer autour d'elle les autres sons, les rend inutiles et dérisoires. Son buste large et plat, inexpugnable, androgyne, s'enorgueillit d'une horloge encadrée par des pilastres. Ce pectoral énorme, cette machine à marquer le temps dont elle détient l'ordonnance et la clef, comme elle détient, par sa cloche, la surveillance et le commandement, est surmonté de deux victoires ailées soutenant, entre leurs bras, couronne et blason fleurdelisé. Le bas de son corps est une masse intangible, sans sexe ni relief, mais dont les jambes, qui font bloc avec le sol, avec les pavés, daignent se tenir écartées une fois pour toutes, sur le passage des foules, celui des siècles.

Et puisque voilà pour moi, depuis bientôt un demi-siècle ce qu'est Bordeaux, alors pourquoi aller à Bordeaux ?

Ou bien encore à Nancy, place Stanislas-Leszczynski. Puisqu'il est trop tard, maintenant, pour y retrouver, comme sur mes Hélios toujours, dans l'encadrement d'une porte de grille somptueuse, permettant d'y accéder, cette autre femme encore, en costume tailleur clair et chapeau cloche, photographiée ce jour-là, de dos, avec un garçonnet en culotte courte et béret, trottinant à ses côtés, pendant qu'elle pousse devant elle la voiturette de son cadet ou de sa cadette, tandis que lui, l'aîné, de son petit bras levé, lui montre du doigt quelque chose, là-bas, dans la pleine lumière d'été de Nancy. Ou plutôt quelqu'un.

Quelqu'un qui, davantage que cet admirable et glacial classicisme versaillais d'une façade de château construit pour y abriter l'exil d'un roi polonais après le dépeçage de son pays par ses voisins allemands, autrichiens et russes, retient son attention, l'émeut, le surprend. Parce qu'il vit, parce qu'il bouge. Qu'il incarne aussi, sans doute, pour lui, le gâteau crémeux, l'irrésistible dessert des repas de fête. Un jeune commis pâtissier (il s'appelle Auguste peut-être) se hâtant avec son panier plein de victuailles, de traverser la place Stanislas, son aire de soleil, qui, en le frappant, exalte la blancheur de sa veste, de sa toque, en fait le point de mire, le centre de véritable intérêt pour un petit garçon gourmand qu'il ne voit pas. Qui, de son côté, n'aura pas vu qu'on l'aura photographié, immortalisé en quelque sorte. Lui, c'est-à-dire son geste de désir, d'excitation, le désignant à une mère maintenant morte sans doute, alors dans le plein épanouissement de sa vie de femme et dont il garde désormais le souvenir enfoui au fond de lui-même.

Tout de même, une fois, délibérément, en touriste, j'ai risqué le coup.

De passage à Toulouse pour une vente-signature d'un de mes romans en librairie, je suis allée seule, et sans qu'on m'y encourageât, visiter l'ancienne cité de Carcassonne.

Histoire de prendre la mesure, quand je l'aurais vue pour de bon, de ce qui me resterait alors de l'autre. De cet extraordinaire agglomérat de maisons à toits plats, de ghetto médiéval chrétien dominé par une forteresse et une église contenues avec lui sur une colline, dans le cercle magique d'une double enceinte. De cet univers carcéral vu d'avion, sur la couverture de mon Hélios du moment, qui, commencé un 30 janvier 1937, terminé un 1er mars, sur un exercice d'addition des fractions et des nombres fractionnaires, assorti de la conjugaison du verbe « effrayer » à la forme passive, m'avait fourni deux mois de rêve sous-jacent. A la demande et illimité !

Fait hésiter, longtemps, aussi, à m'y porter. Comme l'oiseau encore jeune, incertain de la vigueur de ses ailes, de la puissance de leurs avirons et que tente, pourtant, l'aventure d'affronter, en amont du ciel, un monde clos, ayant pris racine en hauteur, à l'écart des plaines. A en survoler l'étendue pour, à condition de pouvoir s'en évader quand il le voudra, se rassasier du plaisir de le circonscrire.

D'en répertorier, suspendu à l'échancrure d'un créneau, en posture de girouette, au sommet d'une poivrière, les rites et les rythmes de vie et de mort, sanctionnés, de l'aube au couchant, par le carillonnement des cloches, l'appel aux armes des hommes du guet. A l'incendie, au couvre-feu. Dans l'odeur de corne brûlée des pieds de chevaux qu'on ferre, de l'encens et des fumiers, du sang des bêtes égorgées par les bouchers, celle de leur lait fraîchement tiré par de jeunes serves à peine pubères. Au milieu des piaillements d'enfants rassemblés par essaim ; les garçons comme des sansonnets, des tourterelles à têtes rondes, crânes duveteux et plats ; les filles encapuchonnées de blanc et de noir comme des pies, s'actionnant à jouer à la toupie, aux osselets, le long des chemins de ronde, à hauteur de mâchicoulis, de meurtrières par où les vents s'insinuent, y apportant les flots violents d'un air venu d'ailleurs. Dans le roucoulement des voix de femmes, leurs glapissements simiens, leurs rires pointus ou gras de matrones occitanes aux larges yeux noirs, parcourant l'horizon. En interrogeant l'énorme vacuité monotone, infinie comme la haute mer, par où, un jour ou l'autre, le mal vient, c'est-à-dire l'envahisseur mauresque ou asiate ou germain. Et puis encore les sanglots des nourrissons travaillés par la poussée des premières dents, leurs miaulements pitoyables de jeunes chats qu'on étripe tout vifs pour conjurer le mauvais sort, et le catarrhe des vieillards, son cliquetis assommant de crécelle maniée par la main rongée du lépreux et qui fait reculer jusqu'au prêtre, sur son passage.

Car l'être humain est animal terrifiant, sans pitié, ni scrupule pour son semblable ou la bête qui tombe entre ses griffes. L'approcher, fût-on oiseau, auquel la faculté d'envol donne des chances de lui échapper, c'est toujours aller au-devant de la flèche, du lance-pierre, du couteau.

Le sachant depuis longtemps, parce qu'appartenant moi-même à la race prédatrice des hommes, j'avais choisi mon heure d'innocence pour affronter les ombres de la cité forte ; de métamorphose en passereau furtif, en hirondelle défiante que, vu de haut, à une portée d'arbalète, de mousquet, le spectacle des monstres passionne. Leurs jeux, leurs rixes. Leurs travaux énormes. Leurs oripeaux. Leurs mouvements désordonnés ou processionnels, leurs accès de cruauté ou de tendresse les uns vis-à-vis des autres, et ce silence qui s'abat sur eux quand la nuit les terrasse. Quand ils dorment.

Un jour creux, à une heure du début d'automne, échappant ou presque aux automobiles, à leur bataillon serré d'anus puants, au tourisme de masse, véhiculant avec lui les transistors, les sacs et les bouteilles de plastique jetés en pagaille à la face des siècles, je suis entrée dans Carcassonne pour m'y percher, presque aussitôt, en bordure de parapet, de tour décapitée, comme renard nomade, palombe solitaire. L'enjeu étant d'y retrouver cette vue prise d'avion, me ramenant à la beauté silencieuse, à la pureté de ville morte de celle de mon Hélios.

Il faisait doux, presque tiède, en cet endroit, au milieu des cailloux, des moellons centenaires. De leur effritement répandant sa poussière sur le mille-pertuis, sur l'ortie, leur croissance périssable et saisonnière. Sur mes mains de chair, elles-mêmes destinées, après en avoir, du doigt, éprouvé les rugosités, à se dissoudre complètement, bien avant eux, par corrosion, dans les eaux fortes du temps.

Il me souvient que j'avais longtemps marché à pied, depuis la gare. Que j'avais faim et soif comme le pèlerin, comme l'animal migrant et qu'aussi, ce jour-là, puisque je suis femme, le ventre me faisait un peu mal à cause de mes règles. De cet épanchement discontinu et silencieux de sang, obéissant à un rythme lunaire dont je percevais sur moi et autour de moi, quand, assise par terre dans les gravats, j'écartais un peu les jambes pour les détendre, l'odeur fade, encore que réconfortante, devenue si familière à mon propre odorat depuis des années, que je savais d'avance qu'un jour, ne plus la sentir, secrète et diffuse, me baignant d'animalité femelle, imprégnant les plis de ma jupe, de mon linge, de ses relents musqués, serait une de mes plus irréparables mutilations. Ma mise sur orbite de planète morte.

Faim et soif et envie de pleurer ! A cause de ce grand vide en face et derrière moi. De cette gigantesque travée circulaire à ciel ouvert, contenue entre deux murs d'enceinte. Leur double aplomb hallucinant. De cette énorme voie pierreuse désaffectée, aux couleurs ferrugineuses d'eau morte de vieux canal déserté ; qu'évitant le quartier habité de l'ancienne ville, ses boutiques de souvenirs, j'avais parcourue, seule, avec la volonté de n'y rencontrer personne que moi-même. Que ma présence dérisoire, infiniment passagère, de barque à la dérive. Sans nautoniers. Sans rameurs. Allant donner, ici ou là, de la proue contre le récif des tours ; regagnant, par intervalles, le milieu du fleuve. S'y tenant, une minute ou deux, en état d'errance, de flottaison précaire et dans le dépaysement le plus absolu. Qui m'effrayait. Mais, au-devant duquel j'étais pourtant allée. Me refusant, en cet après-midi languedocien, aux lointains couleur d'ocre, le voyage rassurant à travers les êtres. M'interdisant, pour cette fois, de m'insinuer dans la trame de leurs jours, à l'inverse de ce que j'avais fait pour le garçonnet de Nancy, par exemple ; pour la promenade à Bordeaux. Avec les gens de mon entourage dans la vie courante. Mes amis, mes proches, mon mari. Les entourant de ma chaleur. Quêtant la leur. Les aimant. Espérant réussir à l'être d'eux.

Un besoin aussi irrépressible qu'absurde, infiniment douloureux en tout cas, de posséder du regard, en entier et pour moi seule, Carcassonne. Son ossature de cellule rigide refermée, par sa conception même, sa vocation de bastide, sur son propre noyau. Sur son herméticité originelle. Dans l'espoir, sans doute, de consolider la mienne. De me permettre d'en affermir les contours, l'irréductibilité du matériau et avec eux mon narcissisme atavique de solitaire. D'écrivain. Maniant la plume comme le mineur de fond manie la pioche dans le boyau d'une galerie l'obligeant à s'y tenir couché, corps martyrisé et dans la fièvre. A la poursuite du filon sous la terre. A l'écart du monde. Même besoin viscéral chez l'un comme chez l'autre, de conversation avec soi-même. De besogne douloureuse et à tâtons au flair, à l'ouïe. Sans les conseils de personne. Sans le secours de personne non plus !

Encore que Dieu sait, qu'à l'égal de l'ouvrier dans la mine, ce tâcheron de la page blanche que sa vocation de foreur, de termite-taraudeur, acharné à venir à bout du bastion des mots, de leur écorce, ce sorcier du verbe plus ou moins doué, plus ou moins compris, plus ou moins traité, à tort et à travers, de génie ou de saltimbanque de seconde zone, dans cette bataille qu'il livre contre le pouvoir d'inertie du mot, pour lui arracher un peu de sa masse d'or natif, sa pépite, débusquer en lui la parole, celle qui fait mouche, la décrocher comme il décrocherait la lune, l'étoile polaire, l'offrir à qui le veut, autant qu'à lui-même, en guise de viatique et, prisonnier au masque de fer, se languissant à mourir dans l'internement d'une île, la lancer comme bouteille à la mer, a besoin tout bonnement d'existence rassurante. De commerce réconfortant, familier avec autrui.

Quitter Carcassonne donc ! Reprendre, dès ce soir, en tout cas, demain, le chemin d'Aulaines. Celui du terroir natal. De la colline d'en face. Me recomposer, sous peine de m'installer définitivement dans la posture des monstres, leur isolement, un profil malléable, abordable. Aplani par le travail de rabotage et d'usure des gestes quotidiens : la cuisine, ses épluchages, ses séances de cuisson en tout genre ; la lessive, ses draps étendus sur le fil du jardin et, au fur et à mesure qu'ils sèchent, leur balancement sur place, de plus en plus légers, hallucinants, d'écrans blancs ou rosés, chahutés par les vents. Les conversations par onomatopées, glapissements oniriques avec le coq et la smala de sa demi-douzaine de poules pondeuses. Avec le chat. Polisson noir à gorge et ventre blancs. Enigmatique et dodu. Tenant à la fois du frère des écoles chrétiennes, de l'avocat, de la pie, du danseur mondain qui prendrait sereinement du ventre avec l'âge. Les papotages avec les voisins. Les querelles de ménage avec l'époux auquel je pose des problèmes. Qui m'en pose. Leur gravité. Leur enfantillage. Le second souffle à trouver des raccommodements. L'exercice ardu, réciproque, si faire se peut, du pardon. Celui de l'humour.

Etre bon prince, enfin bonne fille et que vogue la galère. Retrouver un instinct de conservation suffisant, celui de tout le monde, pour apprendre à vivre plus ou moins gentiment avec quelque cadavre dans mon placard. Savoir passer l'éponge. Prendre sur moi. Fairc la part du feu.

Enterrer en moi Carcassonne et, comme si de rien n'était, sourire et si besoin est, jouer mon rôle d'histrion à la cantonade. Soigner ma popularité, ma réputation de « conteuse » !

Ai-je fait bon voyage ?

Assez bon. Enfin le soir de mon arrivée à Toulouse, il a plu et le robinet d'eau chaude de mon lavabo ne fonctionnait plus.

L'hôtel ?

Un ensemble énorme, sans personnalité, sans charme mais intéressant à découvrir le matin, à cause de larges et longs couloirs aux murs aveugles, où des femmes de chambre espagnoles en sévères robes de cotonnade grise, poussaient devant elles, avec des visages renfrognés et mats, à la façon hâtive et fracassante des filles de salle dans les hôpitaux, des chariots de linge sale, comme s'il y eût, dans chaque chambre, non point des touristes, des hommes d'affaires, des amoureux peut-être, des familles de passage avec un ou deux enfants, mais des malades plus ou moins incurables ; destinés à plus ou moins brève échéance à faire place nette.

Et Toulouse, comment avais-je trouvé Toulouse ?

« Toulouse ? Rouge fleur d'été qui rendrait jalouses toutes les cités comme le dit la chanson ? » Eh bien, pour ne rien celer à l'auditoire et quitte à le décevoir, j'avais trouvé Toulouse comme n'importe quelle ville d'à présent. Comme partout.

Avec ses rues engorgées par la prolifération des transports individuels, empêchant de se faire la moindre idée de ce qu'avait pu être la qualité de leur élan à travers elle, des perspectives qu'elles ouvraient encore, sur la liberté, sur le rêve, il y a trente ans, au promeneur à pied. Sur la beauté d'une cathédrale, d'une place plantée d'arbres, sur le havre d'un jardin public. Tout cela enserré, ligoté, pris dans les rets du trafic automobile.

Ah oui, au fait, des cuisses, j'avais vu des cuisses !

Celles des majorettes de Haute-Garonne défilant dans le plus pur style yankee, enharnachées comme poneys de cirque en jonglant avec des baguettes qu'elles faisaient passer et repasser comme elles pouvaient, entre leurs cuisses, toujours. Un cortège étonnant de pouliches de tout poil, dûment pomponnées, étrillées, fardées. L'œil en amande, cerné de khôl. Au-dessus, la paupière violette et le shako à plumes et jugulaire, surmontant le profil cabré de la jument en représentation. Des grosses, des maigres, des mignonnettes à voir, d'autres qui le sont moins ;

se frayant, haletantes et en sueur, un chemin entre deux haies de bagnoles, leur sempiternelle reptation de sauriens. Se taillant, au son d'une musique de fanfare, une piste les conduisant au pas de l'oie et les reins cambrés dans leur jupette au ras du cul et du fourchet en direction du Capitole. Oui, c'est vrai, j'avais vu Toulouse et même, assise que j'avais été, derrière une petite table entre le tourniquet des reproductions de toiles de maître format carte postale et celui des stylos à bille, chez l'aimable libraire qui s'était soucié d'intéresser sa clientèle à ce que j'écrivais, j'avais eu la visite d'une cinquantaine de Toulousains bien intentionnés à l'égard de la littérature en général et ce jour-là, de la mienne en particulier. Le miracle !

Au milieu de tout ce tintouin médiatique, entre ces inconnus et moi, un pont jeté tout à coup. Une entrée en conversation échappant à l'entreprise de nivellement des idées, des besoins, suscitée par les tenants du marketing, ceux de la culture de masse. Tout à coup, devant moi, quelqu'un qui s'est donné la peine d'entrer dans cette librairie. Qui a pris sur son temps, sur son fameux sacro-saint week-end, pour faire le détour jusqu'à moi, qui, de mon côté, ai fait 7 ou 800 kilomètres de train, avec la foi aussi naïve qu'inébranlable du charbonnier. Par besoin de langage différencié, entre lui et moi. Entre cet homme, cette femme qui me regardent, que je regarde. L'auteur. Son lecteur. Avec ce livre entre eux. Qui va leur permettre, peut-être, de faire connaissance. Qui sait, de se comprendre. Du moins de se deviner. Même s'ils ne se revoient plus jamais dans l'existence. Que chacun, celui qui écrit, celui qui le lit, retourne à son anonymat d'être humain broyé par l'énorme machinerie de service. Qu'il disparaît phagocyté par la foule et les tonitruantes médiocrités de l'heure.

Jamais je n'ai aimé la foule. Pas même, enfant. Pas même, quand nous allions au Mans, à sa rencontre avec la Mona. Je l'ai toujours flairée à l'instinct, de bête à bête, et je n'ai pas aimé son odeur. Jamais je n'ai aspiré à me fondre en elle. A me soumettre à la sauvagerie de ses pulsions c'est-à-dire aux miennes. Etre avec elle, l'hydre aux sept têtes aveugles. Le monstre éructant et joyeux qui baisse le pouce, qui lève le pouce, au gré de sa générosité, de sa cruauté du moment. Faire masse avec les autres ne m'a jamais rassurée sur mon compte. Culpabilisée au contraire. L'impression de régresser jusqu'au seuil de ma préhistoire, de mon originel néant. Auguste partageait avec moi ce sentiment et nous fûmes, lui et moi du moins toujours d'accord là-dessus.

Marthe voyait les choses autrement. Avide, parfois, de se mêler à la multitude. De s'y oublier. D'échapper, pour un moment, aux responsabilités, aux fatigues de sa condition d'institutrice de campagne chargée d'une classe unique et mixte de six cours à mener de front. Et puis encore, à cette forme très particulière de solitude qui l'habitait comme malgré elle, lui pesait, alors que mon père et moi aimions la nôtre. Qu'elle essayait de nous cacher par tendresse et dont la source avait été, avant la rencontre avec Auguste, la perte brutale d'un premier mari épousé en février 1918, mort, la tête emportée par un éclat d'obus en juillet suivant sur les derniers champs de bataille de la première grande guerre mondiale.

Dix jours de lune de miel, peut-être, pour elle et lui, dans la maison d'école du village de Vancé dans la Sarthe du Sud où elle enseignait alors. Quelques jours de vie commune encore, à la suite d'une blessure relativement bénigne de Georges, au poignet, en juin. Et puis plus rien. Que ce grand silence absurde entre eux deux, cette rupture consommée à travers lui, par la violence et par le sang, là-bas, pas bien loin d'Epernay, de Dormans.

Pour le maréchal des logis chef du 27ᵉ régiment d'artillerie montée, Georges Brossier, né à Terrehault, ancien élève de Clémence, et devenu, par mariage avec sa jeune cousine germaine de Saint-Michel-de-Chavaignes, son cousin par alliance ; pour ce jeune paysan peu fortuné, mais doué d'un esprit vif, bel homme, aux sourcils arqués et fournis au-dessus de deux yeux sombres, plein d'allant, de projets d'avenir : tenir après la guerre un commerce de quincaillerie avec Marthe qui aurait abandonné l'enseignement, avoir des enfants ; aimant à l'occasion rire et danser et qui s'était fait photographier avec elle, en tenue d'artilleur, croix de guerre sur la poitrine, la tenant par la taille, elle, une main posée sur son épaule, belle et douce comme elle savait l'être par moments, son embonpoint naissant de jeune femme au buste rond et court, aux hanches généreuses sous la jupe grise à plis, baignant dans une sorte de halo de bonheur ineffable d'être là, avec lui, de pouvoir s'appuyer sur lui, la mort. Par décapitation. A des lieues de Vancé, de Terrhault. Un matin de juillet. Au hameau de Tincourt, en Champagne.

Pour celle qui reste, qui survit à la boucherie, au massacre perpétré à des centaines de kilomètres d'une maison d'école hissée sur une colline, dans l'opulence d'un bocage vallonné, frais et clair comme le matin d'été qui se lève au-dessus de lui, dans la clameur des pigeons ramiers, des tourterelles sauvages, celle des enfants venant vers elle, vers sa douleur, avec de grands yeux transparents, leur fine lumière de début de jour ; attendant tout d'elle, pour quelques heures : le savoir, la tendresse, le rire et les larmes, la bonne parole, la réprimande aussi, enfin ce qu'on attend d'une mère, d'un père dignes de ce nom, cette mutilation terrifiante d'elle-même, l'obligeant à mourir à moitié à son tour. Silencieusement ou presque. De l'intérieur. En gardant visage et façons de vivante. Et puis encore, le temps passant, après cinq ans de veuvage, de repliement délibéré sur soi, de refus d'avoir pitié de soi, de s'en accorder le droit, tout à coup quelque chose qui cède, qui renonce à l'honneur tragique, orgueilleux, de cultiver la fleur du deuil, l'amère ciguë du malheur. Quelque chose. Un déclic. Une proposition d'amour nouveau. A travers un autre regard. Un autre sourire. Formidablement généreux, convaincant lorsque, illuminant les traits réguliers et un peu tendus sous le képi réglementaire du jeune gendarme Roulette qui la regarde, il passe devant ses yeux à elle, pareil à un grand oiseau blanc, zébrant, au passage, d'un éclair de chaleur, d'irrésistible appel de vie, la nudité glacée d'une vitre.

Le sourire d'Auguste, mon père. Un homme timide et beau. Un cœur à prendre.

« Allons Marthe, répétait Marie, la femme du garde-chasse, laissez-vous faire. Un cœur à prendre ! »

Peu porté aux hardiesses de manières et de langage avec les femmes et qui, les deux premiers mois où il échangerait avec elle une correspondance régulière, entre la Prévôté de Bonnétable et l'école de la Bosse, dans ce style à la fois clair et pudique enseigné par les maîtres d'autrefois à leurs élèves, maintenant, par exemple, au terme affection : « Chère Marthe, soyez assurée de mon affection », son sens fort, classique, presque racinien, d'attachement brûlant, l'avait appelée Madame.

Un homme que, ni les privations de l'enfance, ni le dur travail dans l'enfer des cuisines d'autrefois, à l'âge fragile de la formation, ni la guerre en Europe comme au Moyen-Orient, leur cynisme, leur violence, leur rupture brutale avec ce qu'on baptise, en période de paix, la civilisation, leurs changements à vue des critères moraux (chercher à tuer, se faire tuer au nom des intérêts d'un groupe, d'une tribu, devenant devoir d'honneur) n'avaient réussi à dévoyer. A rendre obtus, mégalomane ou méchant. Enraciné à nouveau dans son terroir d'origine, après l'exil en Champagne, en Argonne, ensuite, en Cilicie, au pied des monts Taurus.

Oui c'était cela, timide et beau.

Mais Georges aussi l'avait été et voilà qui ne cesserait de la tourmenter. Incapable qu'elle serait de prendre parti entre ce mort et ce vivant. Les préférant l'un à l'autre selon les jours, les nostalgies, les bonheurs ou les malentendus du moment. Heureuse que je ressemblasse tant au vivant. Regrettant sans doute que rien, par le sang, et aussi le caractère, n'ait pu me faire l'enfant de l'autre et, en un temps où il était de bon ton, dans les milieux laïques autant que religieux, qu'une honnête femme n'aimât qu'une fois, très attachée à son second mari, certes, mais non sans remords. Sans honte inavouée d'elle-même.

Attirante Marthe. Fascinante Marthe ! Réussissant, malgré cette tendance devenue très vite irréversible chez elle, à l'obésité (question à la fois de mauvais fonctionnement glandulaire et d'hypocondrie larvée plus encore que d'appétit puisque nous étions à simple mais bonne table), à donner une impression d'aisance morale et physique quasi souveraine, quand elle consentait à se débarrasser du poids ankylosant de son passé pour « courir le monde » avec nous dans une 7 chevaux Renault

Monaquatre 1932, ayant coûté 19 500 francs, soit le prix de huit bœufs sur pied de quatre ans, bons pour l'abattage.

A l'avant et au volant, Auguste. En costume de sportman. Veste et culotte de cheval en croisé beige. Cravate marron ou grise, chapeau de tweed, et toujours les fameuses leggins fauves de l'ancien militaire de l'arme sacrifiant à une vieille habitude autant qu'à la nécessité de protéger des jambes fragilisées à l'extrême par une dilatation veineuse permanente.

En chaussettes de laine ou de fil selon la saison et souliers vernis, jupe écossaise, gilet manteau et béret rouge que j'incline de côté à gauche et sur l'oreille, pour, puisque nous allons au Mans, être à la mode, avoir du chic, mes six ou sept ans pavoisent à côté du chauffeur. Dans la poche de poitrine de mon corsage, Marthe a drapé un petit mouchoir beige, orné, en application, d'une silhouette de garçonnet, casquetté lui aussi de rouge, se dirigeant, cartable au dos, vers l'école. Tout y est. Le mouvement qu'on sent rapide des jambes courtes, la hâte et le sérieux de l'écolier zélé « faisant confiance à l'avenir à travers les leçons de sa famille et de ses maîtres ». Je trouve ce gamin épatant sur mon mouchoir beige. Je l'imprègne d'eau de Cologne et ne me mouche jamais avec. Il est l'ornement de mes sorties, le nec plus ultra de mon raffinement. Je me mouche avec un autre qui est en coton et à carreaux que je traite avec négligence et abouchonne n'importe comment dans mon sac d'enfant en toile cirée. Au demeurant, je ne suis pas vilaine fillette. Avec la peau transparente et laiteuse d'une rouquine, sans l'être, deux yeux étroits et bleus dans un visage ouvert, mais volontiers frondeur, encadré d'une chevelure châtain épaisse et brillante partagée par une raie médiane et bouclée à l'anglaise, mèche à mèche, chaque soir à l'aide de papillotes.

Lourde femme aux yeux incisifs et pers, à la joue finement modelée, au nez spirituel sous la toque de velours noir ou la capeline des grands jours, rehaussée d'une rose couleur chair, porteuse du renard acheté au carreau du Temple, Marthe, que sa corpulence empêche de prendre commodément place à côté du conducteur et sans le gêner lui-même, voyage derrière nous dans une sorte d'isolement aristocratique encore qu'involontaire de grande dame conduite à un rendez-vous mondain par son chauffeur. Un chauffeur qu'elle tutoie, qui la tutoie. Qui, pour la consoler, quand elle se plaint d'être trop grosse, ce qui l'empêche d'être à l'avant à côté de lui, avec cet humour qui lui appartient, qu'il fabrique à la demande pour désamorcer les mélancolies de sa femme ou les siennes, car il en a que je ne devine pas encore, en particulier de ne posséder que la moitié de son cœur à elle, s'exclame en riant : « Ne te lamente pas de faire le poids. Au moins, quand tu passes dans la Mona, les gens s'imaginent que tu te fais véhiculer par moi, de château en château comme une duchesse. N'est-ce pas, “ Cent kilos ”, que Maman a l'air d'une duchesse ? »

Et voilà, elle nous sourit. Auguste embraye. La Mona commence à ronronner. Nous pouvons partir. Le tour est joué.

Eh oui, Cent kilos, c'est moi ! Je suis la petite Cent kilos de Papa et rudement contente de l'être. Cent kilos c'est le gentil sobriquet d'affection auquel j'ai droit. Qu'Auguste, par un phénomène de transfert, utilise dans ses bons jours pour désigner sa robuste et chère épouse à travers moi, sans la vexer. Les fameux cent kilos de Marthe qu'à la fois il déplore à cause des inconvénients qu'ils occasionnent à la santé d'une femme encore relativement jeune qui s'essouffle vite, supporte mal la chaleur, se plaint parfois de vertiges, et dont il tire, en même temps, à rebours, une certaine gloire.

Tout orientale au fond. Un goût ramené sans doute de Cilicie pour les lourdes femmes voilées musulmanes ou juives croisées dans les ruelles poussiéreuses et torrides d'Adana. Pour leur chair qu'on peut imaginer onctueuse et tiède, poivrée, maternelle et consentante, sous l'enchevêtrement des étoffes, leur hypnotisante accumulation, quand on est un très jeune et très modeste sous-officier de gendarmerie égaré en Syrie, au nom des intérêts qu'il sent bien discutables des Européens en Asie Mineure. Qu'on se sent seul. Qu'on sait qu'il faudra rester seul encore pas mal de temps. Voire d'années. Que cela vous pèse sans que vous puissiez rien y changer.

Il me souvient, à ce sujet, enfin au sujet de cette gloire qu'on peut tirer de la possession d'une femme grosse, d'un très charmant monsieur d'Afrique centrale, fin de profil et noir de peau, un Tchadien de trente ans mon aîné, dont j'avais fait la connaissance quand j'en avais vingt-trois, à peu près, par l'intermédiaire d'une amie qui lui servait de secrétaire. Un homme tout à fait étonnant, intéressant à voir, avec les deux longues incisions tribales, en forme d'arête de poisson lui balafrant les joues sous un très élégant et respectable chapeau mou très « made in Europa », de conseiller de l'Union française, au temps de la Quatrième République et des années cinquante.

J'aimais beaucoup Ibrahim. Sa dignité musulmane, ses manières courtoises à l'africaine avec moi. La peine qu'il se donnait, quand nous étions ensemble, de m'ouvrir, par allusions fortuites, au hasard de nos bavardages qui avaient pris, dès le début, un tour sans formalisme et très détendu, les portes d'un monde régi, du moins pour les gens de son ethnie, par des lois et des traditions coraniques dont j'avais jusque-là été passablement ignorante. Quand il m'invitait à dîner, rue Chanez, dans l'un des meilleurs restaurants chinois de Paris, nous bavardions en vieux amis, c'est-à-dire à bâtons rompus, en échangeant nos points de vue sur tout et sur rien et sans préméditation. J'ai oublié comment, une fois, nous en vînmes à parler des femmes en général et en particulier et comment Ibrahim, qui en avait trois, qu'il allait rejoindre périodiquement en Caravelle, évoquant pour moi celle qu'il appelait : « Ma grande, Ma première, Mon ancienne », à laquelle il tenait beaucoup, la déclarant femme de jugement et de grand dévouement à son égard, s'était écrié pour la célébrer mieux encore avec la fierté de l'époux comblé :

« Et puis rien n'est plus beau, ma petite vous savez, pour nous en Afrique, qu'une femme grosse. Quand elle marche avec ses bracelets de chevilles qui s'entrechoquent, elle fait chanter et trembler la terre et chacun voit que l'homme qui est son mari et qui la nourrit est un homme riche. »

Richesse d'Ibrahim Babikir, fils légitime de chef de clan polygame des environs de Fort-Lamy ayant encore possédé, au début de ce siècle, un harem de près d'une centaine de concubines ; mort à son retour d'une guerre tribale dans le Sud, empoisonné par l'une d'entre elles, désappointée qu'il la délaissât. Que les autres femmes avaient massacrée en représailles, en lui fracassant le crâne à coups de pilon à broyer le mil et dont, sur un ton calme, encore qu'en roulant des yeux blancs, il évoquait pour moi les péripéties avec une voix émue d'enfant, de petit garçon désemparé par l'ampleur de la tragédie qui s'était jouée devant lui.

Richesse d'Auguste, fils d'Auguste, mort, lui, tué par la phtisie à peu près à la même époque ! Ramené par la veuve, sa mère, avec sa sœur, au pays d'origine à Vallon-sur-Gée en Sarthe, comme Ibrahim, le harem dispersé, avait été ramené par la sienne et avec son frère, à son village à elle, sur les bords du lac Tchad. Sagesse d'Ibrahim ayant médité et fui l'exemple de son père. Sa polygamie insoucieuse, en se réglant strictement sur le Coran qui permet à l'honnête croyant de vivre avec trois femmes légitimes sans qu'il y ait péché.

Sagesse d'Auguste, fidèle à Marthe lui aussi, autant par principe que par attachement. Comme dame orientale de bonne maison, bédouine ou chinoise, la promenant, Vénus callipyge, chapeautée et gantée, cérémonieusement, en Mona, une vingtaine de fois l'an, pour lui changer les idées comme il disait ! Et moi l'enthousiaste, l'admiratrice d'Auguste qui rêvais d'atteindre un jour, à mon tour, ces sacrés cent kilos de Marthe qui me permettraient de plaire à un homme comme lui !

De me signaler, à l'attention, à l'étonnement, au respect de tous quand je ferais, comme elle, mon entrée au Mans dans les boutiques.

Chez les libraires d'abord. Une agitation, tout à coup, de vendeuses en livres scolaires, en papeterie autour de mon opulence souriante, échappant à la banalité des canons de la minceur environnante ; de mes bonnes façons de pédagogue organisée, arrivant, carnet en main, pour renouveler sa provision de gommes et buvards, de compas et d'équerres, de poudre à encre. Le maître des lieux, venant à la rescousse, le crayon sur l'oreille et en blouse grise, la main ouverte pour la poignée de main franche qu'on réserve à la fidèle cliente, vous appelle par votre nom en vous saluant : Bonjour madame Roulette et vous lui répondez : Bonjour monsieur Graffin. Bonjour monsieur Vadé. Bonjour monsieur Leroy, car vous n'avez pas une, mais trois maisons où vous vous fournissez en matériel scolaire. Vous êtes Mme Roulette, institutrice d'Aulaines. Le nom du village où vous officiez, où votre fillette est née qui vous colle aux talons et n'en perd pas une miette ; ni de la scène, ni de l'alignement, sur des rayonnages édifiés jusqu'au plafond, des livres et des albums refermés sur eux-mêmes, sur leur mystère, vous tient lieu de particule. Et c'est la raison pour laquelle, votre voix, celle de la cantatrice, de la Walkyrie bien en chair que les passions soulèvent mais qui consent à mettre une sourdine à son beau soprano dramatique, en le domestiquant pour s'adresser au commun des mortels, se contente-t-elle alors d'être agréable et ferme pour dire :

« Il me faudrait trois boîtes de plumes sergent-major, une demi-douzaine de petits ciseaux à bouts ronds pour découpages, un paquet de cinquante étiquettes, 24 couvre-cahiers de couleurs assorties et une série complète de cahiers Hélios de chez Arthaud. J'aimerais aussi avoir la liste des volumes édités cette année pour la distribution des prix afin d'y réfléchir à tête reposée avant mon prochain voyage au Mans. »

On vous approuve. On vous fait écho. On joue le rôle du chœur pour ordonner : Vous facturerez à Mme Roulette d'Aulaines trois boîtes de plumes sergent-major, une demi-douzaine de petits ciseaux à bouts ronds et ainsi de suite... Et à la dame de la caisse, une brune, sourcilleuse et grave qui vit, juchée sur un tabouret au milieu des tampons et des registres : « Vous ferez la remise de cinq pour cent habituelle à Mme Roulette, mademoiselle Jeanne. »

Et vous vous sentirez satisfaite de cette remise ponctuellement accordée par le libraire aux instituteurs. De cet avantage accordé à une raison sociale, ayant, à cette époque, gardé son prestige de raison d'Etat, de garant de dévouement à la cause de l'institution publique, ainsi que de moralité par la force de l'exemple.

Même agitation en votre honneur dans les autres magasins, au rayon de lingerie, de sous-vêtements pour dames. Vous paraissez et vous êtes l'événement. Vous devenez, à la seconde, l'objet d'un cérémonial particulier qui consiste, après vous avoir fait ôter votre manteau, à prendre mesure de votre tour de poitrine, de taille et de hanches. Cela se fait dans une manière de respectueux silence, d'attention générale soutenue. La demoiselle de magasin, diligente et proprette dans sa petite robe noire usée qu'elle éclaire d'un col de piqué blanc et qui procède à cette opération délicate sous l'œil de la maîtresse de céans, en tailleur à revers de velours et chemisier de nankin, vous approche avec timidité, révérence. C'est qu'elle a peu l'occasion de se trouver devant une si majestueuse personne qui, ayant, au demeurant, pleine conscience de son exceptionnel embonpoint, lui sourit pour la rassurer, la mettre à l'aise. D'autant que les chiffres qu'elle énonce à mi-voix, sur un ton d'émotion contenue, au fur à mesure qu'à l'aide de son mètre à ruban, elle prend vos mensurations dont la propriétaire du magasin de mercerie-bonneterie à « l'Ange gardien », prend de son côté, à sa caisse, bonne note sur un calepin, dépassent toutes les espérances. Elles sont, en effet, sans commune mesure avec les dimensions des femmes ordinaires, s'accommodant, au pied levé, du prêt-à-porter standardisé. D'où cette nécessité, pour satisfaire à vos besoins en linge de corps : lot de culottes de coton mercerisé spéciales « femmes fortes », chemises de nuit ou de jour de shirting, dessous de robe en indémaillable Neyret (la marque la plus réputée du moment) de prévoir un délai de fabrication. On demande un mois. Parfois six semaines. D'ailleurs, on vous fera savoir, par lettre, la date d'arrivée de la marchandise afin de vous éviter les inconvénients d'un déplacement inutile. Et, rien ne sera plus étonnant, plus hors du commun, à déployer alors sur le comptoir, pour vérification de la bonne qualité de la marchandise, que l'amplitude immaculée ou couleur de chair de saumon frais, de ces sous-vêtements longtemps attendus, espérés. Comme on attendait naguère dans les gynécées du Bosphore, du Maghreb, de vieille Russie asiatique, ces pièces rares et précieuses de souple indienne ou de soie, amenées par caravanes et par étapes, à travers les déserts de Gobi, ceux du Soudan, avec les porcelaines, avec les épices : girofle, safran, gingembre, cannelle, dont ils avaient souvent la couleur et l'odeur ; le charme sensuel des aromates qu'on aurait saupoudré à l'intérieur de leurs plis.

Pour les mêmes raisons, quelque part au Mans toujours, installée dans un atelier en chambre aux deux hautes fenêtres à brise-bise en dentelle crochetée, figurant des amours et donnant sur une rue pavée peu fréquentée ; à la porte d'entrée à linteau de pierre de taille, orné, en son milieu et en ronde-bosse, de deux feuilles d'acanthe, vous aurez votre corsetière. Car il vous faut la citadelle d'un corset. Sa « contre-garde » d'étoffe rigide, vous maintenant toutes chairs, charpenterie, poids, domestiqués à l'intérieur de son enceinte architectonique. Tant pis si vous y perdez en souffle, en aisance de mouvements. Il y va de votre nature. De votre dignité. Vous êtes une tour, un donjon et un donjon ne peut ni en imposer, ni perdurer, sans le carcan d'un mur d'enceinte.

Avec le maître « ès art », avec la corsetière, vous parlez busc, renforcement de plastron par lames de baleine ou d'acier ; agrafage sur velours peluché au milieu du bassin et sur les côtés, gousset élastique à hauteur d'aine et de face latérale des cuisses, laçage dans le dos et jarretelles réglables ; coutil uni ou broché. Et, comme elle s'affaire à vous en présenter de forts beaux, sur fond de coton, de solide croisé, ouvrés de minuscules plumes d'oiseaux brillantes, de pois ou d'épis de blé, vous hésitez longtemps à faire votre choix. Aussi, à cause du prix qui grève votre budget, d'une étoffe de qualité auquel vient s'ajouter celui de la façon.

Deux essayages à prévoir par-dessus le marché et en chemise dans l'atelier de Mme Philippon ! Minutieux, assorti de rectifications : le plastron à élargir, le bas du corset à échancrer davantage dans le bas du dos pour vous permettre de vous asseoir commodément, la mise au point du laçage auquel, ici, en tirant fortement, là, en donnant ce qu'elle appelle du « mou », l'habile ouvrière procède avec un brio de virtuose spécialiste du réglage des cordes de violoncelle, celles de l'imposante basse.

« Tournez-vous donc, madame Roulette, que je vous sangle et ne craignez pas d'être trop serrée. Depuis le temps que je travaille pour vous, je vous connais comme si je vous avais faite. »

Et c'est vrai que pour vous avoir confectionné trois corsets en dix ans, elle a votre morphologie dans l'œil. Que vous lui feriez injure de ne pas lui faire confiance là-dessus.

Sur le chemin du retour, vous vous lamentez un peu sur le coût de ce corset qui vous empêchera, cette année, d'envisager l'achat d'un nouveau sac à main, de vous faire coudre une nouvelle robe par Marie-Louise et vous vous en plaignez à l'époux qui vous ramène, imperturbable, à votre logis de fonction, au village d'Aulaines.

Il est vrai que ce sera le plus beau, le plus solide corset du monde et le soir, quand, après l'avoir ôté, vous l'étalerez sur le canapé dans la chambre de l'ouest, sa luisance rigide et neuve d'énorme carcan doré, à la mesure des formes généreuses de votre personne, encagée, tout le jour, dans son édifice savant d'étoffe, de baleines, de velours et de caoutchouc, justifiera pleinement votre réputation qui n'est plus à faire de « femme puissante ».

Vous savez comme Marthe est « puissante », fait observer Auguste dans la conversation avec mon oncle, son beau-frère, avec Henriette, sa belle-sœur, avec la transparente Clémence, quand son épouse est ailleurs. « Eh oui, nous le savons », approuvent-ils, avec la même gravité. Et moi, qui la savoure, cette gravité, et le silence qui lui succède un long moment comme pour marquer un temps d'admiration, me semble-t-il, de recueillement, j'attends impatiemment, à mon tour, de devenir cette « femme puissante » qui soit, partout où elle va et jusqu'au milieu des siens, un sujet de conversation.

On me donne parfois licence de jouer seule avec mes poupées sur le canapé. J'en profite pour me grossir la taille et le bassin avec des chiffons, des bouchons de papier journal. J'attache mon oreiller sous ma jupe plissée, avec une ficelle, à hauteur de fesses. En faux ventre et faux cul, coiffée d'un des chapeaux de Marthe, je m'admire dans l'armoire à glace en me soulevant sur la pointe des pieds comme si je portais des souliers à talons hauts. Je minaude avec délectation.

« Dites-moi, ma chère amie, il semblerait que vous avez enfin grossi.

— Mais oui, j'ai grossi. On grossit toujours plus ou moins, comme vous savez, à la naissance d'un enfant et comme, avec cela, mon mari me fait une très bonne cuisine, je ne peux plus m'habiller en confection. Il me faut des vêtements sur mesure.

— Comment, sur mesure ?

— Oui ma chère. Que voulez-vous, comme le dit mon mari, quand on est une « femme puissante », on ne peut pas s'habiller avec un rien. »

Marquer alors un temps qui permette à l'auditoire de se remettre, avant de poursuivre :

« D'ailleurs, lui aussi, a grossi. Il ne peut plus non plus s'habiller avec un rien et quand il a besoin d'un costume convenable nous allons lui en commander un chez Louis XIV.

— Comment chez Louis XIV ? »

Ici mon interlocutrice, une élégante poupée blonde, demoiselle un peu fade, habillée d'une robe de taffetas tango, aux yeux perpétuellement extasiés d'hyperthyroïdienne et qui se prénomme Maryse, une amie certes, mais qui n'est pas ma préférée, que je tolère à ma gauche, au fin bout du canapé, avale sa salive d'émoi. Cette idée d'une succursale au Mans du palais de Versailles où nous aurions nos grandes et petites entrées, recevrions du plus fastueux des monarques, celui du portrait en pied peint par Lebrun, occupant à lui tout seul une page des livres d'histoire de France, les conseils les plus précieux sur l'art de « ne pas s'habiller avec un rien », d'harmoniser perruque somptueuse, habit à basques, dentelle et bas de soie avec la pourpre des rois qui est la sienne et celle du canapé qui est la nôtre, sur lequel je daigne la laisser prendre place, l'accueillir, le jeudi pour un goûter, visiblement la bouleverse ; lui fait oublier de savourer la demi-douzaine de menus cailloux qu'en guise de petits fours, j'ai déposé sur une des assiettes de ma dînette, dans son giron de taffetas tango. Je ne suis d'ailleurs pas fâchée de mon effet et j'attends que mes deux autres invités, la belle Catherine aux cheveux tressés, aux cils longs comme ça, en compagnie de son frère cadet, charmant petit jeune homme tout celluloïd et sourire répondant au prénom de Jean (traduire Jeannot et même Nono pour les dames) aient poussé les exclamations de circonstance pour abattre mon jeu, mettre la compagnie au parfum.

A savoir, qu'au Mans, donc, rue du Mâs, dans le centre ville, une voie très animée, très bon chic bon genre, avec ses magasins de vaisselle et d'épicerie fine, de parfumerie raffinée, de mercerie, de chemiserie réputée, débouchant sur la place de la République, son arène plantée de tilleuls et de marronniers d'Inde, ornée en son milieu, en souvenir des combats d'arrière-garde livrés par l'armée de la Loire contre les Prussiens en 1870, de la statue du général Chanzy, désignant, d'un index de bronze, aux héroïques soldats qui l'entourent, la route du sud, celle par où vient l'ennemi, il y a un magasin de vêtements pour hommes à l'enseigne de Louis XIV auquel, depuis qu'il a quitté l'uniforme bleu et noir de gendarme, Monsieur mon mari, ou mon père, comme on voudra, fait confiance. Il faut convenir, (au demeurant, que mes convives s'en persuadent), que l'établissement, fondé en 1885, justifie parfaitement son nom. Que les vendeurs, gens d'expérience et de pondération qui vous reçoivent avec politesse et vous font asseoir, si vous devez attendre qu'ils en aient fini avec le client qui vous précède, ont le ton noble et mesuré ; des manières, à la fois assurées et discrètes, pour vous vanter les étoffes, guider votre choix viril, influencé, d'ailleurs, par le bon goût de la « femme puissante » qui partage votre vie et se fait fort, par conséquent, de savoir ce qui vous va. Il règne chez Louis XIV, où vous vous rendez, tous les deux ou trois ans, une atmosphère quasi anglo-saxonne d'austérité confortable, qu'exalte, prenant son élan sur le tremplin d'un parquet ciré, la perspective d'un bel escalier de chêne que, si vous commandez un complet sur mesure, vous empruntez pour les essayages, qui se font à l'étage sous la direction du maître tailleur, en bras de chemise, pantalon rayé, gilet de drap noir. Un homme d'âge, formidablement sérieux, concentré, et qui, la pelote d'épingles suspendue à la saignée du coude par un bracelet de métal, ne plaisante ni avec la rectitude impeccable d'un revers, ni la juste aisance d'un fond de pantalon ou d'entrejambe, non plus qu'avec la retombée adéquate d'un paletot à poches à soufflets sur une culotte de cheval en croisé mastic, comme vous en portez volontiers depuis votre retour à la vie civile. Et patati et patata. J'en passe, ma chère, et des meilleures.

D'ailleurs, le respectueux silence de l'assemblée, toujours en panne d'appétit devant mes petits fours, en dit assez long là-dessus.

Ah oui les voyages. Nos fameux voyages au Mans. Une aventure. Un roman ! Nous y déjeunons deux fois l'an, boulevard Carnot chez mon oncle et ma tante avec Madeleine leur fille qui est ma cousine germaine. Elle a seize ans quand j'en compte sept. Henriette, sa mère, qui est couturière, lui confectionne des ensembles deux-pièces, des corsages chemisiers, des manteaux à col tailleur et je l'envie d'être une jeune fille. De porter des jupes longues de teinte foncée, des bas en soie artificielle, d'être en possession d'un vrai sac à main qu'elle suspend à son poignet quand elle se rend avec ses parents et nous au cinéma, le Jour de l'An, et d'avoir la permission à la fin du déjeuner de la Saint-Sylvestre, de Pâques, ou de Pentecôte, de chanter du Tino Rossi ou du André Claveau. Moi j'ai un répertoire enfantin qui n'est pas mal d'ailleurs, qui a son charme. Soigneusement choisi par Marthe et où il est question d'oiseaux ou de champignons qui se marient, ce qui n'est pas pour me déplaire, mais j'aimerais pouvoir parler d'amour de façon moins détournée. Plus adulte. Au dessert chez tante Henriette qui, après l'entrée de charcuterie, le veau cocotte et la fricassée de poulet, les frites et le pont-l'évêque, consiste, presque toujours, en un saint-honoré, tout cela savouré gentiment, entre familiers, à la cuisine, autour d'une table ronde, face à la fenêtre donnant sur le long et étroit jardin où Tonton entretient un potager et élève des lapins, au lieu de détailler d'une voix juste, et non sans aplomb naturel : « Je vis une chose étrange l'an passé dans la forêt, c'est l'hymen d'une mésange, avec un chardonneret », je préférerais, avec le même aplomb, susurrer, à grand renfort de douceurs méditerranéennes et pâmées, qui donneraient, aux autres comme à moi, des frissons dans le dos : « J'étais blasé de cueillir en vain des baisers profanes. Quand j'ai croisé sur le grand chemin, ma belle gitane... » Bref déployer tout l'arsenal des yeux noirs et du clair de lune en l'assaisonnant des trémolos d'usage.

De toute façon, je me rattrape au cinéma, puisque cinéma il y a, pour nous, une fois l'an, après le déjeuner du 1er janvier, chez Henriette.

Le cinéma Pathé, place de la République, est une salle de spectacle distinguée, confortable et bien située, face au tribunal de grande instance et de l'église Notre-Dame-de-la-Visitation. Pour accéder au seuil de ces deux édifices, il faut d'abord gravir un nombre important de marches, tant il est vrai que la justice des hommes comme celle du bon Dieu ne saurait se laisser approcher de plain-pied. Que l'une comme l'autre exigent un minimum de révérence. En jargon contemporain, de « distanciation ». En vis-à-vis, la salle du Pathé. La boîte à rêves. L'exutoire !

J'adore cette place de la République au Mans. Du moins celle de ce temps-là. Aujourd'hui, amputée de son beau « pompiérisme » moitié Second Empire, moitié Troisième République, arasée, de par la diligence d'architectes voués au culte planifié du béton.

Dédiée alors au souvenir des batailles livrées autour du Mans pour tenter d'arrêter l'avance des uhlans, j'aime, quand nous la traversons à pied, en flâneurs, son monument qui me fait peur. Avec ses canons braqués sur le feuillage luxuriant, crucifère des marronniers que le printemps allume de candélabres roses ; sur les tilleuls, leur foisonnement, en juillet, de fleurs mellifères : leur retroussis délicat, parfumé. Comme d'élytres. D'insectes blonds, lovés sous le revers des feuilles molles de chaleur. Avec ses fantassins, ses artilleurs, ses fusiliers marins que l'énergie du désespoir et le souci de l'honneur sont censés redresser jusque dans l'agonie. Avec son général impérieux et sombre. Sombre comme le bronze dans lequel sont coulés son uniforme, son képi, son épée et ses bottes de cavalier. On peut s'asseoir sur des bancs, en face de lui. De sa poignée de soldats statufiés et mourants, brandissant encore leur poing, leur fusil, dans le tragique désordre qui précède les grandes défaites. Un spectacle très wagnérien, somme toute. Très « Crépuscule des Dieux » pour un enfant. Transplanté d'une scène d'Opéra, celui de Bayreuth peut-être, sur la place bourgeoisement animée d'une ville de province française, tournée vers l'ouest, vers la mer, au milieu d'une ceinture de bâtiments Restauration, louis-philippards ou 1900 dont elle est le lieu de convivialité. De leur décor de banques, à façades cossues, défendues par des grilles dorées et noires. De brasseries : café du Commerce, Grüber. Leurs larges vitres au travers desquelles le miroitement de longues glaces vénitiennes crée, sur l'étendue des murs, en surplomb des banquettes de moleskine cloutée d'or vieilli, de hautes surfaces aquatiques, reflétant verticalement la flore des plantes vertes, celle des chapeaux à fleurs ou à plumes des épouses de médecins, d'avocats, d'officiers, d'hommes d'affaires de la ville du Mans qui, installées à leur côté, en redingote, en tailleur au printemps, en manteau d'astrakan en hiver, savourent un café liégeois, un vittel-fraise pendant qu'un orchestre en frac joue, sur une estrade, des airs de Lecocq, d'Offenbach, des valses de Strauss ou de Lehar.

Une place sans vraie unité de style mais agreste, mais vivante. Avec son marché aux fleurs, transformant l'évocation des combats de la Loire par les sculpteurs Aristide Croisy et Gustave Crauk, son allégorie héroïco-sanglante et avec elle, le cœur de la cité même, en jardin. Y amenant jusque-là, à deux pas d'un palais de justice et d'une prison qui le prolonge, d'une chambre de commerce, d'une horloge municipale indiquant la fuite du temps sur le mur de nef aveugle d'une église néo-classique, la campagne. Irremplaçable, bocagère, vénérable. Ses couleurs : le rouge exalté des géraniums en pots, des bégonias doubles ou multiflores et puis encore ses odeurs de tubéreuses, de plantes ornementales échevelées, vertes et mouillées. Et le tablier de la jardinière elle-même qui sent bon l'humus poivré, la terre de bruyère ; les arrosages qu'elle multiplie le long du jour pour maintenir sa marchandise en état d'idéal fraîcheur ! Et puis le clou, le pompon ! A l'angle d'une étroite rue marchande, dégringolant en direction de l'ancienne capitale médiévale des Comtes du Maine (une merveille, cette partie-là du

Mans), le Ciné, avec son hall à traverser où les souliers enfoncent dans l'épaisseur d'une moquette de laine rouge.

Au passage, pendant qu'une sonnerie, annonçant que la séance va commencer, vous remplit les oreilles, vous électrise, le faste des vitrines. Leur exposition de bijoux, d'argenterie, de flacons de parfum, d'écharpes de soie, de gants de chevreau, de souliers et de sacs en peau de lézard. Un arsenal d'inutilités merveilleuses, de bibelots qu'on ne pourra jamais s'offrir. Pas plus qu'on ne pourra s'offrir, tout à l'heure, les promenades en calèche au bord des lacs italiens ou suisses ou autrichiens ; les soupers fins, leurs candélabres, leurs volailles servies sous cloche d'argent massif, leurs vins de Champagne ou du Rhin versés dans des coupes en cristal de Bohême ; les bals, leurs illuminations énormes, leurs tournoiements de valseurs en uniformes blancs chamarrés et de valseuses en robe de satin et à traîne sur des parquets de cèdre, de palissandre, au son de violons viennois ou tziganes ; les retours silencieux et dolents à l'aube et en carrosse quand le soleil ouvre le ciel en deux, à l'est, au-dessus de la montagne comme on ouvre, d'un coup de dent, une quetsche sombre. Adorateurs, respectueux, leurs baise-main, non plus. Longtemps prolongés, au pied d'escaliers d'honneur, conduisant à des salons somptueux, des galeries tapissées de scènes de chasse, de vendanges, de poursuite de dryades par des faunes, à des princesses du sang après lesquelles on soupire et qui, déshabillées par des femmes de chambre en bonnets de dentelle, finiront par s'endormir dans des lits à baldaquin, rehaussés de soie bouillonnée, dans une accumulation fastueuse de draps brodés, de couronnes princières ou granducales, de dentelle de Malines ou de Bruges ; offrant, à leur insu, dans le désordre du sommeil, celui de leurs cheveux défaits, de leur poitrine délicieusement révélée sous les ruchers, un spectacle à la fois voluptueux et pudique à faire damner un saint ! A faire damner le soupirant, un Kronprinz allemand ou tchèque, un fils de roi de Bohême, de Slovénie, un barine à la tête d'une centaine de milliers d'âmes du côté de Smolensk, de Riga et qui attend son heure, c'est-à-dire la fin du film, pour échanger avec elles, en prémice à des étreintes plus charnelles, plus définitives, ayant pour conséquence la mise au monde de nobles enfants, fournissant prétexte à des bordées de coups de canon, tirés sur les remparts de quelque ville bavaroise ou ukrainienne, le baiser long et pâmé qui, à demi caché par la capeline ou le cabriolet de celle qui se le laisse prendre, me met la tête à l'envers sous mon béret à pompon, autant, sinon plus, que l'enlèvement de Déjanire par le Centaure Nessos du Guide, du Larousse en deux tomes de Marthe, ma mère.

Avec Victor Francen, Henri Garat, Pierre-Richard Wilm, Clark Gable, avec Jeanette Mac Donald, Jean Harlow, Danielle Darrieux, à la veille de l'Anschluss, et des horreurs qu'il prépare à travers l'Europe, ah ! les films d'amour, les baisers d'amour d'avant-guerre !

Ceux que les femmes se font un point d'honneur de ne jamais solliciter ni prendre d'elles-mêmes mais de subir comme une sorte de merveilleuse fatalité, les conduisant, malgré elles, au seuil du consentement. Du contentement. Un espèce de viol en douceur où les deux amants trouvent finalement leur compte et qui laisse présager des voluptés d'autant plus fortes qu'elles ne seront pas imposées à la vue du spectateur !

Deux bouches qui s'effleurent, le tremblement

léger d'une main de femme sur une épaule d'homme à hauteur de galon, de fourragère et l'on sort du Pathé avec des ailes et l'on regagne la Mona dans un rêve qui vous fait oublier par où on passe, quel quartier, quelles rues et qu'il fait froid.

Sur le chemin du retour vers Aulaines, l'extase continue, d'autant qu'il fait noir comme au cinéma dans la 288 BK 72 et que ses phares allumés transforment la vitre avant en écran, avec son chapelet d'images fugitives, leur incessant roulis.

Ce sont des images nocturnes. Celles d'arbres hauts et fuselés, de peupliers en bordure de route ou bien encore de haies réduites à leur ossature de murets ligneux, à colombage épineux, contrefortés, ici ou là, par le pilier d'un hêtre, d'un ormeau. Au-dessus d'elles, pris de glace, le clair de lune. Son lumignon d'un blanc opaque pour en éclairer les irrégularités bougeantes et fuyantes.

Qu'un chat coupe la route, lequel, Dieu merci, échappera à nos roues, puisque, malgré l'impression de vitesse extraordinaire que cela me donne, nous ne dépassons guère les quarante à l'heure, c'est dans la Mona, le mouvement de foule. L'exclamation : « Tiens un chat ! »

Un chat fabuleux, événementiel ! Résolument mythique parce que, longue bête noble, sinueuse, jaillie du mystère d'un chemin de terre à notre droite pour aller se jeter en face dans le mystère d'un autre. Et le fouillis des hameaux que la nuit chapeaute, enserre de sa cagoule sombre. Les villages, leur irruption en bord de route déserte il y a une seconde. Leur état de dormition. De coma saisonnier entre novembre et mars. Leur succession de volets clos rabattus en file indienne sur des façades plates, indéchiffrables. Derrière lesquelles on peut deviner, pourtant, la chaleur animale des vies, celle des querelles, des amours. L'entretien, aussi, des feux dans les cheminées, les fourneaux et puisque c'est l'heure du repas du soir, ce bruit chuintant, à peine perceptible, que fait la chute, par saccades, dans la grosse tasse à fleurs posée à côté de l'assiette de soupe, d'un cidre amer et doux, jaillissant du goulot de la bouteille d'un vert foncé, soigneusement débouchée par l'homme du logis. Moi, je suis heureuse parce que rouler de nuit dans la 288 BK 72 cela n'arrive en principe qu'une fois l'an aussi. Comme le cinéma. Qu'il faut savoir en profiter. Qu'exceptionnellement, parce qu'il fait nuit, parce qu'il fait froid, je me tiens assise à l'arrière, dans la chaleur de Marthe, lovée contre son flanc gauche, son moelleux rempart.

A la sortie du solstice d'hiver, c'est le merveilleux retour annuel à la matrice, au fond de la Mona. Mon retour aux sources. A celles de Marthe. Ma replongée dans leurs forces vives au seuil d'affrontement du futur. Celui de l'an qui vient. Des bonnes et mauvaises surprises que, déjà, par avance, il nous prépare ; qui sont inscrites dans notre « fatum », la bible respective de nos mains.

Mais pour l'instant, quoi qu'il m'arrive, qu'il nous arrive, je suis bien. Je porte sur mon manteau d'hiver une cravate en putois du pays, d'un brun miroitant de châtaigne, jaspé de larges stries couleur d'ambre. La fourrure de cette jolie bête sanguinaire et furtive, spécialiste de la mort par technique vampirique, par égorgement, achetée à un garde-chasse de la forêt de Clossay, tannée par les soins d'un spécialiste local et dont l'odeur, réputée, communément, fétide ne me dérange aucunement, se mêle naturellement à celle de ma propre toison bouclée de jeune animal humain, me fait autour de la nuque et de la gorge un délicieux collier de sauvagerie ! Je suis, à cause du froid, emmitouflée pour voyager, dans une énorme écharpe en laine mèche rouge (toujours cet amour du rouge de Marthe, cette projection sur moi de son besoin de couleurs vives, de rutilance païenne) tricotée par elle dès ma naissance pour m'y envelopper l'hiver quand on me sortait de mon berceau et qu'elle avait prévue si longue, que je peux encore, à sept ou huit ans, m'en couvrir jusqu'aux reins et, moitié résille, moitié filet de pêcheur, tricotée à grosses mailles veloutées et lâches, m'en parer comme d'un baudrier pourpre, un insigne d'autorité tribale, « de chefferie » allant de soi, puisque je suis la fille d'une « femme puissante » et d'un homme à la tête d'un avoir de 36 196 francs 83 centimes, lors de son mariage avec elle.

Et puisque décidément c'est la fête, qu'elle a passé un bras autour de moi, m'a donné à grignoter un petit pain rond de seigle aux raisins ; que nous chantons ensemble entre deux bouchées : « Ma mère m'a donné un mari. Mon Dieu quel homme, quel petit homme », et Auguste d'observer d'un ton gai « qu'il semblerait que ces dames aient le moral au beau fixe ce soir », je l'aime de tout mon cœur et je lui pardonne tout : d'être mon institutrice, ma régente. D'exiger de moi des leçons apprises par cœur, à elle récitées, régulièrement, à livre fermé. Ses punitions, sanctionnant mes manquements, toujours justes, mais jamais remises (il est vrai qu'elle n'oublie pas davantage de récompenser mes efforts) et cette manie qu'elle a, qu'elle a eue, cet après-midi encore, au cinéma, de laisser tomber son renard du carreau du Temple, sous le fauteuil de velours rouge où elle était assise, en m'intimant dans un chuchotement impératif, et me serrant fort le poignet dans l'obscurité, d'avoir à me courber en deux pour le retrouver et le ramasser, au moment où (je l'ai parfaitement subodoré), le Kronprinz, l'attaché d'ambassade, le lieutenant colonel du régiment des uhlans ou de la cavalerie hongroise va embrasser la jeune comtesse de ses rêves, après avoir, comme ce fut le cas aujourd'hui, joué au volant avec elle dans une serre où des pigeons-paons roucoulaient dans des volières somptueuses au milieu des plantes tropicales rarissimes et des orchidées, dans un film farci de soupirs, de soirées en grand décolleté, de belles manières, intitulé : *L'Impératrice et moi.*

Encore que, dans ma bonne humeur absolue du tendre moment passé avec elle, dans l'obscurité ronronnante, rayonnante de la Mona, je sois d'ores et déjà décidée, et cela dès le 1er janvier prochain, à ne plus fermer les yeux là-dessus, même pour lui faire plaisir. Et puisque je suis dressée par elle, par Auguste, à aller toujours jusqu'au bout de mes efforts, à tenir parole, je me la tiendrai donc à moi-même. Je serai patiente, obstinée. Je choisirai mon heure pour jouer mon va-tout. Pousser une de ces pointes qui, après des semaines de consentement à obtempérer aux ordres de Marthe, l'institutrice d'Etat, à ceux d'Auguste, l'ancien militaire, les laissent, à chaque fois, pantois.

J'accorderai donc, à ma chère Maman, à ma « belle grosse petite Maman », comme je l'appelle pour la faire rire, l'émouvoir, émouvoir son mari, mon père, douze mois de sursis. A elle. A ses illusions sur le chapitre des naïvetés censées être de mon âge.

L'année de mes huit ans, un an, jour pour jour, après ma déconvenue d'avoir été empêchée d'assister, par écran interposé, sur fond de violon tzigane, au baiser d'une future impératrice régnante de comédie et d'un futur prince consort, bien campée sur mes jambes de gamine robuste, décidée à faire savoir autour d'elle qu'elle n'est, en la matière, la dupe de personne, j'intimerai, à mon tour à Marthe, dans le hall du Pathé, devant tout le monde, c'est-à-dire, devant mon père, mes oncle et tante, devant Clémence et Madeleine, avec ce ton d'assurance tranquille qu'on emploie habituellement avec moi et qui brise toutes velléités de ruer dans les brancards : « Dis donc, Maman, tu me donnes d'abord ton renard avant d'entrer et tu peux être sûre que moi je ne le laisserai pas tomber. » Et de voir brusquement s'étonner, et même rougir, cette femme admirée, aimée, mais redoutée, cette « femme puissante », prise de court, incapable de parer mon coup d'estoc ; déboutée, au point de me rendre les armes, en l'espèce le renard charbonnier du carreau du Temple dont je prendrai bien évidemment le plus grand soin toute la séance, que je lui rendrai à la sortie, en déclarant par-dessus le marché d'un air bonhomme que cette fois « c'était moyen, comme embrassade », (autre pavé dans la mare, laissant mon auditoire médusé), serait pour moi dans la vie, un de mes plus complets, plus absolus triomphes !

En attendant cette revanche, ce coup de pied de la mule que je ne suis finalement pas pressée de donner, je préfère, de beaucoup, jouir de l'instant qui passe, de son état de grâce. Sur le siège à côté de Papa il y a mon cadeau du Jour de l'An, offert par mon oncle que j'appelle Tontondule et par ma tante Henriette. Je me promets beaucoup de plaisir de cette boîte de papeterie pour enfant. De l'assortiment d'enveloppes et de minuscules feuilles de papier à lettre, jaunes, bleues, vertes et roses, du porte-plume fantaisie, du tampon buvard, de la gomme, et de l'encrier de verre qu'elle contient, propices à l'entretien d'une correspondance assidue, en particulier avec moi-même. Vastes projets, donc, à tous égards, tant il est vrai que tous les espoirs sont permis à la Saint-Sylvestre. D'autant qu'Auguste, visiblement content de sa journée, s'est mis à siffloter « Sous les ponts de Paris ». Qu'il n'a pas, ce soir, cette mauvaise petite toux de gazé par hypérite qui, si souvent, le tourmente. Et qu'importe, si Grand-Mère qui n'a pas voulu nous accompagner, nous faire l'honneur de rouler avec nous dans la Mona, refuse ostensiblement pour son souper, de manger, en ce jour de fête, autre chose qu'une casserole de panade. De vieux croûtons de pain sec qu'elle a fait ramollir au four, dans de l'eau, relevée d'une pincée de sel, pendant notre absence. Histoire, une fois de plus, de nous faire sentir l'incongruité scandaleuse de cet après-midi passé au cinéma. Celle de nos dépenses somptuaires !

6.

Souvent, le soir, quand il fait noir, on m'envoie fermer aux verrous les hautes portes de la salle de classe, l'une donnant sur la cour des garçons, l'autre sur celle des filles qui font face à la colline du Sud. Alors, une angoisse m'étreint, pareille, je le suppose, à celle qui empoigne le voyageur solitaire au seuil d'un long périple, celle du nageur, hasardant une première brasse dans le bouillonnement nocturne d'une mer couleur de suie. Un dépaysement quasi total d'autant plus oppressant d'être silencieux. Transformant chaque angle, chaque volume, la structure des bancs, des pupitres, du bureau de Marthe et jusqu'à la surface opaque et lisse des tableaux inscrite en noir sur la lividité des murs chaulés, en une accumulation de masses informes, de monstres taciturnes non identifiables, faisant peser sur moi qui dois passer au milieu d'eux, une menace.

Dehors il fait nuit et la cour, les deux cours, avec leurs tilleuls, et le jardin qui les jouxte, lui-même prolongé par l'élan en gradins d'un grand herbage montueux allant donner de la tête et de la croupe contre l'horizon, ont disparu. Ils ont été happés par le vide d'on ne sait quel gouffre sans fond, qui s'impose et qui bée, occupe désormais toute la place. Quelqu'un, une force, une faim, une soif, a dévoré les arbres et les haies, nivelé les terrains, digéré tout un champ de blé, tout un pré d'herbe et ses troupeaux avec. Quelqu'un a mangé la colline, broyé entre ses crocs le bastion d'épines et de feuilles de sa ligne de crête végétale. Il n'y a donc plus rien qui m'empêche de la franchir et pourtant tout m'en empêche : l'absence de point de ralliement, l'appel à un déracinement total qui, si j'y répondais, me serait forcément mortel. Or, cette prescience de la mort, ce vertige et, avec lui, la brusque remontée du cœur jusqu'à la gorge, m'habite depuis peu. Depuis que j'ai vu la mer.

Que j'ai eu devant moi cet excès d'espace. Ce mouvement élastique d'eau verte travaillée par les ferments d'un incessant roulis. Cette avancée impossible à maîtriser, de saurien visqueux, finissant, après qu'on m'ait fait, par un escalier raide, creusé à même le ciment, remonter sur la digue, par engloutir dans sa gueule éructante et baveuse le bout de rocher sur lequel j'étais assise tout à l'heure et ce maladroit château de sable, qu'armée d'une pelle jaune et d'un râteau vert, d'un seau rouge enluminé d'une étoile blanche, j'avais essayé d'ériger, dans je ne sais quel candide espoir que la vague l'épargnerait. Qu'elle n'oserait pas le réduire, et moi avec lui, à travers lui, à l'anéantissement par laminage, effacement de son histoire et de la mienne.

Car j'ai déjà une histoire, imbriquée à celle des miens. A celle d'Auguste, de Marthe, d'Anne, de Clémence. Celle de tous leurs morts dont je porte en moi et sur moi les stigmates. Et le regard que je projette sur cette avancée stupéfiante de la Manche, sur l'acharnement que, dans un déferlement virulent et bleu, dans une odeur d'humidité excitante qui est comme celle de la sueur de son effort, elle met à submerger la baie somptueuse qui va de Rothéneuf à Saint-Malo, est leur regard.

Et puis enfin je n'en reviens pas et des mois plus tard, quand j'y songe, quand je revois ces cinq jours passés à Paramé dans une pension, sur la digue et devant la mer, quand, prise dans les remous de la nuit d'hiver, je m'y fraie un chemin, me conduisant à tâtons jusqu'au fond de la classe avec l'impression d'avoir de l'eau jusqu'au ventre, comme s'il me fallait avancer sous le couvert d'une grotte marine, je n'en reviens toujours pas. Et la peur de perdre pied, d'être emportée par un tourbillon d'eau me colle à la peau jusqu'à ce que j'aie enfin réussi à cadenasser les deux portes. À endiguer devant elles le flux d'une nuit pourtant parfaitement immobile et terrienne.

Encore que Marthe, avant de m'y conduire, m'eût souvent parlé de la mer et même acheté un maillot de bain.

A l'orée de la forêt de Clossay, à cinq cents mètres à peu près d'Aulaines, juste avant le premier portique d'arbres et de feuilles qu'elle érige tout à coup et comme d'un seul jet, au pied de la colline de l'Est, de ses 1 000 hectares de chênes, de hêtraies, avec l'étang en leur milieu, son énorme baptistère à ciel ouvert, dans lequel, le printemps, comme avant lui, l'hiver, ensuite l'été et puis l'automne, avec la poule d'eau secrète et véloce, avec le rat velu, trapu comme un barbare, avec la couleuvre à collier, viennent tour à tour plonger ; renouveler le grand bain purificatoire et saisonnier qui est signe de reprise annuelle de leur pouvoir, cérémonial renouvelé de consécration cosmique, se trouve un lieu tranquille et reculé, une sablonnière.

La colline d'en face

Par temps chaud, à l'époque des grandes vacances, Marthe m'y a plusieurs fois conduite, avec ma pelle et mon seau, pour y jouer librement, en chapeau de soleil et maillot. Nous appelions cela pompeusement : aller à la plage. En robe d'été sombre, à manches transparentes en voile de coton, elle s'asseyait devant moi, sur un pliant pour broder ou coudre. Parfois, elle lisait *Eve*, l'hebdomadaire féminin auquel elle était abonnée. Un beau journal illustré que je trouvais aussi attractif qu'elle, avec ses dessins de mode, ses recettes de cuisine, son courrier des lectrices, ses photos d'acteurs gominés, d'actrices platinées. Moi je m'activais à modeler des pâtés, à creuser des rigoles, à faire des trous au fond desquels je m'asseyais comme dans un fauteuil en déclarant qu'on y était bien, qu'on y avait le derrière au chaud, que c'était sûrement comme à la mer, avec l'eau en moins bien sûr. Ou bien encore, épaules et cuisses à l'air (une volupté rare...) je me pavanais, la pelle sur l'épaule, en guise d'épuisette, de ligne, de harpon. J'annonçais à la cantonade mon intention d'aller à la pêche « là où il y a des bateaux » et je désignais l'étroit sentier encaissé de hauts talus par où nous étions venues ; la retombée, le long de son chenal étroit, entre deux buttes de terrain sauvagement boisé, des longues tiges de ronce et de viorne, leur enchevêtrement épineux et floral inextricable dont j'allais, un jour, découvrir qu'il était pareil ou presque, à celui des algues. Qu'il en avait, en tout cas, lorsque je passais en dessous de lui, l'ondoyante lascivité frôleuse dont j'étais enfantinement amoureuse. En arrière-fond de mes ébats, de mes parties de « lève-poussière », à grands coups de râteau, pour le plaisir de la faire monter au-dessus de moi, elle, son geyser de poudre jaune, sèche et piquante et qui me fait tousser, la carrière. Son éventrement doré et friable de fragile falaise de sable minée par la pelle des employés de la voirie, celle des maçons, qui viennent s'y ravitailler pour l'entretien des routes, la fabrication des mortiers. Par les terriers que les lapins creusent. Les farouches garennes bruns et musclés, taillés pour la course de fond. Parfois, l'un d'eux jaillit hors de son trou, à hauteur de ma tête ronde et frisée, de ma poitrine rose et potelée de gamine bien nourrie. Un passage en flèche de comète velue et rousse. Son éclatement en forme de bouquet, à hauteur de queue puissamment cabrée en brigantine et que l'énergie de la course relève sur la poupe blanche de l'anus, son gouvernail arrière. A l'avant, c'est la proue. Vivante, elle a un profil d'obus. Avec deux vrais yeux étroitement fendus, pour voir. Avec un vrai nez. Camus ! Vibrant ! Qui prend le vent. Et selon par où il souffle, avec deux oreilles mâtures : à baisser la voile, à la hisser. Imposant à tout le navire son rythme de bordée.

A peine a-t-on le temps de se reconnaître, de faire un saut en arrière, de lever au-dessus de soi deux mains ouvertes et priantes, interrogeant le ciel, c'est-à-dire les dieux, de crier « Maman ». Déjà le bolide de chair et d'os a disparu et, dans un monde d'ordinaire statique et rassurant, avec lui, le foudroyant effet de surprise, de terreur presque, né de la violence hypnotisante du mouvement. Ensuite, tout redevient comme avant. Imposant et paisible. Un étalage vertical, par épaisseurs accumulées, de sédiments moirés, séparés les uns des autres par un système d'incisions curvilignes, ocrées et brillantes, comme pratiquées par tatouage délicat. Car le soleil qui en frappe les stratifications siliceuses ou gréseuses d'antiques rocs siluriens des tout premiers temps du monde, désagrégés par les mers, celles du déluge, de la vérité, de la fable, qui les fait luire comme du cuivre, recompose derrière moi, à mon insu, un paysage qui n'existe plus. Celui d'après leur recul. Quand, dans les alluvions marines, dans leurs boues, s'installe la première flore, mi-terrestre mi-aquatique; la grande et terrifiante forêt amphibie.

Bien sûr, je n'en sais rien.

Je ne sais pas que les fougères, leur émeraude foncé filtrant la lumière à la façon d'une épaisseur stagnante d'eau à travers leur courte masse horizontale et crépue, sur le sommet de la carrière, sa pénéplaine autrefois immergée, ont gardé leur couleur, et, fût-elle réduite au nanisme, leur forme originelle d'arbres gigantesques post-diluviens, tels qu'on n'en voit plus aujourd'hui que sous les tropiques. Qu'à mes pieds, à ras de cirque sableux, de crique océanique fossile, le foisonnement beige et tigré des prêles courtes à tige creuse, à tête conique qui me les fait confondre avec les morilles dont elles ont la forme et la teinte, qu'avec un instinct destructeur, typiquement humain, j'arrache machinalement entre deux confections de pâtés de sable, sont les rejetons des prêles géantes ancestrales, des bambous démesurés, des roseaux énormes, avec lesquels, ici peut-être, comme ailleurs, les hommes des civilisations forestières et lacustres ont construit leurs premières huttes sur pilotis, tiré de leurs tuyaux d'orgue, après les avoir rompus, en soufflant dedans et les tenant obliquement, de leur bouche jusqu'à terre, à la manière des cornes des Alpes, les premiers sons, monotones, apocalyptiques, appelant à la chasse, à l'aide, à la guerre. Quelque chose comme le beuglement de l'auroch. Le roulement que fait le quartier de roc quand il se détache et va s'abîmer contre un autre. Que dans un air gorgé d'humidité, au point de jouer le rôle de coffre de résonance, il se rompt comme un archet.

J'ai joué avec tout cela. Je suis restée gaiement aveugle et sourde à tout cela jusqu'à cette rencontre avec la mer, cet énorme retour en arrière, cette remontée du cours du temps me ramenant à la lisière de l'engloutissement. Je ne m'étais pas attendue à pareil choc, lorsque après qu'Auguste, dont il avait été convenu qu'il nous rejoindrait trois jours plus tard, nous ayant conduites avec la Mona, à la gare du Mans, nous avions pris le train, Marthe et moi, en direction de la Bretagne avec armes et bagages, valises et paniers, provisions de bouche pour le déjeuner dans le compartiment en cours de route et, le tenant bien serré dans ma main droite et contre mon estomac, pour ne rien perdre de son contenu sacro-saint, le filet, crocheté en épais coton jaune, renfermant la pelle, le râteau et le seau (on m'avait promis un ballon qui serait acheté sur place) grâce auxquels je m'étais crue initiée aux jeux agréablement anodins des bords de mer.

Il m'avait fallu plus de deux jours pour me remettre de ce malentendu cultivé depuis trois ans au moins et qui avait consisté, m'en référant à mes connaissances acquises d'enfant paysanne, de terrienne, qu'un Océan ne pouvait être, après tout, qu'un très vaste étang, une manière de lac dont on pouvait circonscrire les limites, prendre mesure, du regard et au juger, faire le tour, en empruntant le sol ferme et par conséquent réussir à s'approprier.

Le premier après-midi passé à Paramé sur la plage, ce qui, accrochée comme à une bouée à la main maternelle mais ferme de Marthe m'entraînant d'autorité à la limite du ressac, m'avait fait pleurer, n'avait pas été seulement, à hauteur de cheville, puis de genou, puis de fragile et secret bas-ventre d'habitude caché sous ma robe, le contact subit d'une eau froide et bougeante, déployant autour de moi ses approches indiscrètes, une manière d'attaque à la pudeur anonyme et sournoise, non plus que l'élasticité dépaysante d'un sol mouillé où je m'empêtrais dans le nœud de serpents des algues, mais le sentiment que, tout ici, par son étendue, sa profondeur, sa régularité implacable de mouvement, échappait à mon contrôle, à mon rêve de domestication.

Bien sûr, en apparence et peu à peu, je m'y étais faite. Répondant à une carte envoyée à Aulaines par Marthe, dès le jour de notre arrivée, Auguste avait ajouté en post-scriptum et à mon intention, de sa belle écriture ornementale de clerc municipal rompu au maniement de la plume sergent-major à bout carré :

Ma chère petite Cent kilos,

Il paraît qu'après un peu de surprise et de peur même, tu t'es bien habituée à la mer. Alors il faut continuer. J'arrive demain et ce sera mon tour de me promener avec toi sur ses bords.

Je t'embrasse bien fort.
Papa.

Et j'avais été ravie et même j'avais rougi de contentement d'apprendre qu'on me croyait habituée aux perspectives de la baie de Saint-Malo, aux marées. Que je m'étais fait une raison, d'être, en face d'elles, réduite à l'état de fétu, de menu galet échoué en ces lieux, au hasard de leurs violences. D'ailleurs c'était vrai en apparence. Puisqu'à l'instar des autres enfants, je m'étais progressivement organisé une joyeuse petite vie de patouillage, de collecte de coquillages en bordure de ressac, là où l'écume seulement crachote, mord la cheville en douceur, joue les grands seigneurs anthropophages ; se contente de saliver à la lisière de sa proie ; feint d'ignorer avec elle, qui se laisse innocemment flairer, approcher, qu'elle sera tout à l'heure capable du pire. Peur de la mer ! Enchantement de la mer !

Car l'enchantement m'avait prise et qui allait de pair avec la terreur !

Jamais, fût-ce dans le ruisseau où j'avais barboté, avec Auguste, une eau si transparente, si versatile, n'avait multiplié ses miroitements circulaires sur mes talons, sur ma peau. A travers cette eau et l'odeur puissante de saumure qui s'en élevait, je découvrais, dans un étourdissement incrédule et délicieux de tout l'être, la forme de mes pieds, celle de leurs orteils. Toute une machinerie, chair et muscle, taillée en biseau ! Moitié pattes palmées auxquelles la membrane de jonction qui leur eût permis de me faire retourner sur-le-champ à l'état d'ovipare amphibie, seule, faisait défaut. Moitié flèche d'os, trident, sagaie,avec l'arme du pouce projetée en avant. Un long pied de batracienne et de broussarde. Torturé et fonceur. La révélation d'un caractère. Tant il est vrai qu'il n'y a pas de caractère sans ambiguïté. Un pied qui m'étonnait moi-même, m'intriguait, à cause de l'intéressante difformité de ses phalanges bossues, élargies à leur extrémité en maillets. De leur recroquevillement serré, signe de repliement sur soi, d'inhibition presque, alors que le pouce bouscule les obstacles, se taille la route, entraîne avec lui le reste du système, l'oblige à passer outre, à ignorer ses handicaps. Rien ne ressemble autant à celui ou celle auquel il appartient, que son pied. Avec la main, c'est le miroir de l'homme. Son autre visage.

Bon pied bon œil ou bien l'inverse, et voilà, le sort est jeté.

D'où ce besoin, devenu chez moi rapidement insatiable, d'allées et venues à ras d'écume, là où la lumière de midi, celle du soir, zèbre un sable mouillé, son glacis de peau retournée d'animal fraîchement tué, sa pâte luisante et ferme, aux longues veinules mauves, tout en traînant derrière moi des algues. En leur parlant comme à des chiens. De longs chiens roux de mer à l'échine gaufrée. Et, lorsqu'à ces beaux compagnons, de saumure ivres, on dit : « tu viens », ils viennent...

Autour de moi, de ma solitude volontaire, car je refusai, durant ces cinq jours, de jouer avec les autres enfants (toujours cette répugnance à entrer dans le sein d'une foule, à me plier à ses disciplines grégaires, ses critères, son impérialisme de masse), ce qui était bel et bien la beauté. Une pureté de lignes, de couleurs, exaltée par l'approche de l'équinoxe de septembre, dans un décor, dressé une fois pour toutes, de baie incurvée et blonde, en forme de croissant de lune échoué là, sans cesse lubrifié par d'indescriptibles masses d'eau remuantes. Encore une surprise, ce point de chute du ciel bleu ensanglanté le soir d'un soleil garance, dans une mer verte qui l'absorbe, me cachant, à l'instar de la colline du Sud, l'au-delà terrifiant et radieux du reste du monde. Avec quelques points de ralliement, ici ou là, rassurant le regard qui les cherche, essaie d'y jeter l'ancre. Ainsi, de deux ou trois îles et de ces hautes lampes tronconiques et blanches érigées en pleine mer, qu'on appelle des phares, et dont il m'a été expliqué par Marthe que ce tournoiement de lumière, qui les incendie à la tombée du jour, serait un langage codé, ouvrant aux bateaux qui la sollicitent avec des beuglements répétés de taureaux, la route du large. Tant est qu'on puisse imaginer, quand on est faite comme moi, qu'il y ait des routes, enfin, selon Marthe, des passages convenus, entre les récifs, permettant à des hommes d'y hasarder leurs barques, leurs steamers. D'en suivre au milieu des roulis, l'invisible fil d'Ariane, leur permettant d'aller là où ils veulent et peut-être même d'en revenir.

Ainsi encore, pour peu que je tourne la tête, m'immobilise une seconde, la pelle en l'air, la perspective de Saint-Malo. De sa coque ronde de navire pétrifié, que les marées patiemment lèchent et, quand la nuit tombe sur son profil armé de glorieuse épave du temps de la flibuste, que, rabattant un voile violet et pudique sur la flamboyante orgie des couleurs qui la dévorent, elle lui impose la discrétion des daguerréotypes, leurs teintes bistres, leurs contours flous, et qu'alors, pareille aux visions de la fable, on ne sait si elle est en train de naître ou de mourir, c'est à cet instant, à l'heure où sur la digue, les réverbères s'allument, qu'elle est la plus belle !

Pour se remettre de ce vertige, les mille et un plaisirs, à ma portée, de l'estivant moyen en vacances. Les repas pris à table d'hôte dans une étroite et longue salle à manger, tapissée d'un papier beige à fleurettes bleues, avec, sur la desserte, au-dessous d'un tableau représentant un voilier se déhanchant sur une mer démontée, les ramequins de crème à la vanille du dessert du soir, la compote de pruneaux qu'accompagnent les minuscules galettes bretonnes garanties pur beurre. La vie à la pension. Ses mondanités petites-bourgeoises :

« Bonjour madame. Je vous en prie madame. Puis-je avoir la salière ? Quel âge a votre petite fille ? Quel dommage que, depuis ce matin, le vent soit si violent, et caetera, et caetera... ! »

Le monsieur entre deux âges, pantalon de toile beige, chemise bleue lacoste, gilet clair tricoté jacquard, casquette de marin, qui s'efface pour laisser Madame votre mère monter avant lui l'étroit escalier conduisant aux chambres situées à l'étage.

Elle monte donc, après avoir souri et salué, et toute sa personne, vêtue d'une robe bleu foncé, éclairée d'un col et de revers de manches courtes en piqué blanc, occupe la place. Une ascension souveraine et lente, qui tient à chaque fois, en quelque sorte, du prodige et qu'on admire.

Une fois rendue en haut, elle sourit encore sur le palier et le charme qui baigne alors son visage grave et plein, est celui de la cantatrice, recueillant les applaudissements pour avoir réussi à tirer du lourd violoncelle de son corps, vêtu de satin noir et de jais, des sons aériens et subtils qui la délivrent du carcan de sa pesanteur.

Moi je la suis. Avec la clef numérotée de la chambre, prolongée par une chaîne d'acier que je balance de la main comme un pendule, une baguette de sourcier. C'est la première fois que je dors et mange dans un hôtel au milieu d'inconnus. Sous le même toit, à la même table qu'eux. Certains m'intimident. Surtout les grands jeunes gens hâlés qui sortent le soir pour aller danser au casino et qui savent nager. Qui sentent le poivre, la marée quand ils me frôlent et dont les yeux, intensément brillants et clairs, dans des visages bruns, comme passés au brou de noix, quand ils se posent par hasard sur moi, sur mes huit ans, gentiment habillés d'une robe de lin écrue, rebrodée de pois rouges et bleus, sur mes anglaises malmenées par le vent, sur le coup de soleil de mon nez, me donnent envie d'en avoir dix-huit. D'avoir avec eux des conversations intéressantes qui consisteraient à échanger nos idées sur la mer, sur les personnes d'un autre âge qui nous entourent et que nous trouverions, bien entendu, démodées. Avec leurs châles, leurs ombrelles, leur ouvrage de tricot. Avec leur façon de se tenir après la sieste, assises, immobiles et graves sur les bancs de la digue. Tous, hommes et femmes, perdus, sur arrière-fond de villas néo-gothiques, de grands ou petits manoirs à tourelles, dans la contemplation de l'Océan. Son admirable et terrifiante vacuité ronronnante et bougeante.

Et puis nous avons un lavabo dans la chambre avec l'eau courante. Un lavabo et un bidet. Marthe appelle bidet ce siège creux (un luxe inouï, une commodité incroyable) sur lequel on peut s'asseoir pour se rincer le derrière, le débarrasser des grains de sable humides qui finissent toujours par s'insinuer dans la rainure des fesses, les plis de l'aine, entre les orteils aussi. De quoi épater Lucienne, ma meilleure copine du cours élémentaire seconde année de l'école d'Aulaines. Qui a mon âge, est la fille d'assez pauvres bordiers vivotant de peu d'hectares, d'un cheval et de trois vaches au pied de la forêt de Clossay et qui, comme dans les tragédies classiques, aura joué auprès de moi, jusqu'à ce que j'aille au lycée, le rôle patient et délicat de confidente. Quant à la tête qu'elle fera, quand je lui expliquerai à quoi sert un bidet fonctionnant à l'eau courante, lorsque nous serons installées l'une à côté de l'autre à la récréation de dix heures, chacune sur l'orifice des cabinets à deux places réservés à l'usage des filles, je m'en fais une fête d'avance. Cependant je n'en dirai rien à Alexis, autre gamin de huit ans qui nourrit un penchant pour moi, moi pour lui. Ce sont là affaires de femmes à traiter avec la discrétion qui sied aux personnes du sexe !

Tout est censé, en bref, m'amuser à la pension du Cormoran, l'une des plus modestes de la digue et qui, avec son embryon de baie de salle à manger, sa mini-terrasse équipée de deux tables rondes en fer et sa demi-douzaine de fenêtres en façade, se pique de donner sur la mer.

A ce propos, Marthe et moi, avons eu, ici, des débuts mouvementés. Après échange de correspondance préalable, on nous avait justement promis une chambre donnant sur la mer. Promesse non tenue à l'arrivée. Deux étages à grimper derrière une femme de chambre indéchiffrable et grognon et, sous les toits, au bout d'un étroit couloir, désespérant de banalité sombre, une pièce aux dimensions mesquines, à tapisserie maussade, au triste mobilier pour vacanciers de seconde zone et dont la fenêtre, aux rideaux ternes, donnait sur les courants d'air d'un passage permettant les allées et venues entre un boulevard et la plage.

Jamais, comme à cet instant-là, je n'ai autant admiré Marthe, le ton extraordinaire de sa voix claironnante et ferme, son maintien de duchesse offensée, réclamant la présence de la maîtresse des lieux, dame tout en noir, équipée d'une montre en sautoir et de lorgnons qui s'entendrait signifier notre refus qu'on nous reléguât, contrairement à ce qui avait été convenu, chambre 14, c'est-à-dire aux « oubliettes ». Vigoureuse formule qui avait suscité de la part de la propriétaire du Cormoran toutes sortes d'onomatopées, de protestations plus ou moins véhémentes et puis encore, lancée par Marthe, décidée à faire mouche, cette phrase qui m'avait remplie de fierté, pour elle, pour moi, pour Auguste surtout : « Madame, vous m'avez garanti une chambre sur la mer. Nous sommes venues ici pour la voir et non pas pour lui tourner le dos. D'ailleurs, jamais mon mari, quand il sera ici, ne souffrira, je vous en préviens, pareille situation. »

Et l'hôtesse déboutée, de promettre une meilleure chambre dès le lendemain en fin de matinée après le départ d'un couple qui l'occupait.

C'était gagné. Nous avions gagné. Les Roulette d'Aulaines auraient leur compte de marée haute et basse, de flux, de reflux, de soleil levant et couchant, de vol de mouettes, de phares allumés sur des flots noirs, de steamers illuminés en partance. De ce « jamais mon mari quand il sera ici ne souffrira pareille situation », le soir, dans mon lit-cage d'emprunt, à couverture rêche et grise, à côté de celui de Marthe, je m'étais secrètement gargarisée, avant de m'endormir. Ah ! elle n'avait qu'à bien se tenir, la patronne du Cormoran qui prétendait se moquer de nos cinq jours de vacances au bord de la Manche dans sa pension falote ! Qu'avait-elle donc imaginé ? Que Marthe et moi étions de pauvres créatures sans défense, des laissées pour compte qui s'accommoderaient d'un rien ; qu'on mettrait à toutes les sauces ? Alors que nous avions un mari, enfin un homme, dans nos vies. Un homme d'entendement qui s'y connaissait autant qu'elle, sinon mieux, en hôtellerie, pour avoir lui-même fait les saisons dans l'enfer des cuisines d'avant 1914, de leurs fourneaux allumés au plus fort des étés, aux Sables-d'Olonne par exemple. Un de ces cuisiniers-secrétaires-de-mairie-gendarmes comme on n'en voit nulle part et auquel on ne ferait pas le coup de la vue sur impasse, du bifteck mal saisi, du ragoût de mouton graillonnant, pour une fois qu'il venait à la mer pour la regarder, au lieu d'y peiner douze heures par jour dans des sous-sols obscurs et torrides, de tomber terrassé de fatigue sur un lit à onze heures du soir dans une mansarde, pendant que la belle clientèle gavée de homard et de soufflé Grand Marnier dont il avait monté les blancs d'œufs à la force du poignet, dansait la scottish ou la valse au casino ou au Grand Hôtel. Un homme qui, quinze ans plus tard, n'avait pas perdu la main. Qu'on venait trouver souvent pour les banquets, pour les noces quand les repas avaient lieu à Aulaines, au café-épicerie Busson, afin qu'il montât les mayonnaises à l'intention d'une soixantaine de convives dans un de ces énormes saladiers de grosse porcelaine blanche qu'on utilisait pour la circonstance, les jours fastes. La demi-douzaine d'œufs au fond, ce qu'il faut de moutarde et les deux litres d'huile qui suivront. Pour que la sauce prenne, atteigne au plus haut degré de son élasticité, de sa saveur, une science consommée du dosage au départ. Un savoir-faire à l'empirisme, au génie. Et cette régularité du rythme du fouet manié par l'alchimiste de service. Concentré, en sueur, travaillant gratis et pour l'honneur, au-dessus d'un magma sans cesse aéré, consolidé, nourri, qu'il soulevait de temps en temps de la pointe du fouet pour en éprouver la consistance, la souplesse de ruban jaune clair, de guirlande veloutée comestible, histoire d'épater son monde, de lui mettre l'eau à la bouche et, par la même occasion, de pouvoir reprendre souffle !

Il arriva, comme convenu, le jeudi, vers le coup de midi, par le train omnibus Le Mans-Saint-Malo via Laval, Rennes et Combourg. De la fenêtre de notre nouvelle chambre qui donnait enfin sur la mer, d'où nous le guettions, nous lui fîmes des signes auxquels il répondit, en projetant en avant, selon son habitude, son menton galoché, creusé d'une fossette de bonté et en nous souriant de la bouche et des yeux sous son chapeau de tweed brun comme un gamin heureux de retrouver son parentage. Il portait à la main un grand sac de voyage en simili-cuir à fermoir doré contenant du linge, des mouchoirs, un gilet de laine, ses chaussons, son nécessaire de rasage. C'était le sac de Clémence. Celui de son voyage à Ostende et de l'ultime rencontre avec le lieutenant de dragons. Elle le lui avait prêté comme convenu, de même que, pour lui permettre de nous rejoindre, elle s'était engagée à prendre soin de Grand-Mère, à réchauffer le sauté d'agneau qu'il leur avait préparé pour deux jours sans compter le potage. Pour le reste il y avait des œufs, des rillettes et la salade du jardin. Elles s'arrangeraient bien toutes deux, et même Anne, ennemie comme on sait des dépenses inutiles, lui avait souhaité de bon cœur et en l'embrassant, agréable voyage. Parti de bonne heure avec la Mona, jusqu'au Mans, qu'il avait remisée dans le garage de son beau-frère, boulevard Carnot, il avait pris le train dès neuf heures pour Saint-Malo.

Et maintenant, il était là, avec nous, dans son meilleur costume sport à culotte de cheval de chez Louis XIV. Avec, au-dessus de ses forts brodequins lacés, à triple semelle de cuir, ces élégantes « leggins » de cuir fauve qui lui faisaient une si belle jambe, un mollet si fin, malgré les varices. Il monta jusqu'à nous, embrassa Marthe sur les deux joues en soulevant son chapeau. Une jolie habitude qu'il avait, ne perdit jamais avec les femmes de sa famille, qu'il adopta avec moi quand il lui parut que j'avais l'âge d'être galamment traitée, de se découvrir par courtoisie avant d'approcher sa joue de la leur. Je fus embrassée, moi aussi, bien sûr, soulevée à hauteur de sa poitrine, appelée joyeusement Cent kilos et ravie de l'aubaine.

C'était en septembre 1934. Je m'en souviens comme d'hier.

Bientôt il aurait quarante et un ans. Ce qu'on appelle le bel âge. L'équilibre de l'homme fait ! Une façon, à lui, avec cela, moitié militaire, moitié bon enfant, de marcher, de se tenir, de réussir, malgré les handicaps (la pénible petite toux du gazé, les jambes douloureuses) à porter beau. A donner l'illusion de la force tranquille. A m'en donner l'illusion. Encore que...

Comme si c'était hier aussi, je n'ai pas oublié non plus, quand, en maillot de bain noir démodé à bretelles (un vêtement ample et pudique acheté en 1913 et qui ne lui avait servi qu'une fois, un de ses rares après-midi de congé de cuistot aux Sables-d'Olonne), il s'assit quelques heures plus tard à marée basse sur la plage, aux côtés de sa femme sur un petit rocher qui se trouvait là, à quelque distance du ressac où je multipliais mes ébats toujours résolument solitaires d'apprentie naïade, haranguant, avec des you-you stridents, des clameurs de Sioux, la vague me fouettant au ventre, l'impression presque insoutenable de fragilité qu'il me donna. Fragilité de sa peau claire au torse duveteux, émouvant d'animalité humble et paisible. De ses jambes malades sous l'épiderme blanc et tuméfié desquelles, les veines distendues, frappées d'hypertrophie, multipliaient, de la cheville au genou, leur toile d'araignée ankylosante, leur enchevêtrement de gros orvets bleus.

Voilà donc ce que cachaient les bottes d'Auguste, la belle culotte de cheval de fine serge couleur mastic d'Auguste et qui lui permettaient d'afficher des airs assurés et robustes de chef de famille, d'homme actif, au zénith de l'âge mûr, et même, aux yeux ignorant la modestie de ses origines, d'ancien cavalier fringant de l'école de Saumur.

L'hiver dernier, un soir, comme lui et moi étions couchés, séparés par le paravent, dans la chambre de l'ouest (Marthe occupée à corriger ses éternels cahiers, à la cuisine, veillait toujours plus tard que nous), alors que j'allais m'endormir, il m'avait tout à coup appelée par mon prénom, d'une voix étouffée, m'arrachant, à la seconde, aux limbes du sommeil, à sa préface qui était presque à chaque fois, qui l'est restée, la vision d'une route de terre étroite et ombreuse, son étirement sinueux de long boyau, attirant et vert, débouchant sur un trou de lumière. Sur la liberté du songe. Sur la mort.

« Lève-toi Annie. Descends chercher Maman. Dis-lui que je me suis heurté la jambe gauche contre le bois du lit, que je me suis ouvert une veine. »

Je m'étais jetée en pyjama et pieds nus dans le froid du couloir, celui de l'escalier. Selon l'expression d'Anne et de Marthe qui redoutaient toujours avec lui ce genre d'accident, déjà survenu une fois, en jardinant, il ne fallait pas que Papa meure « au bout de son sang ».

Mourir au bout de son sang, quelle horreur ! Quelle tragédie ! Le sang d'Auguste, le mien. Le nôtre. La vie, la mort d'Auguste, tout à coup, entre mes mains ! Si je n'arrivais pas assez vite. Si, à cause de cette angoisse qui me glaçait, je trébuchais sur une marche, ou, plus grave encore, sur un mot. Si je traduisais mal le message : « Maman, Papa s'est ouvert une veine. Il saigne. Il faut que tu montes. »

« Mon Dieu, s'était-elle exclamée, abandonnant, sous la lampe, la pile des cahiers ouverts et le porte-plume fiché à la hâte dans l'encrier de verre, il s'est ouvert une veine. J'y vais tout de suite. Pendant ce temps-là, cours me chercher la règle qui est dans la classe, sur mon bureau pour le garrot. »

La règle pour le garrot, ensuite dans l'armoire le grand mouchoir à carreaux faisant office de ligature.

La jambe a été surélevée sur le lit par deux oreillers recouverts d'une serviette éponge, la pauvre jambe corsetée de varices, au pied gonflé et qui, jaillissant à hauteur de genou hors de la chemise de nuit blanche, doucement, mais obstinément saigne. Le visage d'Auguste est pâle. C'est le visage silencieux, comme dépossédé de lui-même, d'un homme soumis au destin. On y lit seulement, pendant que Marthe procède au garrot, noue le mouchoir au-dessus de la veine rompue (elle me dit : « Tu vois, il faut ligaturer entre la plaie et le cœur, après je vais devoir serrer très fort en tournant la règle ») une attente anxieuse et résignée. Une concentration douloureuse aussi. Celle du malade qui suit les gestes du médecin, attend de lui la guérison, le miracle, sans vraiment y croire. Je vois, je sens tout cela et me frappe encore ce ton, volontairement posé, trop parfaitement calme (celui du médecin justement) avec lequel Marthe s'adresse à lui, commente ce qu'elle fait, demande s'il peut supporter qu'elle serre davantage et en même temps, la règle rouge à bouts carrés passée dans le nœud du mouchoir tourne lentement entre ses doigts qui en suivent le mouvement de lente giration. Et voici que la jambe d'Auguste, sa colonne de chair tuméfiée se métamorphose en treuil, en essieu à demi renversé, en tronçon de poutre oblique au-dessus duquel, sourcils froncés et penchée sur son difficile ouvrage, elle mouline horizontalement l'air à l'aide du tourniquet de la règle, pour obtenir que le sang cesse de couler.

Au bout d'un moment, en effet, il s'arrête. Quelque part, entre le cœur d'Auguste et la veine rompue, pour des raisons scientifiquement démontrées mais qui me demeurent passablement obscures ; qui prescrivent la pose du garrot au-dessus de la plaie, de son flux sanglant, son dégoulinement terrifiant qui a taché la serviette éponge et puis le drap, Marthe a bel et bien réussi à fermer une vanne, à maîtriser le déluge. A faire qu'Auguste soit sauvé sans qu'on ait dû m'envoyer, un manteau jeté sur mon pyjama, frapper au café-épicerie Busson pour demander qu'on envoie à vélo, le jeune commis par exemple, à Bonnétable, chercher dans la nuit un médecin.

Entre-temps, il y aura eu la voix d'Anne, montant de la chambre de l'est. Réclamant, avec des inflexions lointaines, cotonneuses de voyageur égaré dans le brouillard, la même que celle, tout à l'heure, de son fils, le pourquoi de cette agitation nocturne l'ayant arrachée à cet état de somnolence inquiète, que hantent les fantasmes nourris par les souvenirs mal digérés du passé, mêlés à ceux d'un présent qu'on n'a plus la force d'assumer, faute de croire qu'il ait un avenir, et qui tient lieu de sommeil quand, pour de bon, on vieillit. Celui de ces allées et venues dans l'escalier et de ce rai de lumière indiquant au bas de sa porte que, par étourderie ou affolement, on a oublié d'éteindre l'électricité sur le palier puisque nous avons maintenant l'électricité.

On m'enverra lui fournir les explications nécessaires et la rassurer : « N'effraie pas Grand-Mère surtout. Dis-lui que ça va passer. »

Entrée chez elle à tâtons avant qu'elle ait réussi à trouver d'une main malhabile la poire électrique lui permettant de faire la lumière, je la découvrirai telle qu'en elle-même et que je l'aurai toujours vue, du début jusqu'à la fin de sa vie, chez nous à Aulaines. Marquée, de la tête aux pieds, par les infirmités de l'âge, son large visage fatigué et sérieux animé par deux yeux clairs au regard exigeant, fût-il devenu, les dernières années, celui d'une aveugle et, sous le drap rugueux, ayant constitué avec quelques autres, les trésors de son trousseau de jeune servante au Mans, rue Auvray, avant son mariage, trônant dans une puissante odeur de ranci (la fameuse odeur de vieillesse dont il a bien fallu prendre son parti) sur la couche de son lit conjugal, acheté boulevard Saint-Antoine dans l'euphorie de ses premiers temps de ménage. Un lit qui deviendra, après sa mort, mon lit d'adolescente et de jeune femme. Insensible, « Anne, ma chère Anne, ne vois-tu rien venir ? » aux puces qui lui tiennent compagnie. Pullulent, gaillardement autour d'elle, et par conséquent autour de nous, malgré les parties de chasse, les séances de noyade organisées hebdomadairement en leur honneur au jardin, dans des bassines d'eau javellisée où l'on plonge sous-vêtements et linge. Tous ces inconvénients, d'ailleurs, considérés comme secondaires, par rapport à la honte que nous éprouverions à la reléguer, ses parasites et elle, dans un quelconque mouroir. A manquer, en égoïstes, en barbares, au devoir d'assistance et à l'affection qui lui reviennent de droit.

D'ailleurs, ces puces sauteuses, insatiables, déroutantes dont on croit avoir eu la peau après les avoir piégées entre le pouce et le majeur, écrasées sous l'ongle et qui témoignent, en vous échappant, d'une vitalité véloce et féroce, ne sont ni plus ni moins insupportables à endurer que les poux. Autre inconvénient du bord, encore. Dû, celui-là, aux inévitables joyeusetés de la promiscuité entre enfants, en milieu scolaire. Au merveilleux instrument de prolifération qu'il leur fournit par contact entre ce que le poète baptise pompeusement « les charmantes têtes blondes », mal ou jamais lavées, avec les autres qui le sont, mais point ne résistent, pour autant, à la grande agression du mois d'octobre. Pour prévenir ce fléau, du moins en limiter les dégâts car, sur ce chapitre, il faut aussi apprendre à faire la part du feu, on m'envoie cueillir, fin septembre, la colchique dans les prés, sa délicate excroissance de coupe mauve, si merveilleuse à voir se détacher sur la sombre luisance de l'herbe humide, vitrifiée par les pluies, mais, à cause du poison qu'elle contient, si malodorante, quand on la porte à ses narines après l'avoir froissée entre les doigts où elle laisse des traînées toxiques dont on ne peut se débarrasser qu'en les lavant. Confite en bouteille dans du vinaigre, elle constitue, avec le peigne fin, une arme relativement efficace, à condition de s'atteler à la tâche avec l'acharnement méticuleux et la patience qui conviennent. Subir en effet, mèche par mèche, après que chacune ait été mouillée avec la macération vinaigre-colchique, l'épreuve de l'arrachage des grappes d'œufs de poux et la liquidation des poux eux-mêmes, tient littéralement du supplice chinois.

Marthe, au-dessus de ma tête résignée, y met une rage concentrée qui lui pince les lèvres, les narines, la durcit, et moi, je pleure ; parce qu'armée du peigne fin aux dents serrées, elle herse ma chevelure avec la minutie du chercheur d'or, du chercheur de poux, entraînant par ratissage, l'essaim des lentes accrochées à ma nuque, celui des parasites adultes qu'elle écrase d'un pouce implacable le long du peigne, au-dessus d'un bol d'eau chaude où leur cadavre retombe. Qu'elle me fait mal en tirant : le supplice de la piqûre d'aiguille enfoncée dans la calotte crânienne, qui dure parfois plus d'une heure et dont nous savons qu'il faudra le renouveler le lendemain. Avec des exclamations de colère, d'absolu dégoût, elle procède à l'extermination des poux ! Elle les traite « de sales bêtes, de pourriture, de choléra ». Autour de nous, la lotion pue. C'est le drame absolu et, sous la lampe à abat-jour de porcelaine jaune sable, ornée, en frise, d'une caravane de touaregs avec des chameaux qui me fera longtemps rêver au désert, la veillée familiale placée sous le signe des grandes catastrophes ! Les puces, passe encore. Ce sont celles d'Anne et par conséquent les nôtres. On peut les traiter en ennemis de « l'intérieur » dont on finit par connaître les manies, la stratégie des attaques, le lieu favori des points de chute aux plis de l'aine, sous les aisselles. Mais les poux ! Les poux qui nous viennent d'ailleurs, échappent à notre contrôle, m'atteignent moi et cette chevelure bouclée et fournie dont nous sommes d'ordinaire si fiers, à travers la poignée de très pauvres frères et sœurs d'âge scolaire sur lesquels ils pullulent (mère infirme et qui mourra bientôt, père mythomane et débile qui finira tragiquement), quelle plaie d'Egypte, quel scandale ébouriffant, impossible à étouffer ! Car je ne suis pas la seule à en être éclaboussée. Il y a Lucienne et puis Suzanne et Solange, jusqu'aux grandes du certificat. Jusqu'aux garçons dont on rase le crâne pour en finir !

D'où le devoir impérieux (Marthe dixit) de prendre publiquement le taureau par les cornes. D'inclure, dans la leçon de morale du jour « Aimons nos parents. Respectons-les. Soyons conscients de tout ce dont nous leur sommes redevables et que bien travailler à l'école c'est leur faire honneur et travailler à notre avenir », un rappel final, sans cesse renouvelé, aux soins élémentaires d'hygiène. A savoir : l'usage quotidien du savon pour la figure et les mains. Le lavage des pieds, à tout le moins une fois la semaine, celui des cheveux, une fois par mois. L'achat, chez le pharmacien, si l'on a négligé d'aller aux colchiques en temps utile, d'un flacon de lotion Marie-Rose aussi connue pour ses vertus antiparasitaires que l'est la Jouvence de l'abbé Soury, qui est, comme chacun sait, pour l'avoir lu dans son journal ou entendu à la TSF, le « salut de la femme », avec la Quintonine, le baume du docteur Benévent et toute la gamme des élixirs propres à vous requinquer un organisme en perte de vitesse.

Ah oui, les poux, les sacrés poux. L'enfer périodique des séances d'épouillage !

Donc à tout prendre, je préfère, nous préférons les puces de Grand-Mère !

J'en aurai encore hérité de quelques-unes ce soir-là, en m'asseyant à côté d'elle sur son lit pour lui faire plaisir. En effectuant, entre la chambre de l'ouest et celle de l'est, une série d'allées et venues dans le souci d'assurer mon rôle de messagère, la tenant au courant de l'évolution des événements et porteuse, à la fin, de la bonne nouvelle : la jambe de Papa ne saigne plus. Qui lui arrachera sous sa camisole de toile reprisée un soupir de soulagement, répandra sur son visage une étonnante et rare douceur, lui mettra du rose aux joues.

Comment dans ces conditions, trouver en soi la dureté, la mesquinerie qui consisterait à être à une puce près ? Comment ne pas être heureuse aussi ? Puisque Marthe, maintenant, sourit pour dire : « Viens donc embrasser Papa, avant qu'il ne s'endorme. » Que m'approchant alors de lui, en prenant garde à ne pas peser sur sa jambe qu'il gardera soulevée sur une pile de coussins et de draps jusqu'au matin, j'aurai eu le sentiment que mon baiser d'alors n'aura pas été un simple bon baiser ordinaire, mais rite d'exorcisme, de neutralisation du mal, pour un temps, comme ce sont, à d'autres moments, des crises de palu ramené de Moyen-Orient, celles d'emphysème du poilu gazé en Argonne dont il faut l'aider, en l'entourant, à se sortir.

Oui, c'est vrai que nous avons chez nous un homme qui a des problèmes de santé, mais qui réussit à donner le change. Un homme sur lequel les femmes de sa maison peuvent cependant s'appuyer. Qui a le courage de porter beau en société, de ne pas ménager sa peine non plus, du matin au soir. Ainsi pouvons-nous marcher la tête haute, défier la patronne du Cormoran, défier le monde, avec des phrases comme celles-ci : « Jamais mon mari quand il sera ici ne souffrira... etc. » Pour le reste, pour ce qui est de cette usure prématurée d'Auguste, de ses épreuves morales et physiques, c'est là notre secret en somme.

Mais à la mer, il n'y a pas, il n'y a plus de secret.

Il suffit que pour une fois on se laisse tenter. Qu'on expose un corps, sans vêtements, sans défense, à la fine caresse d'un soleil qui vous aimante, parce que ce jour-là, délicat de façons, tendre, mesuré, avec, devant soi, la magie d'un flot titillant, élastique, clair à cette heure comme de l'anis, dont le roulis retrousse la soie épaisse et bleue sur un foisonnant ruché en duvet blanc d'oiseaux de mer pour que la lumière vous trahisse ; que l'enfant, votre enfant, ne perde pas une miette du spectacle qu'alors vous offrez. De ce halo d'isolement, de précarité qui vous cerne. Au cœur duquel, sans y prendre garde, vous vous êtes installé. Parce qu'elle vous aime. Qu'elle vous guette. Que, bien sûr, cet isolement, malgré la proximité de l'épouse qui bavarde gaiement avec vous, semble si contente de vous avoir auprès d'elle, repousse, en riant, une mèche de ses épais cheveux châtains coupés court qu'un souffle de vent gonfle sur son front de Junon, (une femme qui devrait vous rassurer pourtant, tout à fait pareille à cette géante de Picasso, auquel, s'il l'avait rencontrée, elle eût pu servir de modèle) cette précarité lui saute aux yeux. Et puis encore ce bouleversement qu'elle lit dans les vôtres, qui est aussi le sien, d'avoir devant soi, pour de bon, la vague. Pour de bon dans les oreilles son feulement. Son gros ronron rabâcheur et féroce de tigresse au ventre blanc et vert que vergète la zébrure visqueuse des varechs. Avec, au-dessus d'elle, un ciel impavide, inerte, cérulé. Du moins en apparence. Puisqu'il ne cesse, avec la force d'un hercule, de draper, çà et là, des montagnes de nuages ; d'en multiplier les chaînes, les versants à l'arraché qui, vous bouchant implacablement la vue, vous ôtent toute espérance de pouvoir les franchir. Et vous en éprouvez, d'autant, votre propre néant.

Comme l'hiver dernier à Aulaines, dans la chambre de l'ouest, quand il s'était rompu une veine, voler au secours d'Auguste, répondre à ce cri muet qu'il pousse, sans que personne l'entende, sinon moi. L'appeler par son nom. L'obliger à faire diversion :

— Papa, viens te promener avec moi dans l'eau.

Brandissant une poignée de varechs que je fais tournoyer comme les lanières d'un fouet et lui désignant, pour l'amuser, l'éblouir, l'arracher à lui-même, le passage d'un cerf-volant, son déhanchement aérien rouge et bleu, au-dessus de la baie, je me mets à danser sur place pour que jaillisse l'eau autour de moi. Ensuite, je m'accroupis pour la retenir entre mes mains qu'elle lèche, mais sans les blesser, sans les mordre. Je recommence pour qu'il voie que je n'ai pas peur. Qu'il n'a pas de raisons d'avoir peur. Qu'il s'agit d'un jeu. Fantastique, exceptionnel. D'un moment privilégié à partager avec moi.

Il vient.

« Elle est froide, dit-il, tu ne trouves pas Cent kilos ?

— Mais non, Papa. Pas tant que ça », et je lui prends la main pour le guider comme une petite mère et je commence avec lui un long va-et-vient silencieux, solennel, initiatique, au bord de la mer. Cela se fait dans un sens puis dans l'autre. Une fois, nous avons le soleil dans le dos parce que nous avançons en direction de l'est, une fois nous marchons à sa rencontre. Dangereusement. A découvert. Car ici, à l'inverse de la forêt de Clossay, il n'y a pas d'ombre. Rien qui nous permette, retranchés derrière un fût d'arbre, un bastion de fougères, de ruser avec lui, de reprendre souffle. Cependant peu à peu le charme opère. L'envoûtement conjugué des couleurs, des odeurs, du mouvement. Celui encore, de nous trouver presque nus et marchant de front, exempts de passé, d'entraves, pareils aux hommes des premiers temps de l'histoire avec, à nos pieds, cette approche tumultueuse et fraîche d'eau salée, ce ruban sans commencement ni fin qu'elle lace et délace autour de nos chevilles et dont l'inlassable giration réussit par massage circulaire à nous remonter jusqu'au cœur. A lui insuffler son rythme qui est celui de la vie.

Et voilà ! Pour un après-midi de fin d'été, pour une heure, il n'y a plus de jambes malades. Plus d'emphysème. Plus de palu. Et c'est tout à coup comme si le fardeau des guerres, le souvenir hideux des montées à l'attaque, baïonnette au canon, celui de l'enfance à demi orpheline, disparaissait englouti ; digéré par la douce violence d'un ressac qui, à sa place, nous rejetant la virginité d'un coquillage, nous rendait à la nôtre.

Et voilà, c'est le Paradis.

Un Paradis pour Auguste et moi auquel souvent, désormais, le soir, avant de m'endormir, je songe...

7.

Il convient, ici, de dire que le regard que je porte sur ce qui m'entoure cette même année-là, celle de ma rencontre avec la mer, celle de mes huit ans placés sans le savoir entre deux effroyables hiatus, entre deux guerres, a pris depuis peu, et d'un seul coup, une extrême acuité. Cela tient, en grande partie, à ce que je porte désormais des lunettes. A ce qu'à cause d'elles, mes rapports avec le monde ont complètement changé. J'avais vécu jusqu'alors dans cet univers poétique, merveilleusement informel qu'est l'univers des myopes. Celui des impressionnistes où l'imprécision triomphe. Celle du trait, des volumes et des lignes, de la distance qui les sépare. Où les couleurs tremblent, apparaissent par plaques, finissent par constituer un perpétuel camaïeu de teintes et de formes seulement devinées derrière un constant brouillard, soigneusement, savamment tendu entre elles et le regard.

Je n'en souffrais pas. Au reste souffre-t-on jamais vraiment d'un manque, d'une infirmité qu'on ignore ? Dont on s'arrange d'autant mieux qu'on en compense le handicap par une mémoire tactile, un odorat, une ouïe, formidablement aiguisés ? Le papier, au loin, qu'on froisse, le velours de la patte de chat, son glissement en douceur sur le pavé, son vol duveteux à ras de sol, de poussière, m'étant, depuis toujours, avec les voix, les rires, les soupirs les plus ténus, perceptibles à grande distance. Pour le reste, que la vision des êtres et des choses s'effilochât au fur et à mesure qu'ils s'éloignaient de moi, qu'elle s'accompagnât d'un halo qui, s'élargissant, réussissait très vite à les absorber, m'était naturel.

A l'école, plus nous avancions en âge, plus nous reculions vers l'extrémité de la classe. Les plus grands, ceux du certificat occupant la dernière rangée du fond. Cct agencement permettait à Marthe, d'avoir de la quarantaine de filles et de garçons répartis devant elle, par degrés de connaissance, de maturité, une vision générale complète et hiérarchisée.

Grande avait été ma stupeur, celle de ma famille, de me rendre compte, qu'à cause de l'éloignement du tableau qu'avait entraîné mon entrée au cours élémentaire seconde année, je devais, pour en déchiffrer les signes, fournir un effort anormal et pénible.

« Maman, j'y vois trouble. »

D'abord elle n'y avait pas cru. C'était là mensonge d'enfant, désireuse, pour échapper aux nécessités de la discipline scolaire qu'elle m'imposait, doublée d'une plus grande exigence à mon égard, parce que j'étais sa fille, de me singulariser. De créer autour de moi l'événement. Ici, en l'espèce, la myopie. Volonté de me démarquer par le port de lunettes, quitte à en être enlaidie. C'est que la sévère pédagogue mais fine psychologue qu'elle était, avait vite découvert (voir l'épisode du renard au cinéma Pathé par exemple) qu'au-delà de la soumission aux règles collectives qu'elle exigeait de moi en milieu scolaire, avec, pour mission spéciale, d'en donner l'exemple, j'avais un sacré caractère. Un tempérament de meneuse de jeu, étayé par une imagination débordante qui était d'ailleurs la sienne. Un sens de la comédie, du chant, de la parole à l'état brut qui transformait la plupart des quarts d'heure de récréation, un le matin, un l'après-midi, sans compter les trente minutes de battement entre le déjeuner et la reprise des cours du soir, en séance de théâtre total sous ma férule.

Que nous jouions au loup, au chat perché, aux petits soldats à l'exercice, aux voyageurs égarés dans les forêts ayant perdu leurs chevaux ; à Vercingétorix rendant ses armes à Jules César, au couronnement de Charles VII par Jeanne d'Arc ou à celui de Joséphine par Napoléon 1er, car il y avait des séquences historiques qui n'étaient pas piquées des vers, non plus que les reconstitutions (intimistes cette fois) des visites chez le médecin, où des brochettes de jeunes mères venaient se plaindre à lui d'être mauvaises nourrices, de ne pas avoir assez de lait pour assouvir la faim de leurs nouveau-nés, généralement des jumeaux, dont la parité nous hypnotisait ; de la célébration des mariages entre la demoiselle des PTT et le premier clerc de notaire, de la couturière à façon avec le sabotier, du fermier avec la fermière, on pouvait compter sur moi pour prendre l'affaire en main, modifier à chaque fois la raison sociale des conjoints, pimenter l'événement en variant la causerie du maire, celle du curé dont je tenais successivement les rôles dans un premier temps, un torchon me barrant l'estomac en guise d'écharpe tricolore, dans un second, en large tablier noir de grand du « certif » faisant office de soutane.

« Et hop, et hop. La femme doit obéir à son mari qui doit l'aimer comme Jésus-Christ aime son Eglise et pour le reste, Dieu les bénisse et leur donne des jumeaux bien sûr... »

Ne pas oublier pour renfort de potage les spectacles de cirque, leurs défilés, leurs parades. Leurs scènes de dressage et de clownerie consistant à porter son paletot, sa blouse devant derrière, sa casquette à l'envers, à se coiffer avec sa musette ou son mouchoir noué aux quatre coins en prenant un air demeuré pour coasser : « y fait biau, la mère, aujourd'hui, c'est pour ça qui pleut » dont je réglais la mise en scène, sans que personne ou presque ne ruât dans les brancards, prétendit m'envoyer paître. Il est vrai que j'y mettais, à l'exclusion de tout orgueil, de tout autoritarisme délibéré, une telle conviction, une telle chaleur que presque à chaque fois j'emportais la mise, réussissais à galvaniser mon monde, Marthe comprise. Subjuguée par l'espèce de passion qui me soulevait d'incarner ou de faire incarner aux autres, à la fois le gendarme et le voleur, le vainqueur sans pitié et le captif terrassé. Le dompteur et son tigre. Le riche et le pauvre hère. Le patient et le médecin. Un goût instinctif chez moi de renverser, en un éclair, les rôles. D'en faire sauter les barrières qui les isolent, enferment les individus dans la prison des idées toutes faites que par commodité ils entretiennent sur les autres et sur eux-mêmes. Tous les bons d'un même côté. Les mauvais de l'autre. Ceux qui détiennent la vérité. Ceux qui doivent aveuglément s'y soumettre et jusqu'à ce va-et-vient vertigineux que j'opérais entre les sexes, entre la nature humaine et celle de la bête. Un effort concentré de funambule, d'équilibriste marchant, sans balancier, sur la corde raide, dont je sortais rouge comme la crête d'un coq, haletante, en sueur, pour, au coup de sifflet réglementaire, au « mettez-vous en rang et chantons : Cadet Roussel a trois maisons », me perdre à nouveau dans la foule, m'enfoncer avec elle dans un anonymat propice à la bonne marche du clan, et qui veut que chacun de ses membres se sacrifie aux intérêts de la fourmilière. Quelque chose comme le difficile état d'écrivain. Dont je ne savais pas encore qu'il me pendait au bout du nez, avec ses exigences de narcissisme et d'humilité conjuguées. Tant il est vrai que sans humilité consentie, affichée, la plupart des gens vous pardonnent mal d'en être un. D'être hors circuit. Singulier.

Mon sort était plus heureux, ma position moins délicate à tenir à cette époque. Pour la simple raison que les gosses auxquels je fournissais au pied levé des matériaux leur permettant de diversifier la trame de leurs jeux, n'auraient jamais songé, ou si peu, à m'en vouloir pour autant. A juger dérangeante pour eux une faculté, innée chez moi, d'élargir l'espace de leurs rêves et des miens. Nous nous aimions, eux et moi, voilà tout.

Il arrivait même qu'ils plaignissent, au lieu de l'envier, ma condition de fille de la maîtresse d'école, tenue à se conduire mieux qu'ils ne se conduisaient eux-mêmes. Tant il est vrai qu'au moindre manquement, l'habitude que je fusse plus sévèrement réprimandée ou punie qu'eux, était passée dans les mœurs. Alexis, mon soupirant et condisciple ; avec lui, Lucienne, et Solange ; avec eux, la brochette de mes supporters, allant des petits du cours préparatoire qui nous servaient, à la récréation, de nourrissons, d'enfants de chœur, de chiens savants de chez Pinder, de lionceaux miaulants et couinants, rangés en rang d'oignons et dressés à montrer les dents en bondissant à la demande au-dessus d'une corde à sauter ; avec les plus âgés, qui suspendaient volontiers leur partie de billes, pour se ranger sous ma bannière, s'en payer une bonne tranche de se marier, une fois la semaine, avec des partenaires différentes, quitte à manifester des préférences dont je savais démocratiquement tenir compte, tant il est vrai qu'à l'inverse de ce qu'on raconte la polygamie ne fait pas forcément les choux gras de tout le monde, Alexis, dis-je, n'était pas le dernier à s'indigner de l'intransigeance de Marthe à mon égard.

« Ta mère est injuste avec toi. Elle te punit toujours plus fort que nous. »

Je protestais, défendais Marthe par ailleurs si affectueuse, si généreuse envers moi, mais enchantée au fond qu'il prît si ardemment mon parti.

Nous étions le jour et la nuit, le bonhomme et moi et par voie de conséquence résolument épris l'un de l'autre. A telle enseigne qu'Alexis, ayant déjà fait savoir à sa mère, qui l'avait répété à la mienne, qui en avait, sous cape, avec elle beaucoup ri, son intention ferme de m'épouser, nous ne doutions guère en ce temps-là, de finir par convoler en justes noces pour le meilleur et pour le pire .

Alexis Champion, fils cadet des Champion de la ferme de Bel-Ebat édifiée au soleil sur la colline du Sud (tout un programme d'être né là, de vivre là si l'on s'en tenait à ce « Bel-Ebat », prometteur de réjouissances gentiment païennes) avec des cheveux bouclés et noirs, avec un teint mat, l'explosion, sous un front bombé, du regard futé et brillant de deux yeux foncés à paupières mongoles, avait, comme son frère d'ailleurs, un air qui n'était pas d'ici. Un air étranger, quasi maghrébin. Tempéré, chez l'aîné, par une charmante naïveté d'expression que n'avait pas Alexis, dont le charme, volontiers insolent et frondeur, l'apparentait à celui qu'on imagine, parce qu'exotique, immanquablement dangereux et suspect, d'un de ces cavaliers de l'Islam venus en découdre avec Charles Martel devant Poitiers, que les hasards de la défaite auraient conduit, par des voies mystérieuses, à remonter vers le Nord. A se sédentariser et faire souche en basse Normandie.

Bref, je le trouvais irrésistible parce qu'il était

mon contraire. Qu'il se moquait dans la vie à peu près de tout, fournissait à l'école un travail passablement irrégulier. Qu'il ne prenait jamais tout à fait les adultes au sérieux, fût-ce même l'imposante Marthe, ses remontrances de pédagogue, qu'il projetait déjà visiblement, quand elles deviendraient gronderies de belle-mère, de continuer, certes, à supporter poliment, mais de n'écouter, tout comme celles de l'abbé du cours de catéchisme chargé de la difficile mission de lui inculquer les rudiments de la théologie catholique romaine, que d'une oreille. A lui, ainsi qu'à la poignée de lascars s'agitant, les fourmis aux jambes, sur leur banc d'église sous la statue de saint Michel terrassant le démon. Comptant, le jeudi, les minutes les séparant de la fin de la leçon sur la nature trinitaire d'un Dieu unique, sur son état d'omnipotence invisible et d'absolue perfection. Le dimanche, marmottant sous sa direction, pendant l'office, leur Kyrie eleison, leur Gloria in excelsis Deo, leur Credo, souffle suspendu à l'Ite Missa est. A cet « allez, la messe est finie » qui leur permettrait de quitter au plus vite les lieux saints. D'en dégringoler les marches comme s'ils avaient le diable aux trousses, ce qui était une grande faute puisque c'était le bon Dieu qu'ils fuyaient.

Ayant, selon lui, mieux à faire que de gâcher, pour de bon, ses soirées à Bel-Ebat, le nez plongé dans le catéchisme ou la grammaire au détriment de ses parties de lance-pierre et des mille et une polissonneries constituant les riches heures des galopins de son espèce, lancés bride sur le cou à travers champs jusqu'à nuit noire, le gaillard, qui ne manquait pas d'estomac, quand je l'exhortais à s'appliquer davantage à l'école comme à l'église, car si j'aimais qu'il fût insouciant, voire indocile, je rêvais parfois qu'il me ressemblât, prît sur lui pour vaincre sa nature insubordonnée et païenne, après m'avoir déclaré qu'il eût été aise de me faire ce plaisir pourvu qu'il n'y eût pas tant d'effort à fournir, m'assenait pour finir, en me faisant les yeux doux, et que je tenais pour paroles d'amour, un argument du genre : « Ne t'en fais donc pas pour moi, puisque toi, tu apprends pour deux. »

Comme si, déjà unis par les liens du mariage dont nous débattions par avance les détails de la cérémonie, nous étions, d'ores et déjà, installés sous le régime de la communauté, fût-elle réduite aux acquets, dont, en tant que chef de famille, il entendait, à travers moi, selon la vieille tradition orientale renforcée par le Code Napoléon, s'improviser virilement le gestionnaire.

Chacun d'entre nous qui allions au catéchisme, thésaurisions les bons points que nous y gagnions dans une petite boîte en carton ou en fer spécialement réservée à cet usage. La mienne, une ancienne boîte de pastilles Valda, était souvent pleine. Celle d'Alexis, mon futur, sonnait allègrement le vide à quelques exceptions près. N'importe ! Au lieu d'en faire un plat, d'en être confus ou jaloux, il se réjouissait pour moi, c'est-à-dire pour nous deux, de ma capacité à engranger, sinon les espèces sonnantes et trébuchantes qui donnent aux mortels pignon sur rue, mais ces gages de biens spirituels que constituait ma provision régulièrement renouvelée de petits cartons carrés, bleus, verts ou violets qu'illustrait toujours la même gravure, consacrée à la marche du Bon Pasteur suivi de ses brebis, préfigurant celle qui nous conduirait un jour, de concert, lui et moi, puisque comme chacun sait, on ne sépare point ce que Dieu a uni, à la droite indulgente du Père !

Car il était fier de moi, comme le pécheur plus ou moins impénitent, peut l'être, de la fiancée vertueuse sur laquelle il compte pour sauver son âme par procuration.

Quand nous revenions de l'église de Bonnétable, puisque celle d'Aulaines avait cessé d'être desservie régulièrement par un curé depuis dix ans, il me faisait asseoir, avec lui, jambes ballantes sur les talus au-dessus de la rigole herbeuse des fossés, ouvrait le catéchisme à la page 303. Seconde leçon : Vocation des apôtres et fondation de l'Eglise, en m'intimant : « Récite-moi par cœur le nom des apôtres que je « voye » si tu les sais toujours. »

Comme machine bien huilée, moteur parfaitement rodé à la mise en route à la demande, je débitais d'une traite, en marquant à peine une ou deux pauses pour retrouver souffle (et l'énumération devenait une manière de chant sonore et cuivré, où les syllabes, que je claironnais, en modelant leurs contours à la façon d'une trompette, en les réduisant à l'état primitif de cellules de vibrations colorées, perdaient leur sens précis, leur pouvoir d'identification de tel ou tel disciple ; retournaient à leur anonymat incantatoire de sons, de mouvement d'ensemble musical, obéissant aux lois d'une arithmétique instinctive) : Simon, Pierre et André son frère. Jacques le Majeur et Jean son frère. Philippe et Barthélemy, Mathieu et Thomas, Jacques le Mineur et Jude son frère, Simon le Cananéen et Judas Iscariote.

Et ma voix, restée en suspens sur cet Iscariote, en redemandait encore. Car, vraiment, c'était trop peu, pour elle, pour son élan, qu'ils n'eussent été que douze. Et mon Alexis le sentait. Qui s'exclamait d'enthousiasme, les pectoraux tout à coup gonflés sous sa blouse à la façon d'un Hercule de foire, à croire que je venais de remporter une victoire sur l'adversaire, sur les apôtres eux-mêmes, leur brochette de disciples inspirés, faisant corps autour de ce Christ dérangeant, qui nous tenait la dragée haute avec son essence divine et sa crucifixion culpabilisante, au profit de notre éventuel rachat : « Dis donc, encore une fois, tu les as tous eus. »

Ensuite, il se taisait, songeur. Quasi intimidé par une performance que je pouvais renouveler pour la liste des sacrements, des péchés capitaux, des miracles de Notre-Seigneur. Encore un morceau de bravoure. A énoncer d'une voix forte, apocalyptique. A faire rentrer sous terre les sceptiques de son espèce. « Le Seigneur rendait la vue aux aveugles, l'ouïe aux sourds, la parole aux muets, multipliait les pains, guérissait les malades, ressuscitait les morts. »

Et vlan pour mon Alexis !

Rapports délicieux, ambigus, que ces rapports basés sur l'antinomie de deux caractères qui se rencontraient pourtant aux heures privilégiées du jeu, quand, me libérant des contraintes d'une éducation soucieuse de faire de moi une créature responsable, laborieuse et policée, nous nous rejoignions pour quelque frairie secrète, placée sous le signe charmant de la complicité insouciante, imaginative, ainsi que des amants échappant, à la nuit tombée, à la vigilance chagrine de leur entourage.

Au demeurant, au-delà de mon application à donner, selon la vieille formule édifiante des manuels scolaires d'alors, satisfaction à mes maîtres et par ricochet à M. le Curé, je cultivais fermement mon quant-à-soi. Ainsi, dès les débuts de ma fréquentation du cours de catéchisme j'avais fait savoir à l'abbé Buglot, que j'aimais d'ailleurs beaucoup, mon sentiment sur un certain nombre de dogmes qui d'ores et déjà me hérissaient.

Je n'avais, en particulier, pas trouvé bonne, au chapitre : « de ceux qui n'appartiennent pas à l'Eglise », dix-huitième leçon, la condamnation sans appel des Juifs, des schismatiques, des apostats, des excommuniés, tous, taxés d'hérésie et promis aux flammes de l'enfer, au nom d'un Dieu dont on me rabâchait, par ailleurs, qu'il n'était qu'Amour. Je n'approuvais pas davantage, en mon for intérieur, le sort infligé aux âmes des petits enfants morts sans avoir été baptisés, leur relégation de pestiférés dans le sinistre ossuaire des limbes perpétuelles, leurs oubliettes. Et, puisqu'on répétait à l'envi que Jésus avait prié pour ses bourreaux, lors de sa crucifixion, je trouvais irrecevable qu'on traitât de membres morts de l'Eglise des gens dont le seul crime était ou d'avoir de Dieu une idée différente, ou même, jusqu'à plus ample informé, d'en nier l'existence. Au vrai, la catéchumène en herbe que j'étais, soumise en apparence au dogme récent de l'infaillibilité du Pape, dans le cadre de l'histoire du mouvement apostolique romain, n'appréciait finalement guère le ton d'autoritarisme mêlé par moment d'onctuosité de ce petit livre rose intitulé : « Grand catéchisme à l'usage du diocèse du Mans » imprimé par ordre de Monseigneur Georges François Xavier Grente qui deviendrait cardinal et académicien. Cet ouvrage de vulgarisation théologale à l'usage des enfants d'avant-guerre qu'elle potassait pourtant avec une volonté d'y trouver des raisons nouvelles de vivre, c'est-à-dire d'aimer, mais en préservant, comme à l'école, un indestructible libre arbitre qui fait ne consentir à l'obéissance que jusqu'au point où elle pourrait devenir entreprise de dégradation. De cela, je n'entretenais pas Alexis, sachant qu'il s'en moquait comme d'une guigne. Et justement, à propos de guignes, quand c'était la saison, il m'en apportait par poignées qu'il glissait à l'intérieur de mon pupitre ou dans ma poche et dont nous nous régalions au goûter. C'étaient là jolis cadeaux de bouche, favorisant, à l'angle du mur de la cave, celui du bûcher, des apartés d'amoureux en goguette se régalant de mets choisis, dans la seule compagnie d'eux-mêmes, à l'abri des regards et comme en cabinet particulier. En les lissant d'un index mouillé pour les défroisser, Alexis, avec les rectangles de papier d'argent qui enveloppaient les tablettes de chocolat Meunier de ses collations ordinaires, me fabriquait de la vaisselle plate sur laquelle nous posions ces guignes, ces bigarreaux ronds et superbes, dont les reflets enluminaient de laque rose nos pièces d'orfèvrerie somptueuses. Cadeaux de bouche mais de joaillerie aussi. Car, fiancée vertueuse s'il en fut, je n'étais point insensible à l'attrait païen des bijoux, loin s'en faut, et comme ce penchant était aussi de son goût, il me réservait toujours deux paires de grosses et lourdes cerises en guise de pendants d'oreilles. Je m'amusais à les faire bouger contre mes joues en parlant et mangeant les autres avec lui, et rien n'était plus doux, plus précieux, plus caressant que ce contact rubescent et fruité sur ma peau, à hauteur de veine jugulaire, des cerises de Bel-Ebat.

Nous prévoyions, qu'on le sache, de célébrer notre mariage avec un train « tout à fait magnifique » ! Il y aurait du colin, du gigot, du rôti de veau et du poulet à notre repas de noces. Le clou du festin, la pièce montée, atteindrait quatre étages. Sur le dernier chou praliné, celui de la cime, collé sur un socle de caramel durci, se tiendrait, en équilibre fragile, et en celluloïd ou en plâtre, un minuscule couple de mariés : Alexis et moi, devenus pas plus hauts que le pouce. Réduits, que nous serions, à l'état de symbole lilliputien d'alliance, placée sous le signe de l'indissolubilité conjugale. Je le voyais en queue-de-pie et chapeau claque. Il me rêvait en satin blanc avec voile et traîne et puisque, décidément, ses yeux vifs de merle aimaient à rencontrer les miens, leur fixité songeuse et bleue que la myopie embrumait, comme toujours il me trouverait la plus belle ce jour-là et le regard de connaisseur qu'il jetterait sur moi quand je lui apparaîtrais en toilette nuptiale serait le même, complice et satisfait, que celui qu'il jetait, à la messe, sur mes vêtements du dimanche quand, selon la coutume d'alors, les garçons du catéchisme groupés le long d'un bas-côté, les filles de l'autre, et par conséquent séparées d'eux par la largeur d'une nef, il admirait, à distance, mon chapeau neuf de Pâques en paille vert bouteille, à bord relevé par une cocarde en gros grain plissé, soigneusement assorti à la teinte de mon ensemble printanier, ou encore ma toque d'hiver en laine rouge givrée de blanc, tricotée au crochet, rehaussée d'une broche en galalithe et donnant à mon profil enfantin, encore que têtu, ayant la fermeté de celui d'Auguste, sa détermination, des airs de petite femme dévote mais coquette jusqu'à la provocation dans son manteau de ratine rouge à col de putois mordoré !

Il déclarait, sur le chapitre, m'avoir trouvée particulièrement à mon avantage le jour de mon baptême qui avait été célébré tardivement. L'année de mes huit ans, toujours. Un âge suffisamment avancé, pour que, non seulement je tienne parfaitement debout sur mes jambes entre mon parrain et ma marraine mais puisse réciter de concert avec eux, comme une grande, le Pater et l'Ave et même le Credo dans lequel je m'étais tout de même un peu empêtrée, en intervertissant, l'émotion aidant, l'ordre d'énumération de la communion des saints, de la rémission des péchés, de la résurrection de la chair et de la vie éternelle. Il est vrai que je m'étais rattrapée avec un « Amen » d'une telle vigueur qu'il avait fait sursauter mon entourage, l'officiant compris, un jeune abbé commis par le curé Buglot à l'église d'Aulaines et dont je n'avais pas apprécié (Dieu me pardonne d'avoir ce jour-là cédé à des préoccupations mondaines) qu'ayant ôté ma capeline pour me signer au front, il me l'eût remise de travers, me donnant l'impression qu'il m'avait rendue ridicule devant ma famille au plus beau de la cérémonie. Cet « Amen », cet Ainsi soit-il, jeté à la figure de tout le monde, qui sentait finalement sa rébellion, son veto, et par conséquent le soufre, à cause de cette affaire de chapeau, de cette magnifique capeline en feutre rose, achetée à grands frais, carrefour de la Sirène au Mans, dans une des meilleures chapelleries d'alors, la maison Wolf, tenue par des commerçants israélites d'origine alsacienne et que, n'ayant aucun préjugé contre qui que ce fût, nous trouvions si distingués et si aimables, elle, une blonde souriante et calme, installée dans l'opulente maturité de la quarantaine, lui avec sa barbiche pointue et ses lunettes dorées de petit homme grisonnant, aussi bon conseiller qu'elle, lorsqu'il fallait coiffer agréablement une dame, et qui mourraient tous deux dans quelque Ravensbrück, quelque Auschwitz où on les traînerait cinq ans plus tard en vue de leur abattage, cet « Amen » avait eu une odeur de poudre. Quelque chose du même tonneau, de la même audace subversive que l'affaire du renard du carreau du Temple au cinéma Pathé. Et puis encore, cette question, un dimanche soir, posée à Marthe, après avoir surpris dans l'après-midi sa filleule, que nous recevions, assise sur les genoux de son fiancé dans la pièce de la mairie où elle s'était isolée avec lui pour mieux se laisser embrasser : « Alors c'est ça l'amour ? » Et elle, une fois de plus prise de court par la franchise de l'attaque, l'énergie, la vitalité dont elle témoignait, qui me faisait à un moment donné, sauter l'obstacle des bienséances, prendre le risque de susciter le scandale, de murmurer :

« *On en reparlera quand tu seras grande.* »

Ce n'avait donc pas été tout à fait un baptême comme les autres. Celui du nouveau-né vagissant qui devra faire confiance à la mémoire des adultes qui l'entouraient ce jour-là. A leurs souvenirs plus ou moins exacts, émus, compassés, édifiants.

Le mien, évidemment tardif, avait été la condition « sine qua non » exigée par le curé Buglot pour mon admission au catéchisme. Encore que pourtant, dès les premiers mois de ma naissance, j'eusse été, selon la formule consacrée, délivrée de la souillure du péché originel par ce qu'on appelait « l'ondoiement ». Administré par le prêtre, dans l'intimité de la maison, sans annonce publique, sonnerie de cloches, présence effective des parrain et marraine qu'en la circonstance, quelqu'un d'autre pouvait, par avance, représenter, l'ondoiement, soit que l'enfant fût malade et qu'on craignît pour sa vie, soit que la famille, pour des raisons de commodité personnelle désirât, ce qui était admis, remettre à plus tard sa présentation officielle à l'église, l'ondoiement, dis-je, n'était pas seulement solution de remplacement, d'attente, mais vrai sacrement. Rituel purificatoire par aspersion de l'eau sur le front du nourrisson. Il évitait, en tout cas, à son récipiendaire, s'il venait à mourir d'une maladie infantile, (le croup, la méningite, la phtisie restant des maux particulièrement redoutables) le malheur irrémédiable des limbes.

Catholiques tièdes, plus sceptiques que dévots, Auguste qui, gamin, avait été enfant de chœur du curé David à Vallon-sur-Gée, Marthe, qui avait fréquenté l'école des Sœurs de Saint-Michel-de-Chavaignes, avant la séparation de l'Eglise et de l'Etat, n'avaient pas voulu cependant tenter le diable en négligeant de me faire ondoyer. Leur volonté n'avait pas été non plus de faire de moi une athée. De me tenir systématiquement à l'écart d'une pensée religieuse dont ils projetaient de me laisser, plus tard, le choix, ou de m'en rapprocher encore davantage, ou de m'en éloigner ! J'avais été ondoyée donc dans un premier temps et c'était là l'essentiel. Mais restait, dans un second temps, à satisfaire au rite de la confirmation publique de mon appartenance à la communauté catholique romaine, annoncée, à son de cloche, à l'église, entre un parrain et une marraine.

Auguste était d'avis qu'on en repoussât la date jusqu'au jour de ma communion solennelle c'est-à-dire à trois ans plus tard. A la faire coïncider avec mon admission au sacrement de l'Eucharistie. Ainsi en avait-il été pour lui, autrefois. Ondoyé rue Michel-le-Comte à Paris en 1893, il avait été baptisé en 1904 à Vallon-sur-Gée le jour de sa communion par l'abbé David, son protecteur et curé dont Anne était devenue la servante. Cette tradition, dont il ignorait au demeurant et lui avec nous qu'elle remontât à l'époque mérovingienne, il eût aimé que je la perpétuasse. Les raisons qu'il avançait, toutes profanes en apparence : n'assurer qu'une fois déjeuner et dîner de fête qui nécessiteraient de sa part un gros travail d'homme de l'art, y allant de son talent des grands jours, en cachaient une autre, secrète, émouvante, celle à travers moi, son enfant, de pouvoir remonter le cours du temps.

En couronnement de trois années de fréquentation du cours de catéchisme à l'église de Bonnétable où nous nous rendions, à pied, trois fois la semaine, les jeudis matin dès sept heures trente pour y être à huit heures, les dimanches matin dès neuf heures trente pour la grand-messe de dix heures, puis l'après-midi dès treize heures pour la leçon d'instruction religieuse suivie des vêpres, on me promettait, par avance, dans la foulée de ma communion, au milieu des catéchistes de mon âge, appelés comme moi aux délectations désincarnées du repas mystique, des écrevisses à la nage, servies décortiquées sur une colline de macédoine de légumes frais, un poulet de grain entouré de pommes dauphine, un rôti de veau dans la noix avec des haricots verts fins et, suivant la salade et le pont-l'évêque dont j'étais friande, le régal d'une génoise maison entrelardée de crème au café et au beurre, chemisée de chocolat glacé, portant mon prénom qui, tracé de biais, à la douille, en crème chantilly se détachant sur fond de cacao sombre, aurait l'élan virginal de l'aile des anges. Repas céleste d'une part, nourritures terrestres d'autre part !

Pour mériter l'un comme l'autre, et le même jour, j'étais prête à tous les sacrifices. Celui du plus clair de mes loisirs avec, en hiver, pour les remplacer, dans une église sans feu, où la lueur de quelques bougies ne réussissait qu'avec peine à créer l'illusion d'un peu de chaleur, l'épreuve de l'immobilité et du froid, compensée, il est vrai par les joyeux aller et retour à pied avec Lucienne, avec Solange, avec Alexis. Leur climat de franc-maçonnerie. De société secrète enfantine. Avec ses lieux de rendez-vous occultes, à l'écart de la grand-route, au détour d'un chemin creux, sous un chêne que nous appelions Ernestine et qui nous racontait ses malheurs de dame chêne : veuvage, solitude, enfants ingrats la délaissant pour courir le monde ; l'hiver, bronchite chronique, rhumatismes, éternuements, et qu'il fallait consoler comme nous pouvions, par la promesse de revenir la voir au plus vite avec du sirop pour la toux, de l'aspirine et des cataplasmes, et de nous mettre en campagne pour lui dénicher un second époux, car enfin, à nous entendre, ce n'était tout de même pas les cœurs à prendre, les chênes célibataires non point endurcis, mais en mal d'amour, qui manquaient sur la colline d'en face.

Pour le reste, de dizaines de chapelet en magnificats, de battements de coulpe, en prière d'action de grâces, alors que le nez coule, que le froid s'insinue le long du dos, au creux des reins, cependant que la main, rougie d'engelures, multiplie les signes de croix, tenir le coup, endurer son purgatoire ordinaire. Car la première communion est au bout. Avec sa robe d'organdi blanc ornée de ruchés. Son voile amidonné, attaché par des épingles à têtes perlées au béguin de tulle finement ouvré. Avec son aumônière médiévale suspendue à la ceinture, pour y loger le mouchoir brodé, le chapelet de nacre et la pièce de dix sous à donner à la quête. Avec son gros cierge crémeux de Pentecôte, allumé en signe de présence réelle du Saint-Esprit. Car ce jour-là, le Seigneur est enfin entré en vous et finalement, on espère qu'eu égard à tout ce qu'on aura fait en signe de soumission, d'allégeance, à tout ce dont on se sera privé pour lui plaire, de promenades en liberté, de jeux, de grasses matinées, il n'aura rien, pour une fois, contre les écrevisses à la nage, le poulet de grain, les pommes dauphine, le veau dans la noix, le moka d'Auguste. Contre votre bel appétit après tant de macérations.

Je ne saurai plus dire pour quel motif théologal, ou tout bonnement du respect des usages, le curé Buglot, soutenu par l'évêché, nous dissuada d'ajourner davantage la cérémonie de ma purification publique, jusqu'au jour de ma première communion.

Double occasion de réjouissance, de festin, d'élégance, quelle aubaine pour moi, en tout cas, que ce baptême en deux épisodes.

On se doute bien que la gaillarde comptant huit ans qu'on avait donc, contrairement au projet paternel initial, baptisée solennellement avant son entrée au catéchisme, par un très joli dimanche d'été 1934, n'avait pas vu d'un mauvais œil la pression courtoise mais ferme exercée par le vénérable abbé sur les siens, en la matière. Qu'en capeline de chez Wolf, robe d'organdi rose de Marie-Louise, chaussettes de fil blanc d'Ecosse, et souliers vernis, gantée de dentelle bigoudine qui lui faisait ce jour-là des mains si distinguées pour jeter, à ses camarades de classe, venus saluer sa sortie de l'église d'Aulaines, ses propres dragées de baptême, auxquelles la coutume était d'ajouter un peu de menue monnaie par souci traditionnel d'aumône devenu, avec le temps, tout bonnement de gentillesse, elle avait trouvé délicieux d'être la reine de la fête. D'en pouvoir profiter, pour, derrière l'écran de poussière irritante et sèche soulevée par leur course, leurs piétinements, viser particulièrement du côté d'Alexis. De son éclatant visage mat, animé d'un sourire ample et vorace, aux yeux pétillants et complices, posés une fois de plus sur sa rayonnante personne, délivrée pour de bon du péché originel; plus fraîche par conséquent que les dragées qu'avec des pièces de deux ou cinq sous, elle expédiait ostensiblement dans sa direction.

Car baptisée ou non, sauvée ou non de la malédiction des limbes éternelles, voire des flammes de l'enfer, elle voulait qu'il pût se régaler de pralines, à sa santé. S'acheter, à sa santé toujours, du chocolat au lait, du jujube, et pourquoi pas des billes. Qu'il se donnât, grâce à elle, du bon temps.

Marthe était en robe de voile et en noir comme toujours. Chapeau de chez Wolf, gants longs et le renard du carreau du Temple bien entendu. Auguste avait abandonné ses « leggins » pour des souliers vernis. Il portait chemise blanche et nœud papillon, costume noir à veste croisée. Il sentait le savon à la lavande. Jamais il ne m'avait paru aussi beau, aussi attractif. Il ressemblait à un acteur de cinéma. A un homme riche. Un mondain huppé qui va dans les soirées, fait voltiger les dames dans ses bras parfumés, au son des violons tziganes. Grand-Mère, sur les épaules de son ample robe de sortie d'autrefois, taillée, depuis plus de trente ans, dans une draperie épaisse, soyeuse, inusable, d'un noir brillant, absolu, celui de l'anthracite, de l'aile luisante du corbeau, dans lequel, après sa mort, on me confectionnerait une robe de lycéenne austère, pensionnaire au lycée du Mans pendant les années de l'occupation allemande, arborait certain petit collet de caracul verdi par le temps que je ne lui connaissais pas, ainsi qu'un toquet de crêpe au drapé retenu sur un côté par un bouton de jais. Je ne la reverrai qu'une fois, le jour de ma communion, dans cet antique apparat des veuves du début du siècle, son émouvante splendeur désuète. Il avait été convenu, avec le curé Buglot, que la cérémonie aurait lieu dans l'église d'Aulaines, mon village natal.

Je franchis donc, ce jour-là, entre Théodule Taureau, mon oncle et parrain, tenant chapeau mou et gants beiges suédés à la main, et Clémence Busson, ma fragile marraine en redingote bleue marine agrémentée, au revers, d'une grosse broche de corne blonde en forme d'abeille, le modeste parvis surmonté du blason des évêques de l'abbaye de Saint-Denis de cette chapelle de campagne, édifiée vraisemblablement sur l'emplacement de ce qui avait été, sous Dagobert, un prieuré de clercs évangélisateurs. Auxquels succéderait, à partir du XIe siècle, une petite colonie de moines de Cîteaux, acharnés, autant à faire triompher le christianisme venu d'Orient, sur ce morceau de terre celtique, qu'à assainir avec leurs chevaux, avec leurs bœufs, avec leurs serfs jardiniers, bûcherons, essarteurs, avec leurs serves trayeuses de vaches, éleveuses de cochons et d'oies, lavandières et fileuses, sa vallée marécageuse creusée par un ruisseau né sur les hauteurs hercyniennes de la forêt de Clossay.

C'était il y avait des siècles. D'eux, il ne restait plus qu'un nom : Cîteaux. Celui d'un lieudit, situé à mi-chemin de la colline du Sud où ils avaient tenu des fermes. Partagé le pain et le sel dans des grandes cuisines-réfectoires d'où, par une échelle de meunier, on pouvait accéder à d'énormes greniers à grains et à fruits. Où ils faisaient sécher les simples, avec leurs fromages, avec leurs aulx. Et puis il y avait les cellules pour y dormir sur des matelas de crin ou de balle d'avoine. Leurs métairies s'appelaient, s'appellent encore : la Chetardière, Mont-Colin, Monteyer, le Petit-Paris. Par des galeries souterraines s'enfonçant sous les silices et les argiles de la forêt, on pouvait échapper, avec un peu de promptitude et de chance, à la fureur sanguinaire et pillarde de la soldatesque de passage, teutonne, hongroise, viking, d'avant l'an mille, ensuite à celle des Plantagenêts ou des Capétiens. Se disputant, de la Gascogne au Cotentin, les pays de bocage tournés vers l'Atlantique et la Manche, dont ce terroir mainiaut avait été aussi l'enjeu.

Par des chemins creux en pente raide, aujourd'hui à peu près disparus, mais que rappelle encore, à la saignée de deux pâturages obliques et bombés, la retombée d'arbres antiques (des arbres-vautours, silencieux et verts, agrippés par leurs racines tortes, à l'encorbellement d'un talus sur le tracé de ce qui fut leur passage), vaillamment, jusqu'au plus dur des hivers, en froc boueux qu'ils retroussaient au-dessus du jarret, les épaules couvertes d'une peau de mouton ou de chèvre, le capuchon rabattu sur leur tonsure, ils étaient descendus de la colline pour y dire la messe en latin jusqu'en ce lieu que, des siècles plus tard, j'abordais en organdi rose. Pour y rassembler les âmes plus ou moins rétives au message d'une doctrine religieuse désincarnée, mettre la main sur elles et, si quelqu'une faisait la sourde oreille, avec l'appui du pouvoir séculier, la prendre tout bonnement au collet. Il y avait l'Enfer ou le Paradis à la clef. Ici, comme ailleurs, ils étaient là pour ça. Pour défricher et pour convertir. Et leurs intérêts matériels étaient si intimement liés à ceux du spirituel qu'ils avaient fini par croire, à la longue, en toute bonne foi, qu'il en allait de leur salut de les mener de front.

C'est que cette terre de futaies, d'humus gras et visqueux, intensément travaillée par la macération des pourritures végétales, enrichie, sous les couverts, par l'alchimie des équinoxes, celle des solstices, lorsque la lune est ronde et rouge comme si elle prenait feu, qu'elle eût enfin réussi à devenir le soleil ; dans le fouillis chuintant des feuilles mortes, sans cesse parcourue par le sanglier, par le renard, par le cervidé, par le loup, avec, au-dessus d'eux, le cri de chasse de l'épervier, du chat-huant, de la buse, son harcèlement (et, quand on était sur ses hauteurs, on découvrait que le déferlement de ses clairières pentues, offertes à la lumière, allait encore se heurter au mystère d'une forêt s'insinuant entre elles, par coulées de fougères, leur avancée de longues barques à proue bruissante de menus reptiles et d'oiseaux), avait été difficile à rallier au monothéisme judéo-chrétien. On ne devient pas aisément et sans déplaisir, quand on est homme ou femme ou enfant de luxuriance sylvestre, familier d'architecture ligneuse colossale et sauvage érigée sur le socle des mousses spongieuses ; de cryptes naturelles végétales, cloisonnées de feuillages, scindées en deux par le passage reptilien d'un ruisseau (et le soleil, alors, qui les éclaire, est presque toujours vert et l'herbe que le chevreuil mâche a un goût d'algue), adepte d'un culte étranger, conçu par un peuple d'ailleurs. Façonné à l'inverse de soi, par les rythmes du nomadisme à travers les déserts sous un soleil de plomb. Avec le spectre permanent de la faim et de la soif devant et derrière soi.

En pays celtique, on a le culte viscéral de l'eau, qui abonde au contraire. Celui de la fécondante et guérisseuse fontaine. L'eau gauloise, froide et pure. Qui fait naître autour d'elle la menthe poivrée, le cresson, le roseau. La poissonneuse, la désaltérante. Qui se laisse boire et du même coup redonne vie. L'eau. La diva. La divone. La divina !

On a aussi celui de l'arbre. De sa puissante irremplaçable entité. Celui de Robur le chêne-rouvre que parfois les dieux habitent quand ils y font naître le gui, en signe d'alliance, passée de gracieux suzerain à vassal, entre les hommes et eux. Celui de Fagus le hêtre, au pied duquel, pour se nourrir de sa faîne, la tribu des sangliers fouit. D'Abellion, le gentil pommier, le Bacchus du Nord couronné de sa guirlande de jolis petits fruits durs, couleur de safran, de rubis et qui se laissent manger jusqu'au cœur noir de l'hiver. Et puis encore, de Buxenus le buis, qui chasse les humeurs mauvaises. Celles de l'haleine, celles du sang, rien qu'à l'odeur ! Divinité zoomorphe, on vénère le royal Taureau aux trois cornes lunaires et puis encore Cernunos au front boisé de cerf, à triple visage d'homme, assis sur son trône de noisetier, tenant d'une main le serpent à tête de bouc en signe de puissance « sur la terre comme au ciel » et de l'autre, le sac de graines qu'il sème à tous vents.

Oui vraiment, difficile de quitter tout cela ! De dire adieu à une théogonie pittoresque et familière qui refuse d'instinct, et par commodité morale et affective, non seulement de séparer l'humain de l'animal, mais de la divinité. De faire table rase de ses rites éprouvés de révérence et de crainte, permettant d'éloigner de soi, de sa famille, de son troupeau, le mauvais sort ; d'avoir Robur, Cernunos et la féconde Epona, la déesse jument pour soi. De tourner le dos aux fantasmes servant de support séculaire à l'élaboration d'un ensemble de grands mythes collant de près aux rythmes de la végétation, du climat, du bûcheronnage, de l'élevage, de la chasse, de la glandée, au profit d'un concept abstrait, dépaysant. D'un dieu unique, omnipotent et désincarné. D'un culte austère à rendre à l'Invisible, à ce qui le sépare radicalement de la condition humaine, de son insolente et pitoyable précarité, de son état endémique de péché. Car l'humilité est au bout, l'humiliation même. Elle s'appelle la prière, non point celle qui exige ou plus habilement cherche à passer marché, offre les entrailles du captif, de l'esclave désigné, de l'animal, à tout le moins la pièce de monnaie, le boisseau de farine en échange du bienfait, mais celle qui accepte, eu égard à l'absolue imperfection de celui qui la formule, la rigueur du sort, la maladie, la mort, comme prix à payer en vue de se hausser, après l'anéantissement du corps, jusqu'à l'éternité radieuse de l'innocence recouvrée.

Le péché du monde. Il y avait un péché du monde, disaient les moines. A découvrir, à expier.

Et voici qu'ils prétendaient détruire la table de pierre druidique, le temple antique, la « cella » construite au carré avec sa galerie processionnelle, dans une clairière, à quelques pas du cours sacré du ruisseau, de la voie de circulation et d'échange qu'il ouvrait entre deux tribus voisines, deux groupements humains. Ici, en ce lieu de mon baptême, entre les bûcherons-artisans potiers de la villa gallo-romaine implantée, depuis César, au cœur de la forêt de Clossay, car il y avait de l'argile là-haut sur la colline de l'Est ; avec laquelle on fabriquait des pots, des amphores, des cruches à tête de chien camus, de pourceaux ; des récipients à conserver les huiles de noix et de faînes, les épeautres, les farines de châtaignes et de glands, les quartiers de porc salé et cru figés dans le saindoux, et ces sifflets de terre cuite en forme d'oiseau, pour amuser les enfants équipés de javelots de bois, de lance-pierre ou pêchant au harpon ou à la main la tanche, le goujon entre deux rives de coudrier, de sureau, et jusqu'aux petites statues de ces dieux paysans et sylvestres, à tête chevelue et puissante, yeux ronds et fixes de rapaces, le cou orné du torque gaulois, buste long et jambes courtes, modelés assis en posture de sérénité bouddhique, et nous autres, les Aulerces, les Aulainais. Les gens du bas pays des aulnes, des marécages circonscrits aux quatre points cardinaux par quatre collines chevelues.

Pour maîtriser les consciences, de gré ou de force, canaliser les imaginations, en tourner le cours, le christianisme des moines possédait un énorme atout. Ce Josué de Nazareth engendré par un Dieu unique et par le truchement de cette projection mystérieuse de lui-même qu'ils appelaient « son esprit » dans le ventre d'une femme. Une jeune vierge de Palestine prédestinée à la fécondation désincarnée.

Ainsi se retrouvait-on, bon an mal an, en face d'un culte trinitaire à rendre. Celui du père, du fils, de son esprit les rassemblant en une seule personne. Celui, dans la foulée, de Marie, féconde mais intouchable, mais échappant aux contingences de sa condition humaine, assurant une manière de continuité avec le vieux culte ancestral des déesses mères et surtout, très ancré, de Cernunos le dieu cerf tricéphale. Trois visages pour un seul corps ! Qu'on ne renierait d'ailleurs jamais tout à fait, à travers la légende de saint Hubert l'enragé chasseur, païen, sanguinaire, s'adonnant au plaisir du massacre dans la forêt des Ardennes, un vendredi saint. Tombant à genoux devant le dix-cors au front surmonté d'une croix lumineuse qu'il se promettait d'éventrer. Se convertissant, à la seconde, au christianisme. Un renoncement, sur l'heure, et pour toujours, à l'ivresse de la tuerie. Qui le conduirait à devenir un saint. Un homme de pénitence, de paix.

Car le christianisme c'était fondamentalement cela. Une proposition fantastique de sublimation des instincts. Le goût du viol, de la guerre, du meurtre rituel censé exorciser le mal, retomber en pluie de sang bienfaisant sur la tête du sacrificateur et à travers lui celle de la foule. Celui de l'homicide, remplacé par celui de l'amour. Préférer être tué que de tuer ! Dieu s'étant fait justement entendre là-dessus. Sur son refus absolu d'agréer les sacrifices sanglants en son nom, de s'en faire un manteau de gloire et de pourpre. D'en être le complice insatiable, exigeant.

Pour le signifier à la multitude, en finir une fois pour toutes avec ce malentendu séculaire entre les hommes et lui et qui datait du temps où son tout premier fils, sa toute première fille, le premier couple de la genèse avait perdu l'innocence ; où, les abandonnant à leur imperfection, il les avait chassés de son ciel, livrés sur la terre, leurs descendants et eux, à leurs propres démons, il s'était offert lui-même, une fois, en holocauste volontaire à travers cet autre fils, ce Josué qu'il avait délibérément choisi. Qui s'était délibérément laissé choisir, pour subir les tortures de la mort lente par crucifixion, infligée dans le monde antique à l'esclave pris en faute ou encore au larron. Meurtre ultime ! homicide sacré mais déclaré à jamais non renouvelable, sous peine d'y perdre sa chance de salut !

« Tu ne tueras point. »

Voilà en quoi consistait le message. Le fondement de cette religion nouvelle décidée, pour réussir sa percée, à se tailler une place sur les lieux mêmes de l'ancienne qu'elle entendait démanteler. Car on bâtirait désormais des églises, des chapelles, des baptistères sur les fondations de la cella, avec la pierre arrachée au dolmen et, le culte de la Diva, de la déesse-source, fontaine, serait remplacé par celui de Marie, mère de Josué, Reine des eaux purifiantes, Reine de Vie, ou encore, par celui d'un saint, les ayant fait jaillir avec la permission et pour la gloire de Dieu. Tant il est vrai (et les grands fondateurs des ordres missionnaires monastiques, les Martin venus de Pannonie, des rives du Danube jusqu'à la Loire gauloise, les Grégoire de Tours, les Robert de Molesmes et d'autres, le savaient) que l'homme, étant un animal de défiance et de lenteur, réfugié dans le cocon de ses habitudes, on n'obtiendrait rien de lui, en particulier des puissants du jour, de ces féodaux germaniques ou normands, désormais partout répandus, entre la Méditerranée et l'Atlantique, dont les ancêtres, il y avait peu, buvaient encore le vin noir de l'ivresse dans le crâne évidé de leurs vaincus, traitaient mieux leurs chiens que leurs captifs, que leurs esclaves, à savoir, un début de mauvaise conscience, de levée de scrupules, ayant pour conséquence, à la longue, un relatif adoucissement des mœurs, si l'on ne faisait pas avec eux, d'abord, la part du feu.

Même chose pour moi. Avec moi. En ce joli dimanche d'été 1934 où, flanquée des membres de ma famille pour ma présentation au temple, son cérémonial codifié, censé m'arracher à mon état barbare, inhumain de nature (à chaque baptême, chaque aspersion par l'eau, chaque purification par le sel, un essai de greffage sur l'arbuste sauvage dont on voudrait le voir un jour produire un meilleur fruit), enfant au visage rond, lunaire, impénétrable, vieux comme le péché, vieux comme le monde, je fis mon entrée dans l'église d'Aulaines.

Entre deux rangées, taillées dans le chêne sombre et s'écoulant entre elles comme de l'eau, traversée de fines zébrures de soleil, une courte nef à parcourir. Son pavage de terre cuite fissuré et clair. A hauteur du transept, en soutenant la voûte, son plein cintre cistercien en lattes courbes de châtaignier, enluminées d'étoiles et de culs-de-lampe polychromes, la poutre de gloire, sa scène de crucifixion suspendue, à la lisière du chœur entre ciel et terre.

Il faut passer en dessous d'elle. Sous le supplice de cet homme couronné, par dérision, d'épines acérées qui lui font un chaperon de torture. Aux mains clouées, paumes ouvertes, aux bras d'une croix. Aux deux pieds chevillés l'un sur l'autre et qui saignent et, avec lui, sous les deux femmes encadrant son agonie, dont je ne connais encore ni l'histoire, ni le nom mais dont il me semble que, yeux levés à hauteur de son flanc transpercé par le glaive, elles pleurent.

« Tu ne tueras point. »

Passer outre. Me raidir. Prendre sur moi. Par instinct de conservation viscéral. Apprendre, dès maintenant, comme tout un chacun, chrétien ou non, à occulter plus ou moins le message. A me boucher les oreilles quand il le faudra. A souscrire aux alibis ordinaires : la légitime défense, les intérêts de la patrie, le triomphe de la civilisation. Tout l'arsenal des bonnes et mauvaises raisons permettant de contourner l'interdit. Eloigner à tout prix, surtout, l'idée qui pourrait, en cet instant, effleurer (sait-on jamais ?) mon esprit de huit ans aiguisé par la solennité de l'heure que le sang de ce juste puisse retomber sur tout le monde. Sur moi... Sur l'élégance dérisoire de ma toilette d'organdi, de mon chapeau.

Finalement, les choses se passeront sans drame, redeviendront vite rassurantes. Les fonts baptismaux d'abord. Leur citerne de marbre, montée sur pied. Fermée par un couvercle en forme agréable et familière de gros œuf, de berceau, qui occupe l'angle de la chapelle du nord au modeste autel en pierre de taille, au tabernacle peint en blanc avec sa porte fermant à clef ornée d'un cœur surmonté d'une croix couronnée de flammes, sous la statue, placée dans une niche, de saint Joseph en toge prétexte et cothurnes antiques galonnés d'or. Un petit homme barbu et chauve, aux yeux ronds et songeurs, couleur de châtaigne et qui a l'air triste.

Un jour, mieux informée, je comprendrai les raisons de cette hiératique mélancolie de serviteur de Dieu condamné au rôle ingrat de père adoptif, d'époux de façade, dont on me fera psalmodier à la fin des Vêpres, après « le Béni soit le nom de Marie Vierge et Mère », l'étrange louange sous la forme de « Béni soit Joseph, son très chaste époux ».

Ensuite, consistant à me frotter les lèvres de sel et à me signer au front, la cérémonie elle-même, intime, paisible, du sacrement de baptême administré par le jeune abbé, minutieusement tonsuré. En gros souliers à tige, noirs et brillants de cirage, des espèces de bottines à bord flasque effleurant le bas de sa soutane à petits boutons ronds et serrés comme ceux des tuniques indiennes, et, bordé de dentelle et finement plissé, en surplis blanc d'officiant qui, lorsqu'il s'approcha pour de bon de moi, me souleva mon chapeau pour me signer au front, me frotter les lèvres avec un peu de sel, sentait bon l'amidon, la mousseline fraîchement repassée ayant encore gardé l'odeur de léger brûlé que distille, porté au rouge, le charbon du fer de fonte, quand il boit la vapeur s'élevant des étoffes humides.

Et voilà, maintenant j'étais chrétienne. J'avais des chances, si je mourais prématurément, d'être agréée parmi les élus de Dieu. D'éviter, sinon le purgatoire, mais les tortures éternelles de l'enfer.

Donc je pouvais me réjouir. Jeter des dragées au-dessus de la tête hilare et frisée de ce joli faune d'Alexis et dans la pièce de la mairie, qu'avec l'accord du maire, on avait, pour la circonstance, convertie en salle à manger, savourer, sous le portrait d'Albert Lebrun, sur une nappe blanche marquée aux initiales de mes défunts grands-parents Taureau et dans le fameux service en Limoges de cinquante-quatre pièces de Marthe, les pattes de grenouille sauce poulette, le pâté de lapin maison, le gigot vert-pré et les choux à la crème d'Auguste, en prenant garde, serviette damassée nouée autour du cou, à ne pas tacher mes élégants habits de néophyte.

Et, pour en finir avec ce jour mémorable, une fois les chaises repoussées contre les murs, la porte de la mairie ouverte sur la cour des garçons, sur sa douce nuit d'été de pleine lune, peuplée de feuillages à portée de main : le tilleul, sa parfaite rotondité de temple antique, de panthéon sylvestre en sommeil, la haie d'aubépine, séparant l'école du jardin de Clémence, mouchetée de vers luisants et puis très haut, ce qu'on ne pouvait atteindre dans l'épaisseur de son velours d'un bleu noir et qui était le chatoiement minéral des étoiles, leur éclat de carbone pur, regarder, spectacle inouï, insolite, formidablement excitant, danser au son d'un one-step nasillard, retransmis de Radio-Paris à la TSF, Henriette avec Théodule, Auguste avec Marthe. La tenant gravement entre ses bras comme on tient un objet de prix, un vase rond, fragile et rare, plein d'une eau souterraine et fraîche, d'une huile ou d'un vin précieux. Quelque trésor qui vous a été miraculeusement confié, dont vous êtes fier mais en même temps, vous n'en revenez pas de ce qui vous arrive. Et vous prenez garde comme un petit garçon auquel on a donné à porter, pour la première fois, une lourde et belle charge, à ne pas la faire tomber, à chaque pas de l'hésitant ballet que vous esquissez avec elle.

D'autant que, de votre côté, vous n'avez l'habitude, ni de danser, ni d'avoir ainsi, contre vous, devant le monde, devant les gens, cette femme amphore qui est pourtant la vôtre. Qui, du sien, a l'air contente, justement, que les choses, ce soir, soient comme elles sont. Elle, contre vous, vous contre elle et qui, maintenant que le concert de musique nègre à la TSF est achevé, fredonne tout ce qui lui passe par la tête, des marches militaires, des airs d'opérette et la Rose-Marie Polka, afin que dure entre vous le plaisir du mouvement, de la danse. Avec, dans votre sillage, vous collant aux talons et sautillant en mesure, une fillette en organdi rose. Une enfant de huit ans, couvant de son regard myope, non encore rectifié, ce jour-là, par des lentilles qui lui feront gagner, certes, par la suite, en acuité, en faculté de découvrir la physionomie réelle du monde, ce qu'elle y perdra, en douce confusion, à mi-chemin entre l'existence éveillée et le rêve, votre couple. S'abandonnant, à cause d'elle, de l'occasion de ses débuts de chrétienne en herbe, « tu ne tueras point », au bonheur fugace de cette heure insouciante, entre deux drames, entre deux guerres. Quelque chose comme un embarquement pour Cythère, un univers de scènes galantes, aux contours atténués par un pinceau trempé dans les vapeurs d'une brume floue, moitié Watteau, moitié Renoir. La robe de voile sombre de Marthe. Son bras nu, clair et gras contre la manche de drap noir du veston d'Auguste. Sa main gauche à lui, aux doigts carrés du bout, ornée à l'annulaire d'une alliance, posée comme une fleur sur la colline de sa hanche d'imposante Diva. Et cet air de légèreté qu'ils avaient malgré les handicaps : sa pesanteur à elle. Sa maladresse de cavalier à lui. Cet air de jeunesse que je ne crois plus leur avoir revu depuis. Si, peut-être. A l'occasion de ma communion et le jour où je décrocherai le prix d'excellence, en classe de philosophie, au lycée du Mans. Une des dernières fois, en tout cas, où, dans l'euphorie de ma vue courte, ma naïveté de mal voyante ait fait totalement confiance au monde. A son absolue indéfectible beauté à travers eux.

8.

C'en est fait. Je vais voir le monde pour de bon. Je vais le voir tel qu'il est. La visite chez l'oculiste au Mans, à la veille de la rentrée scolaire 1934, aura confirmé mes dires. Non, ce n'était pas de la gaminerie, ce n'était pas de la pose : 5 de vision seulement à l'œil droit, 4 à l'œil gauche. La révélation a eu lieu chez le docteur Drouin, rue de l'Etoile, dans le cadre imposant d'un cabinet vaste et lambrissé. Hautes fenêtres bourgeoises aux espagnolettes de cuivre chantourné, donnant sur la rue, mais refusant sa pleine lumière, avec leurs doubles rideaux en tapisserie épaisse et beige bordés d'un galon frangé. Cossu bureau Louis XIII, noir de peau. Insoulevable ! Fine odeur de bois ciré. Parti pris de clair-obscur flamand, avec, ici ou là, le coup d'éclat donné par le rougeoiement d'un vase, d'une aiguière de cuivre et l'angle austère d'un mur, devenu, jusqu'au plafond, somptueusement vivant, végétal, à cause de la présence d'un palmier, son érection de geyser en crue, hors d'un cache-pot de céramique blanche, ornée, à la Bernard Palissy, d'un enchevêtrement, d'un vert vif, d'herbes aquatiques, de grenouilles et d'orvets saupoudrés de poussière d'or.

Précédant cet endroit où l'on vous fait asseoir sur un haut tabouret, en face d'une pancarte étroite et longue suspendue à la cloison, imprimée de lettres à déchiffrer à distance par ordre de grandeur décroissante, après qu'on vous ait chaussé le nez d'un lourd appareillage faisant office de monture creuse, permettant au spécialiste de la morphologie de l'œil, de ses malformations congénitales, de son degré d'usure, d'y ajuster, dans l'ordre et à la demande, la succession de verres, ici, dans mon cas, divergents, dont il finira par détecter lesquels sont en état de rectifier la courbure excessive d'un cristallin vous ayant, depuis huit ans, joué le tour de former des images écrasées et floues en avant de la rétine, et cela, à l'insu des autres autant que de vous-même, il y eut, d'abord, le cérémonial de l'attente dans une antichambre, séparée du cabinet par un hall à verrière de couleur, donnant sur un jardin planté de seringas, de lauriers-roses. En cet endroit encore, un clair-obscur d'habitat troglodyte, meublé, pour s'y tenir dans la pénombre, en feuilletant des revues qui trompent l'ennui, d'un lit clos, d'un coffre, d'un bahut breton. Les sièges de même. Et l'on ose à peine s'asseoir, prendre appui contre la splendeur de leur dossier raide, évidé par des balustres, entre lesquels s'inscrit, taillé à la gouge et dans la masse, le rinceau des guirlandes de glands se frayant un chemin dans le fourmillement des feuilles. Même sensation qu'à mon baptême de me trouver au seuil du mystère.

Même souffle coupé à la minute de l'initiation et les sens aux aguets ! Le toucher : ce dossier de meuble à parcourir de la paume, son incroyable solidité, ses alternances de surfaces lisses et rugueuses, de zones d'épaisseur séparées par un système régulier de claires-voies par où les doigts peuvent s'insinuer, se donner de l'air, jouer subrepticement avec eux-mêmes avant l'instant définitif. L'ouïe : décuplée. Qui perçoit, malgré l'épaisseur des murs, celle d'une porte cochère inexpugnable pareille aux portes d'entrée principales des maisons d'arrêt, le passage d'une voiture tournant au ralenti, la sonnerie du tramway, son léger ronron de machine roulante sur rail à travers la ville. Quelque part encore, l'arrivée d'un souffle de vent qui fait bruire les feuilles d'un érable du jardin intérieur que l'automne a porté au rouge.

Enregistrer, avant de faire le pas, les bruits ultimes. Engranger les derniers détails. Ceux à portée de main, c'est-à-dire, pour moi, de regard : la chevelure d'une nymphe rousse s'ébattant à moitié nue au flanc d'une potiche posée sur le couvercle de l'austère bahut breton à moraillon de fer forgé, et puis, sûre de mon fait : « oui, c'est vrai, je n'y vois plus au tableau dès qu'on m'en éloigne de trois ou quatre mètres ; non, je ne me suis pas inventé cette infirmité pour créer l'événement », quitter la salle d'attente, traverser le hall aux vitraux d'église, entrer dans le cabinet Drouin avec Marthe qui m'a promis des lunettes roses si je suis bel et bien myope, et ce qu'elle appelle une « punition carabinée » dans le genre privation de sortie et de jeux pendant deux semaines, si je me suis moquée du monde, en suscitant d'une part, un déplacement supplémentaire avec la Mona au Mans, d'autre part, les frais inutiles d'une visite chez l'ophtalmologiste de la rue de l'Etoile.

La cause, ma cause, est entendue, une demi-heure plus tard.

Tant pis pour Marthe Roulette née Taureau qui en doutait, sous le prétexte que personne, ni dans sa famille ni dans celle de son mari, n'était né la vue courte. Le sort en est jeté désormais. Je suis myope comme une taupe et j'ai beau avoir le triomphe modeste, je savoure intensément la confusion que je vois bien s'être emparée de Madame ma mère, son remords de ne pas m'avoir crue d'emblée et qui lui fait, après un temps d'assez long silence, tandis que nous marchons par les rues, pour nous rendre chez l'opticien, me demander avec douceur si l'émotion ne m'a pas creusé l'appétit. Me suggérer que nous entrions d'abord choisir pour moi un gâteau dans une pâtisserie. Proposition que je daigne accepter avec un naturel parfaitement feint comme si c'était l'habitude qu'elle allât au-devant de mes désirs.

Dans la boutique de lunetterie optique Maîche, rue du Mâs, à quelques pas de chez Louis XIV, il règne une atmosphère ouatée, sérieuse, quasi initiatique. L'homme qui s'approche a quelque chose du prêtre, du médecin. Grand, circonspect, en blouse blanche. Toujours ce blanc, signe d'ésotérisme, de pouvoir, de magie. Le ton, aimable et contenu, du praticien. Le regard, celui du confesseur concentré sur vous, sur votre mine. Ce qu'elle pourrait cacher derrière son innocence.

Justement elle cache quelque chose : 5/10 à l'œil droit, 4/10 à l'œil gauche. Pour traverser l'étendue du magasin, se frayer un chemin entre les vitrines où l'arsenal des lentilles, des jumelles, des montures de lunettes sont exposées comme dans les musées à l'abri de l'indiscrétion des mains, des respirations, à longues enjambées prudentes et douloureuses, il boite. Comme le bijoutier de Bonnétable. Il me semble n'avoir jamais vu personne d'aussi grand, d'aussi hors du commun, sinon l'abbé, peut-être, qui m'a baptisée.. Il a des doigts chauds, habiles et légers, le long de mes tempes, derrière mes oreilles, autour de mon nez, pour y ajuster, l'une après l'autre, les montures spécialement conçues pour enfants dont la tige d'acier élastique et courbe vient coller à la convexité du pavillon de mes oreilles

« pour que votre fillette, Madame, ne perde pas ses lunettes en jouant et courant ».

Rouge de contentement (cet affairement autour de moi, ces caresses expertes et voltigeantes sur ma figure), je me rengorge et puisque Marthe est prête, pour se faire pardonner d'avoir douté de moi, à tous les sacrifices, à me laisser libre choix, je jette mon dévolu sur la paire de monture la plus rose et la plus ronde en déclarant qu'elle ira parfaitement avec ma capeline de chez Wolf !

Deux heures plus tard (le bel opticien boiteux de la maison Maîche a demandé deux heures pour procéder au montage convenable des lentilles) c'est le choc ! La rue du Mâs, avec ses gros pavés gris, leurs cabochons luisants de pluie, avec ses trottoirs, ses rails de tramway, sa succession d'étalages dont on vient, sur le coup de cinq heures, d'allumer les ampoules, me saute au visage avec la violence d'un paquet de mer.

Dans un déferlement de pierres, d'ardoises, de verre et d'acier, les angles et les façades des immeubles, leurs toits, leurs vitrines foncent sur moi, charriant avec eux des vêtements, des flacons de parfum, des bouquets de violettes et de muguet artificiel, de la vaisselle et des couronnes mortuaires, de la cristallerie et des parapluies, des boîtes de confiserie, des chapeaux auxquels viennent se mêler des bouteilles de vin cacheté, de la passementerie et des boutons, de la quincaillerie et même des livres ! Chaque détail a la minutie d'une peinture naïve, imposant à mon regard déconcerté, le long d'une voie marchande, découverte en perspective cavalière, la précision des volumes et des lignes, le fouillis des objets, la crudité de leurs couleurs, la spécificité de leur usage, leur prosaïsme plus ou moins vulgaire, alléchant ! Finalement, lunettes sur le nez, ma première vision surréaliste du monde.

Son parti pris de matraquage à grand renfort d'images subversives, d'évocations saugrenues, mêlant l'utile à l'inutile, le démentiel au suave, le pompier à l'évanescent, la fleur en celluloïd au soulier orthopédique, la guimpe de dentelle au faitout, le mannequin sans tête à la tête sans corps, l'encyclopédie en cinq volumes à la paire de jarretelles. Son méli-mélo subversif acculant l'être humain à ne plus savoir que choisir, que repousser. Le réduisant au rôle boulimique d'estomac d'autruche et, de façon prophétique, préfigurant déjà l'univers gadgetier, dépersonnalisant, suicidaire, qui triomphera impunément en Occident, trente ans plus tard, après la Seconde Guerre mondiale.

Je ne m'attendais pas à cela. A pareille foire ! Pareille fièvre ! Aussi, me semble-t-il bien, dès cet instant et malgré les apparences (car j'avais tout à coup volé d'un trottoir à l'autre, d'une vitrine à l'autre, poussé des exclamations qui étaient presque des cris, devant les friandises, les étoffes, les bibelots, que je découvrais tous à la fois, et pour de bon dans leur netteté fascinante) avoir refusé, par instinct naturel de conservation sans doute, autant que par éducation, de me laisser démanteler par la violence de mes désirs. Par cette foudroyante ardeur qui m'avait tout d'abord brûlée. M'incitant à me livrer, sans discrimination ni scrupule, à la folie du pillage. Comme si, devenue machine insatiable à ingurgiter, j'avais été sous l'effet d'une drogue, ou bien saoule. Refusé de souscrire à l'entreprise d'anéantissement de ma volonté sélective, de son libre arbitre. Décidé d'y échapper chaque fois qu'il le faudrait. De préserver mes positions de repli en continuant à cultiver, peu ou prou, ma myopie de l'intérieur. Ses ressources intarissables.

Pour ce qui fut du reste, de la vraie découverte du reste, je veux parler du spectacle de la nature, le plaisir avait été total. Sans ambiguïté, sans ombre. Voisin de l'illumination.

La même empoignade de tous mes sens, exaltés par celui de la vue comme dans la rue du Mâs, mais sans cette sensation d'étouffement, né de la honte de me sentir appâtée, comme la bête affamée, comme le rat, par la montagne de lard qui refermera sur lui la mâchoire du piège qu'on lui tend. Une impression, au contraire, d'absolu plaisir. De liberté. D'avènement, après la rupture de la chrysalide, à l'état souverain d'adulte. D'empire sur moi-même me permettant d'accéder à la maîtrise paisible et bienfaisante du monde.

En particulier, il y avait eu, quelques semaines après l'achat de mes lunettes, une promenade d'automne, un dimanche après-midi dans la Mona qui nous avait conduits, par une route sinueuse, à la limite des premiers contreforts des vieux massifs érodés des Coëvrons, dominant, en Mayenne, l'antique vallée de l'Erve, l'une des plus anciennement habitées dans le Maine par l'homme des cavernes, réfugié, à l'époque glaciaire, dans les grottes siliceuses de Saulges. Nous n'avions, bien sûr, pas poussé jusque-là. C'eût été trop loin pour nous. Trop aventureux.

Mais déjà, à une vingtaine de kilomètres seulement de Bonnétable et d'Aulaines, après une jolie petite balade entre deux rives étroites de haies dont les cimes courbes, finissant par se rejoindre, formaient voûte (un enchantement pour moi que cette avancée placide et bourdonnante de solide Renault d'avant-guerre, le long de ces couloirs boyaux, habillés de feuillages rutilants et que je devais retrouver plus tard en visitant certaines églises auvergnates ou bretonnes et la cathédrale de Spire en Allemagne sur les bords du Rhin), l'apparition, dans une giclée de soleil, comme au bout d'une nef obscure, celle d'un autel découvert à la lumière titillante des cierges, d'une première agglomération haut perchée, la petite ville de Ballon, agrippée logis par logis, tentacule par tentacule à son pan de roc herbeux autour du cylindre trapu de son donjon vétuste mais solide encore, mais comme décidé encore à jouer son rôle de tour de garde aux carrefours du Maine et de Normandie, m'avait transportée.

Voilà donc ce dont j'avais été privée jusque-là. Ce que j'avais raté. Cette ampleur de la vision sans l'habituel voile de pudeur, de fadeur même, m'en ayant oblitéré la vivacité des détails. Leur rugosité ou leur force. Le poids de leur existence même. Ainsi de Ballon, autrefois fortifié, gardant, finalement, malgré sa disparition, l'ancien tracé de son enceinte de cité ayant pris peu à peu racine, par cercles concentriques autour de l'érection monumentale de son « burg » médiéval. La fameuse « caput », dressée, impérieuse, de l'animal vigie et qui flaire le vent. Prend acte du moindre passage de cavalerie, de compagnie de chasse, de convoi de manants conduisant leurs pourceaux à la foire, à la glandée. Et le corps de la bête, c'est-à-dire la ville, sa machinerie, moitié pierreuse, moitié charnelle de muscles et de sang, de viscères qui la mettent en branle, elle, ses rouages, ses canalisations, ses stations d'échange, ruelles après ruelles, culs-de-sac après culs-de-sac, ateliers après boutiques, tout son ensemble, maintenu serré dans la cage du squelette, le carcan de sa muraille, vit, fonctionne, aveugle et soumis, comme la nature le veut, comme c'est la règle, à la volonté de la tête. A son pouvoir.

Ballon, ma première ville dinosaure. Ma première

ville forte. Celle qui finirait un jour par me conduire à Carcassonne !

Sa traversée s'étant faite sans heurt, sans émotion apparente pourtant. Parce que banalement familière, avec ses épiceries-merceries exposant des pelotes de laine grise pour la confection des chaussettes, des rouleaux de ruban de satin rose ou bleu pour les nattes des petites filles se rendant à la messe, des tablettes de chocolat Meunier, des litres de vinaigre et d'huile. Avec ses auberges crépies de blanc, aux portes ouvertes sur des salles qu'on devinait vastes et sombres, meublées de tables et de bancs en guignier, en chêne du pays. Sur lesquels on s'asseyait entre hommes, la casquette rejetée derrière le crâne, le verre de calva ou d'apéro à portée de main pour jouer à la manille au milieu des courants d'air. Et le temps passait. Tout un après-midi de dimanche de fin octobre, de Toussaint. Baigné au-dehors de soleil fauve mais déjà lourd des menaces d'un hiver à venir, imposant à la moindre feuille, alentour, à la moindre flaque d'eau, un masque de rouille.

Après l'église, n'ayant hélas, rien gardé, sinon, sans doute, ses antiques assises, de ce qui avait dû être sa rusticité romane, autre apparition fulgurante, à la descente de la colline, cette fois, nous conduisant en direction du cours supérieur de la Sarthe, de l'Alençonnais.

Autre ravissement que, vu de haut, l'amplitude d'un paysage découvert alors en creux. Son cratère gigantesque d'arbres, d'herbes, de ruisseaux, dominé en amont, à des kilomètres de là, par les éminences du Maine et de basse Normandie formant amphithéâtre autour de lui. Tout un terroir s'offrait à moi avec son prodigieux équilibre né de la juste répartition du ciel, de la végétation et de l'eau. J'avais devant moi le spectacle d'une harmonie bocagère littéralement unique au monde, fruit d'une science pastorale et agraire séculaire, moitié celte, moitié viking. Car les Varègues de Scandinavie, les champions sans foi ni loi du pillage et de la flibuste, de la Manche, de la Baltique, d'avant l'an 1000, mes sauvages et obstinés ancêtres migrants, n'avaient pas été seulement marins, mais cultivateurs et éleveurs chevronnés. Décidés, pour avoir appris à tirer parti de leurs terres d'origine, parmi les plus ingrates du monde, à faire de celles qu'ils avaient arrachées aux rois germains d'Ile-de-France après plus d'un quart de siècle de razzia, un paradis vivrier dont la première marche, son arène de splendeur, s'étalait à mes pieds.

Avec elle, des forêts venaient à moi. Celles de l'Ouest et du Nord. Celles des Coëvrons, de Perseigne et d'Ecouves dont je n'apprendrais les noms que plus tard, mais dont l'explosion verte et rouge me brûlait délicieusement la vue, m'arrachait à moi-même, provoquait l'éclatement heureux de mon propre noyau. La révélation. Le coup de foudre. Une histoire d'amour, de possession renouvelée et mutuelle entre la nature et moi qui ne finirait qu'avec ma vie !

Et je criais dans la Mona, en soulevant contre la vitre du pare-brise mon baigneur en celluloïd habillé de laine rose, « mon Jeannot », mon « Nono pour les dames » pour lequel j'éprouvais un attachement maternel si vif, que je voulais qu'il fût de tous nos déplacements : Regarde mon petit, le Panorama. Ce que tu vois, ça s'appelle un « panorama », et je l'offrais et je m'offrais à ce monde largement ouvert. A ces espaces moulés en creux, aux contours relevés, plantés de forêts pétries, ce jour-là, dans des épaisseurs poisseuses et déferlantes de miel. Visitées, en tous lieux, par les sortilèges d'une lumière de fin d'après-midi d'automne qui en fardait chaque détail. Exaltait l'ardeur colorée des volumes et des lignes tracées au pinceau incandescent. Ordonnait la répartition des masses sylvestres, le vert noir de leurs épicéas, celui des pins, leur déploiement sur fond de store vénitien bougeur, d'un blond pâle (celui des peupleraies, des saulaies), à grands traits de braise.

Et quelle levée de joie charnelle en moi ! Quel enivrement insatiable de mon nouveau regard, capable de goûter désormais, comme une seconde paire de mains, à la volupté du toucher !

Année initiatique, décisive, en effet.

Je ne sais quel autre dimanche, début décembre, nous décidons d'une promenade d'une dizaine de kilomètres, à l'est d'Aulaines, à la frontière du département de l'Orne et du Perche. Cette fois c'est l'hiver à ses débuts. Frisquet mais visité encore de soleil. Enluminant le cimier noir des arbres, son enchevêtrement de branches gluantes et nues devenues racines aériennes, crispation de tout l'être silencieux, végétal, prodigieux écartèlement des membres suppliciés à la recherche du moindre rayon de clarté acide et courte, sa manne de survie.

Jamais tout cela, bien sûr, à cause de mes lunettes, ne m'a autant frappée, ébranlée, donné le sentiment d'être solidaire de ces arbres. D'aborder non sans risques pour ma jeune vie, le seuil de mon propre hiver.

Marthe, aimant aller à la découverte minutieuse des villages, maison après maison, fenêtre après fenêtre prise dans le carcan étroit de son chambranle de pierre de taille ou de brique entre deux volets de bois, hauts et lisses, plaqués au mur de chaque côté d'elle, comme des ailes de grands oiseaux gris crucifiés, rideaux après rideaux d'épais filet de coton blanc ou bis mercerisé, rebrodés de roses bouffies, d'amours dodus et voltigeants, de paons mâles olympiens et glorieux ; visage après visage dont la brève apparition, qu'il soit coloré ou pâle, fruité ou lunaire, jeune ou vieux, masque joyeux ou tragique, s'interposant entre la vitre et nous qui passons, est toujours une énigme indéchiffrable comme le nôtre l'est pour lui, nous avons, comme d'habitude, laissé la Mona en stationnement sur la place de l'église de la bourgade qu'à pied nous traversons, pour le plaisir.

Je ne sais plus quel est son nom. Mais j'ai gardé d'elle le souvenir d'une grande rue paysanne et montante, épousant le raidillon d'une colline percheronne bordée par des tilleuls taillés en forme d'éventails largement ouverts. Mieux pourvus que d'autres en caves profondes, en jardins clos de murs au-dessus desquels l'index aigu d'un sapin émerge, (celui d'un if, d'un thuya) certains logis ont des perrons. En gilet et bonnet de laine, chaussons de feutre et galoches, les femmes en compagnie de leurs hommes en pantalons de gros velours, brodequins et casquettes, s'y tiennent quelques instants, attirés comme papillons ternes et frileux, insectes noirs et bleus, par l'appât doré d'un court tronçon de soleil.

Auguste et Marthe avancent en bavardant de front. Comme le font souvent les gamins et gamines de mon âge qui aiment à se sentir protégés par le bouclier des adultes tout en prenant ce qu'il faut de distance pour se donner une impression de liberté, je traîne un peu derrière eux, histoire de proclamer mon indépendance, mais aussi pour les admirer.

Comme toujours, je les trouve imposants et beaux dans leurs vêtements du dimanche. Elle, avec son petit toquet neuf à voilette de chez Wolf qui lui fait au-dessus de sa large redingote de draperie bleue, réchauffée par son renard, une jolie tête expressive quand elle sourit. Lui avec ses « leggins », leur luisance, le sérieux de bon aloi de son profil romain sous son chapeau gris. Ils sont mon point de ralliement. Mon amour et mon orgueil d'enfant.

Accoudées, debout, au chambranle de leur porte rustique à deux battants dont elles ont ouvert celui du haut, deux femmes, la mère et la fille (elles se ressemblent : même faciès empâté et long, même nez-appendice qui n'en finit plus, mêmes yeux luisants et guetteurs) les regardent passer.

Je n'aime pas la vivacité cruelle et sournoise de ces yeux-là, sous des paupières qu'elles ont à moitié refermées à notre approche. Non plus que cet air de mépris qui, leur gonflant tout à coup les narines et les joues, finit de les rendre laides, vulgaires, inhumaines.

Auguste et Marthe courent un danger. Je le vois venir à distance. Je le sens. Il est écrit dans le regard de ces deux monstres, moitié femmes, moitié vautours, qui oublient de prendre garde à moi, à ma vigilance d'arrière-garde prête à faire le coup de feu si besoin est. De ces deux harpies déguisées en honnêtes ménagères. De ces deux sphinges de village chignonnées serré, dissimulant derrière elles, et sous l'ampleur d'un sarrau de satinette noire à pois, une longue queue nerveuse et bougeante de tigre affamé, d'ogresse, et qui, du haut de leur perchoir : trois marches en pierre de taille, et pour les gravir, le secours d'une rampe de fer, se tiennent prêtes à fondre sur eux, à les tailler en pièces. Car c'est bien de cela qu'il s'agit. D'une complicité joyeuse et méchante qui les fait se pousser du coude, leur met par avance le feu aux pommettes, à l'idée du plaisir qu'elles éprouveront, dans une seconde, à se moquer entre elles, de cet homme et de cette femme dès qu'ils auront le dos tourné. La femme, parce qu'elle est trop grosse. L'homme parce qu'il s'en contente.

Quc pour comble de potage, le pauvre imbécile n'a pas l'air de se rendre compte qu'il est marié avec un quintal de graisse, un sac de lard endimanché qui essaie de faire des manières avec une voilette, un sac à main en cuir verni et par-dessus le marché, un renard ! Et cette gamine béate et joufflue qui les suit, comme s'ils étaient le saint sacrement, le bon Dieu !

Ça y est. Elles ont ri. D'un grand rire carnassier et silencieux qui m'aura sauté à la figure, m'aura mordue au front, à la chair des joues.

Voilà donc aussi ce que c'est que d'avoir des lunettes ! Ce que c'est que d'y voir clair !

Bien des fois, auparavant, sans doute, sans que je l'aie remarqué, à cause de ma myopie, a-t-on ri de Marthe et d'Auguste. Ri de ce couple dont je suis née. Que je chéris. Les demoiselles de magasin, les gens croisés au Mans dans les rues, les pensionnaires de l'hôtel des Cormorans l'été dernier à Paramé, peut-être. Atroce découverte ! J'ai le cœur qui saigne, la tête en feu ! Naturellement les deux mégères vont me le payer. Arrivée à leur hauteur, je leur tire la langue en leur faisant les cornes, et comme elles ne s'y attendaient pas, qu'à leur tour, vexées, elles se décontenancent, j'en remets avec un pied de nez et puisqu'à cause d'elles, je viens de perdre, une fois pour toutes, mon innocence, je soulève mon beau manteau de ratine rouge et ma jupe plissée et je leur montre froidement ma culotte et mon derrière, en les mettant au défi de s'en plaindre ouvertement à qui que ce soit. En particulier à mes père et mère, sur lesquels elles ont cru pouvoir se faire impunément les dents.

Je dois avoir eu, à mon tour, quelque chose de meurtrier, de dangereux dans le regard derrière mes lunettes roses, car elles battent en retraite au fond de leur cuisine, s'y diluent honteusement.

Ah qu'elles crèvent ! Qu'elles étouffent ! Que leur propre méchanceté leur saute à la gorge et les étrangle. En tout cas, je les ai eues ! J'ai eu leur peau ! Et puisque j'ai sauvé l'honneur d'Auguste et de Marthe, notre honneur, la promenade peut continuer. Elle continue d'ailleurs et l'incident est clos. Du moins en apparence.

A la vérité, je ne m'en remets pas. Je ne vais jamais tout à fait m'en remettre. Je viens de toucher du doigt, et sans préavis, la bêtise. Son indécrottable obscurantisme. Sa coriace férocité. Celle qui fait rire de l'infirme ! Conspuer l'arabe, le nègre, le juif, l'étranger, enfin qui sais-je ? Celui qu'on ne connaît pas, ou qui est pauvre ou démuni d'esprit ou de corps. Auquel, par orgueil de soi, vanité inquiète et frileuse, on refuse d'accorder le moindre préjugé favorable, la moindre chance d'être supporté, sous prétexte qu'il ne satisfait pas aux critères moraux et physiques assurant droit de cité au plus médiocre des individus faisant partie du groupe dominant.

Celle qui fait rire de Marthe, ma mère, à l'occasion. Parce qu'elle est obèse. Voilà le mot lâché : obèse. Et que rien, semble-t-il, aux yeux du commun des mortels, ne peut excuser pareille disgrâce. Qu'elle soit, par ailleurs, une femme remarquable, ne lui sert de rien non plus. Ni ses qualités humaines, ni sa compétence et son dévouement dont son dossier d'institutrice de campagne, conservé aux archives départementales du Mans depuis 1945, date de sa mise à la retraite (toute une vie ce dossier, consacré presque exclusivement entre deux mariages, entre deux guerres et puis encore l'événement de ma naissance, à l'enseignement, aux activités péri-scolaires non rétribuées, à l'organisation des fêtes de Noël, la distribution de prix, à la visite des élèves malades dans leur famille), fait foi ; ni son charme quand on l'approche, qu'on lui parle, qu'elle vous parle, et qui affleure bien vite, crée un lien entre elle et vous, la fait échapper, miraculeusement, aux lois coercitives de sa propre pesanteur ; ni son âme imaginative, poétique qui l'aura fait aimer par deux hommes également discrets, sensibles et beaux, également attirés par la magie de sa nature vénusienne, ne réussiront à la mettre à l'abri des railleries du profane, la traitant plus ou moins ouvertement quand il la croise, en phénomène, en bête de foire.

Non plus qu'Auguste son mari et mon père, si dévoué de son côté, si capable et dont l'une des grandeurs aura été, par attachement pour Marthe, solidarité, compagnonnage, de partager avec elle les inconvénients, les humiliations mêmes (car je découvrirai, bien sûr, plus tard, que de leur côté ils voyaient, ils savaient tout) d'un embonpoint devenu dès sa quarante-cinquième année pléthorique. Qui ne la rendrait certes pas même laide mais réussirait à la reléguer, elle, son alacrité native, son appétit d'aller et venir, de mouvement, de communication avec autrui, même si autrui ne lui était pas forcément clément, dans la prison d'un corps dont elle ne saurait plus que faire. Comment le maîtriser, l'habiller. Lui arrachant des larmes qu'alors elle ne nous cacherait plus.

Quant à moi pour l'heure, toute seule, face à face, à huit ans, et pour la première fois, avec la méchanceté, ses hideurs, que vais-je devenir ?

Grand-Mère avait raison. Jamais nous n'aurions dû acheter la Mona. Quitter le havre d'Aulaines, là où nous sommes connus, reconnus. Nous éloigner de la tribu. Nous exposer aux quolibets, à la risée d'une autre. Jamais nous n'aurions dû franchir la colline d'en face.

Je déteste ce village percheron. La gentillesse

faussement bonasse de sa placette oblongue, de son église, de la devanture de sa boulangerie dont j'admirais tout à l'heure les miches rondes, leur dôme croustillant et brun fendu en deux par la chaleur du four ; une large crevasse aux bords durcis, couleur de sucre de canne ouverte sur la chair blanche du pain dans laquelle j'aurais voulu pouvoir mordre.

A qui me confier ? A quel saint me vouer ? Car, pour me libérer du poids qui m'ankylose à la poitrine et aux jambes, m'attache des boulets au pieds, m'empêche d'avancer, de respirer normalement, alors que pour donner le change, ne rien trahir, je fais mine de bayer aux corneilles, de m'amuser de rien et de tout et même je me suis mise à brailler : « Joli tambour s'en revenait de guerre et ri et ran rapataplan », comme si j'étais au comble de l'euphorie dominicale, il n'est pas question de m'ouvrir de mon désarroi à quiconque. Pas même à Clémence. A Lucienne, Alexis. Je dois apprendre à me contenir. A faire joyeusement la morte. A m'accommoder de la médiocrité du commun des mortels. De son avarice de cœur. Et pourtant, c'est ma première grande douleur. Celle qui risque de me faire basculer du côté de la haine plus irrémédiablement que celles qui, dans ma vie, suivront.

Oui mais voilà, « tu ne tueras point ».

Nous rentrons à Aulaines. J'ôte mon béret, mon manteau. J'enfile mon tablier rose des jours de congé et je vais chez Marraine faire mes exercices de piano. Car j'en ai un à ma disposition, depuis peu. Que, faute de place à la maison d'école, nous logeons chez Clémence. Une merveille ce « Klein » d'études. En noyer marqueté, acheté à prix avantageux à des amis désireux de s'en séparer, avec la longue banquette cannée sur laquelle je m'assieds, chaque soir, ou presque, pour m'adonner, avant le souper, à l'apprentissage des gammes chromatiques, à la tierce, à la sixte; à la technique de l'arpège en majeur, comme en mineur, avec premier et deuxième renversement puis exécution à la suite sur plusieurs octaves.

Marthe, soucieuse de m'ouvrir les horizons de la musique, la belle, la sérieuse, celle qui nécessite travail assidu, rapidité de lecture, virtuosité, concentration de tout l'être tendu vers la possible perfection du son, me fait donner mes premières leçons à Bonnétable, par l'institutrice de l'école maternelle, Mme Auria, qui possède, de son côté, un piano droit, sur le clavier duquel, en tricotant plus ou moins vite de ses doigts effilés de blonde flexible et mince, et en chantant d'une voix guillerette et pointue que « les champignons de la forêt s'aiment deux à deux et se marient avec la bénédiction d'un corbeau, d'un hibou et d'une musaraigne, ce qui fait que les clochettes du muguet se font un devoir de sonner à toute volée pour faire plus gai », elle électrise son petit monde, qui ronde, en gloussant d'aise et en se tenant par le petit doigt lonlaire, ou par le coin du tablier lonla.

Elle et Marthe me croient douée parce que j'ai de l'oreille, la voix juste, le timbre assuré, et que je patauge avec un certain brio dans les arcanes du solfège. Que je déjoue, assez bien, les pièges de la double et de la triple croche qui jalonnent les dictées musicales, avec ou sans dièse ou sans bémol à la clef.

Ces dames se trompent. Je m'y trompe aussi d'ailleurs. Assez vite, pourtant, au-delà du niveau de la « Lettre à Elise » et des sonatines de Clémenti, du Coucou de Daquin, de quelques menuettos de Mozart, d'une ou deux valses de Beethoven, je vais déclarer forfait au seuil de l'adolescence, au lycée du Mans, du moins sur ce chapitre. Les exercices m'ennuient. En réalité je n'ai pas assez l'amour de la musique instrumentale pour me plier, de longues heures, à leur aridité. Je suis faite, j'aurais été faite, pour le chant. C'est la voix humaine, celle des autres, la mienne, parce qu'elle fait partie intégrante de mon être, qu'elle en est l'expression, qui, pour de bon, me surprend, me passionne. Elle qui m'émeut. Par mes plus beaux jeudis d'enfant, des jeudis solitaires, lumineux et froids, enrobés de givre le matin, fardés de rouge à nuit tombante, quand le clocher de l'église d'Aulaines enfonce une aiguille noire dans toute cette pourpre l'encapuchonnant d'un suaire de sang, il m'arrive d'être saisie par le besoin viscéral de célébration. Par l'incantation. Par le chant.

Je traverse le couloir, j'entre dans la classe vide, j'ôte mes galoches et monte sur un banc. Personne, ici, pour me déranger à cette heure, me ternir la beauté du monde. Face au couchant des solstices, j'ouvre les bras, je prends mon souffle, je me mets à chanter.

A perdre haleine et à l'instinct, je vocalise. Je joue du violon, de la trompette, de la clarinette de mon corps. Je souffle dans l'inlassable cornemuse de mes poumons.

« Tu entends, Marthe, s'esclaffe Auguste que ce concert de flûte et d'orgue de chair attire un moment, au milieu de ses occupations journalières, Cent kilos est en forme aujourd'hui. Elle fait trembler les vitres. »

Et c'est vrai qu'elles tremblent et que j'en éprouve une impression d'absolu pouvoir, d'absolue liberté.

Autre passion viscérale encore : habiller la musique avec des mots.

Les mots, leur couleur — leur épaisseur — leur densité qui les font entrer plus ou moins profond dans le cœur de ceux qui les écoutent. Le puzzle modifiable, renouvelable à l'infini des mots ! Leur architecture ! Leur tempo. Celle qui donne le ton à la musique qui sort d'eux et qui est faite autant de ce qu'ils cachent que de ce qu'ils disent. Le mensonge parfait des mots. Si parfait qu'il en devient poésie et du même élan, vérité.

J'ouvre le grand recueil à couverture bleue, marbrée de blanc : *Premiers exercices de virtuosité pour le piano*, opus 59 de Robert-Charles Martin, nouvelle édition revue et augmentée chez Durand et fils, éditeurs à Paris, 4, place de la Madeleine, exercices de mécanisme sur une note, page 22, numéro 28, et je commence d'un doigté atone, sans conviction et comme dégoûté de lui-même, à égrener une série de mouvements chromatiques, constituant, sur une mesure à deux temps et en doubles croches, un ensemble de quinze variations en do majeur.

On est en décembre donc. La petite salle à manger-salon de Clémence n'est pas chauffée. Seul le fourneau est allumé dans la cuisine où elle s'active à préparer son souper. Comme tous les enfants de campagne, quand ils sont en bonne santé et pourvu qu'ils soient habillés de laine et les pieds au chaud dans leurs charentaises à semelles de feutre ou leurs sabots, je n'en fais pas un drame. D'ordinaire je supporte bien l'immobilité et le froid devant le piano, une bonne quarantaine de minutes.

Aujourd'hui non. Je me sens glacée jusqu'aux os. En même temps, j'étouffe dans ma tête, dans mon cœur, sous ma peau.

Rompre les chaînes rivées à mes chevilles, à mes poignets depuis des heures. Défier le mal du monde. Le tenir en respect. Secouer son joug. Accomplir à sa barbe un acte libre. Et pour le reste, ne pas oublier « tu ne tueras point ».

La colline d'en face

J'abandonne l'étude des mouvements chromatiques me tenant depuis un moment dans leurs filets et qui obligent mes doigts incertains et gourds à passer par où ils veulent, m'emprisonnent corps et âme dans leurs rets.

Je prends mon souffle. Je me redresse, les fesses bien calées sur le coussin de mon siège canné. Je lève une main libérée de l'entrave des gammes diatoniques et des arpèges dédiés par Charles Martin à sa fille Cécile. Du pouce et du majeur écartés en forme de croc de jardinier, j'arrache au hasard et au clavier, comme on arrache un fruit, une plante nourricière et sauvage au terreau, une première tierce et voilà, le tour est joué. Avec ce premier coup de gong, cette première tierce, l'heure de l'évasion a sonné. J'entraîne avec moi Auguste et Marthe. Je viens de rompre mes amarres. Je me libère, je les libère. Et pour ce faire, je me mets à chanter.

Les paroles que j'invente, sur une espèce de plain-chant dont j'ignore le nom et qui, tierce après tierce, ne cesse d'élargir, autour de moi, ses cercles, ses anneaux; et qui disent que j'emprunte une gondole pour voguer vers l'inconnu et sans doute ne plus revenir, sont des paroles d'exil. Je pars ce soir à la recherche d'une île et cette quête, jamais satisfaite, ne finira qu'avec moi.

Quoi qu'il en soit, le sort en est jeté.

Pour échapper à la pesanteur, l'inertie du monde, un jour, je franchirai la colline d'en face. Un jour, je deviendrai artiste !

Aulaines-St. Malo
Paris-Le Jura bernois

DU MÊME AUTEUR

Grand Prix de la Société des Gens de Lettres
pour l'ensemble de son œuvre

ROMANS

Aux Éditions Albin Michel

La Route vers la fiancée.
Le Passage du S.S.
Les Désarmés, Prix Goncourt de la nouvelle 2000.

Aux Éditions Denoël

Nous autres les Sanchez.
Histoire d'une salamandre.
Les Faiseurs de chance, Prix des Écrivains de l'Ouest.
Je m'appelle Jéricho.
Les Feux de la Chandeleur, Prix des Libraires de France.
Le Nègre de Sables.
Comme l'or d'un anneau.
L'Empire du taureau.
Pour le plaisir.
Le Clown de la rue Montorgueil.
Le Rendez-vous de Strasbourg.

Aux Éditions Grasset

Dame suisse sur un canapé vert.

POÉSIE

Écrit pour l'âme des cavaliers, Seghers.
La Musique du feu, Denoël.
52 poèmes pour une année, Éd. Ouvrières.
Écrit pour l'âme des cavaliers, Lausanne, Éd. Favre.

ESSAI

La Prière parallèle, Desclée de Brouwer.

THÉÂTRE

Attila Dounaï, Denoël.

Ouvrage reproduit par
procédé photomécanique
l'impression et le brochage ont été effectués
sur presse Cameron
par ***Bussière Camedan Imprimeries***
à Saint-Amand-Montrond (Cher),
pour le compte des Éditions Albin Michel.

Achevé d'imprimer en septembre 2002.
N° d'édition : 21000. N° d'impression : 023023/4.
Dépôt légal : octobre 2002.
Imprimé en France